铜仁学院区域文学与文化中心成果

站在时间的边缘打望

向笔群 / 著
XIANG BIQUN

天津出版传媒集团

天津人民出版社

图书在版编目（CIP）数据

站在时间的边缘打望 / 向笔群著. -- 天津 : 天津
人民出版社, 2024.12. -- ISBN 978-7-201-20923-4

Ⅰ. I207.9-53

中国国家版本馆CIP数据核字第20242AK606号

站在时间的边缘打望
ZHANZAI SHIJIAN DE BIANYUAN DAWANG

出　　版	天津人民出版社	
出 版 人	刘锦泉	
地　　址	天津市和平区西康路35号康岳大厦	
邮政编码	300051	
邮购电话	（022）23332469	
电子信箱	reader@tjrmcbs.com	
责任编辑	岳　勇	
装帧设计	燕　子	
印　　刷	四川科德彩色数码科技有限公司	
经　　销	新华书店	
开　　本	880毫米×1230毫米　1/32	
印　　张	9.25	
字　　数	222千字	
版次印次	2025年1月第1版　　2025年1月第1次印刷	
定　　价	68.00元	

目　录

文学批评

民族文学简论

｜文学批评｜

忧虑与困惑的书写

——评欧阳黔森中篇小说《村长唐三草》

欧阳黔森是当下中国文坛比较接地气的作家，近些年发表和出版了一系列自己生活视野的文学作品，除在"历史题材"与"红色写作"领域写出令人惊喜的作品之外，还关注现实，把自己的笔深入黔中大地，书写着乡村人物的悲喜。近年在《山花》发表的同时被《小说选刊》选载，引起读者关注的中篇小说《村长唐三草》就是典型例证。

《村长唐三草》故事比较简单，情节也不离奇，但是作家从黔地真实的乡村生活中，抽取了一个具有代表性的村干部形象——唐三草作为小说的书写对象。唐三草本身是当地一个文化人，好不容易经过努力才跳出农门——从民办教师转正成为公办教师，按照当地人常规的生活状态，将从一到底，普普通通地过完一生。而唐三草却在见到当地缺少村主任人选时，主动放弃吃"皇粮"，回村里参选村主任。尽管没有当年《乔厂长上任记》中乔光朴的悲壮，但是作为一个乡村人物也需要很大勇气。

唐三草当上村主任之后，尽心尽力地抓乡村经济和乡村发展建设，但遇到来自各方面的困难和阻力，他的心中产生了忧虑和困惑，但他义无反顾地在乡土勾画着乡村的抒情诗，使经济发展出现前所未有的光明前景，最后却在村民的诬告中无奈地选择了"辞职"。

写作的最大成功在于发现和关注，发现别人没有关注的人和事，从而表达自己的生活态度与立场。欧阳黔森从人们不经意的生活中找到自己的写作出口，表达作家对乡村这片土地的关注。

当下，很多表现乡村底层生活的文学作品总是走向极端，或者说对立。不少书写乡村的作品都浮光掠影地描写一些现象，很难深入乡村的内部，使乡村的书写成为"纸上文学"。谢有顺认为："文学的日趋贫乏和苍白，最为致命的原因，就是文学完全成了纸上的文学，它和生活现场、大地的细节、故土的记忆丧失了基本的联系。"描写当下农村生活的小说，容易在底层叙事的框架下虚构或者制造某种对立，或者简单地歌颂某种好人好事，这两种倾向其实都是不接地气的表现。当下农村生活的复杂性和多样性是不能用简单、抽象来书写的，需要对生活的真正理解和把握。"欧阳黔森的《村长唐三草》是接地气的作品，小说塑造了一个新时期的农村干部形象，唐三草的忧虑、困惑明显地带有这个时代的特征，唐三草的苦涩，也是当下农村的难题所在。小说写出了生活的底色和社会的亮色，这亮色来自对生活的信心和责任。"《小说选刊》的前言对《村长唐三草》进行了客观评价，一语中的地道出了欧阳黔森书写乡村底层生活的创作突围，他完全靠生活底子和思考而写作。如果要有效地找到乡村底层叙事的经验和突破点，那么往往要回到作家的生活底色。

唐三草是个有一定文化的乡村底层知识分子，小说开始就勾勒出唐三草这个传统知识分子形象。唐三草其实并不叫唐三草，而是叫唐万财，乡村经济大潮冲击了他的家庭。当民办教师时，自己的老婆外出打工跟别人跑了，然后他干脆跟老婆离婚。"离了婚的那一年，桃花村的小学已经撤销，合并到了竹菁乡中心小学。唐万财由于书教得好，转正成了一名公办教师，工资也高出了许多，当然离那个良好的愿望还比较远。"作品中没有具体表明"那个良好的愿望"究竟是什么，而是巧妙地设置一个阅读悬念，埋下一个伏笔。从作家的叙述中，唐三草做人的基调——凸显。中国传统知识分子的"人生观"和价值取向在唐三草身上得以体现。当他的生活有好转，大家劝他再从同事中找老婆时："唐万财说：'不行。''为什么?'唐万财说：'兔子不吃窝边草。'"当他的前妻被人抛弃回乡之后："大家见俩人都是单身，就有人劝唐万财说：'破镜重圆也是好事。'唐万财说：'好马不吃回头草。'"唐三草在现代语境下还保留着乡村传统文化精神。唐三草这个人物形象就立了起来，克服单一的线条的人物形象的创作，一个鲜活的立体人物形象展现在读者面前。"人人都有本难念的经!"道出唐三草对真实人生的理解。

小说中的桃花村是当下黔中乡村生存的缩影：大量青壮年外出，稍有知识文化的人都不愿意留在家乡，一些乡村变成空巢，与城市相比，和东部发达的农村相比，确实存在很大的差距。贫困地方选一个村主任十分困难是客观存在的现象，作家就是从这种现实中找到了他与这片土地的联系与焦虑。农村发展快，需要车头带，农村连一个领头人都找不到就是一种乡村发展的焦虑。在经济大潮面前，人们都变得现实，把自己的行为与经济挂钩成为人生常态，社会把经济作为衡量工作的尺度："村委会主任，在比较发达的地区，肯定有人抢着当。在桃花村这个穷山恶水之地，五年以前没有人愿意当的。这个村委会主任在村民的眼里，就是一个费力不讨好的苦差事，前几年的工资才一百二十元，虽然后来增加到了四百元，仍然是个苦差事，谁也不愿意干。要是谁被提名为候选人了，这个人必定到处骂娘，最终目的是要骂掉这个候选人。"这个现实，在广大农村比比皆是，作家从这个乡村现实中找到自己的创作途径，把自己

文学批评

5

的思考融入乡村发展之中，表现出作家的忧虑和关怀意识，就使他的作品接了地气。在这种现实中，一个有文化的乡村之子唐三草主动要求担任村委会主任，让人看到乡村中还有一些具有担当意识的文化人敢于挑起农村发展的重担，也让人看到一丝希望。但在唐三草主动提出参选村主任的时候，却开始出现一种阻力，不仅仅是来自村民，就是当地的村支书也表现出一种传统思维模式，现代与传统思维的冲突也不可避免。可见乡村发展十分艰难，就是在这种艰难中，作家让一个具有担当精神的文化人唐三草出场，暗示改变农村的根本出路在于文化的改变，也就是先从观念进行改变，才会有所发展。贫困乡村发展的根本在思想转变，如果这个问题不解决，农村建设和发展就是一句空话。广大的贫困乡村需要文化和思想，思路决定出路，这是农村发展的根本所在。

在传统的乡村文化语境下，唐三草主动放弃教师职业而选择参选村主任，虽然群众和村支书不理解，但乡政府的领导却支持他，让他的任职有了实质性的转机。"支书摸了摸唐三草的额头，说：'兄弟你没有病吧！'唐三草说：'你才有病。'支书说：'你有一千多工资吧？'唐三草说：'是。'支书说：'你知道村主任的补贴吗？'唐三草：'知道，一百二十元。'支书说：'你有病还是我有病，一目了然嘛！'"从支书与唐三草的对话中就可以看到，传统的乡村文化与现代文化的冲突。一般而言，乡村人把吃"皇粮"看得至高无上，认为主动放弃吃"皇粮"不正常。传统文化作为一种乡村文化的主导，仍然占据着乡村，连主导乡村的村支书也是传统文化行为方式，唐三草作为农村建设涌现的新人，在思想行为方面与传统产生冲突，也就为后来唐三草的人生乃至工作的困惑埋下伏笔。"乡领导急忙接着支书的话说：'我看你这个同志才有病，三草同志很正常。'说着盯着支书直摇头，又说：'你是有心病，你怕什么？桃花村是偏僻了点，是贫困了点，现在国家不正在加大扶贫力度吗？有三草这样有文化有经验的人，与你搭班子，在不久的将来，一定会摘掉贫困村的帽子。'"

"唐三草回村里务农的消息，一下子在竹菁乡境内炸了锅似的，一时沸沸扬扬。有人说唐三草真的草，有人在猜测他暗恋学校的某个女老师得不到，便成了花痴什么的，又有人说乡领导大哥的女儿想进学校教书顶了他等，反正乡村都是他的负面信息。"作品没有回避乡村传统文化对新的思想的阻力，如果唐三草是一个没有胆识的人，很可能就被乡村的某种舆论所左右，最后缴械投降。而唐三草却能顶住这些压力，主动担任村主任，确实是乡村人物的亮点。唐三草在选举过程中高票当选村主任，出现了三个"前所未有"："一是在乡村出现选举的前所未有的阵容，二是全村在家的年满十八岁的群众都参加了投票，而且是全票当选，三是候选人唐三草自己投了自己的一票。"唐三草的当选化解了几个被村支书劝回来参选村主任的候选人的窘境，他们在离乡之前还请唐三草喝了一顿酒。显然从这些乡村叙事之中，读者可以看到乡村干部的真实现状。当村支书送那些自己请回来参选的村民时，唐三草却没有出现。"唐三草说，脸是拿来人哄的，你给他们脸，他们给你脸了吗？"从中可以看到唐三草的秉性，他是一个有性格的人，正因为有性格，才做出与常人不同的选择。他经历了女人背叛他逃跑的打击，以他与别人不同的方式解决问题，而他当上村主任之后也用自己的方式解决了桃花村的问题——摘掉贫困村帽子的问题。"这一次，唐三草解决了一个大问题，就是桃花村委会主任的问题，这个问题太大了。唐三草以前解决的问题基本上属于解决了与他自己相关的问题，这一次不一样了，桃花村村主任这个问题不是闹着玩的，这个问题的关键是如何与支书一起带领广大村民脱贫致富，并最终摘掉贫困村的帽子。"唐三草比谁都明白，一届五年就是要脱贫，后来事实也证明，他担任村主任的五年确实也让桃花村脱了贫，这是他的功劳。由于他上任之后的一些举措，赢得了村民们的尊敬，大家更喜欢叫他村主任。首先他和村支书扭成一股绳，齐心协力地改变桃花村面貌。种植桃树、治理水土流失、发展乡村经济、开发桃花谷、在荒地种植花椒增加村民的收入等，大力发展乡村经济，表现出一个乡村知识分子的不凡能力。

只有文化才能改变一个村庄的命运。作为一名村干部，唐三草认识到了这一点。"唐三草说的军师就是大学生村干部，这村干部有文化、见识广、点子多，可村民觉得他戴个眼镜文绉绉的没有胡子就心里不踏实。这是因为村里歇后语叫嘴上无毛办事不牢。于是唐三草给村民们解释做工作。他知道，自己有实践，而大学生村干部有理论，可以互补。"他与大学生村干部一起谋划桃花村未来的发展之路。文中一方面写唐三草施展自己的抱负，另一方面也描绘出他和普通村干部一样喜欢喝酒，同时也赌酒，让读者看到一个真实的唐三草，作家没把唐三草照着传统优秀人物的高大全形象塑造，而是从生活的本来出发，把一个乡村的新人写得鲜活。与大学生村干部喝酒，提高大学生村干部的酒量；把在打工的村民号召回来，办起了乡村生态旅游；为村里修公路，与要横要价的村民罗小贵喝酒，最后把罗小贵喝进了医院，导致了一场群体事件，遭到乡党委、政府的批评。最终，唐三草以乡村特有手段阻止了事态的恶化，表现出一个村干部特有的智慧。表面上看有些出格，实际上是在乡村中生活的一种无奈选择。

小说写得接地气，与乡村的真实生活相融。作为一个有一定文化的村干部也不能免俗，喝酒作为一种乡村生活的仪式，遇到高兴或者不愉快的事情就是喝酒，特别是在大学生村干部与唐三草两人把酒喝多了之后的对话让人感受得十分真切。大学生村干部对乡村的理想充满乌托邦式的描绘："'在村庄中弥漫着孩子琅琅的读书声，在田间耕作的黄昏后有一对对夫妻愉悦地回家，在月亮升起来的时候，在小院子里有爷爷奶奶、爸爸妈妈和孩子，一家人围着小桌子温馨地吃饭……'村干部像在咏一首大地的抒情诗，听着听着，唐三草热泪盈眶，他说，问题要一个一个解决，我们去实现第一个梦想吧，把桃花村小学要回来。村干部说，好，我们共同努力！唐三草说，实现了，我们大喝一场，不醉不归。"

唐三草恢复了桃花村小学，让村子里的小孩有读书的环境。作为一个村干部，应该具有一种先见之明，乡村改变的根本问题，就是文化教育问题，如果没有教育的改变，乡村改变永远是一句空话。这时唐三草也有改变乡村的理想，但现实又常常让他的理想变为泡影。

当唐三草因工作方法粗暴导致不良后果后，乡干部到桃花村召开村支"两委"座谈会时，他的表现出人意料："他却讲春耕，讲秋收，讲退耕还林，讲保护水土，讲招商引资，讲科技扶贫……这与唐三草的性格一脉相承。同时也凸显了他的智慧，让人感到十分真实。乡干部说，我这次来，一是调研，二是要批评唐三草同志的方式方法，万一出了人命，事情就大了。唐三草说，是危险，了解的说是喝死的，不了解的可能说是我害死的。"一个乡村干部的形象被描写得十分接地气，他说采用吹"枕头风"的办法解决村子里的问题："领导说，怎么吹的？唐三草说四个字，一硬，二软，三吓，四情。所以他最后那一横，在我一声兄弟中就横不下去了。我老婆把风咋带的，他老婆又把这个风咋带给他的，我也说不清楚了，反正她们女人吹风比我们男人强。"

计划生育是乡村中一项最具体最难做最棘手的工作。尽管唐三草运用朴素而易懂的语言说明这个工作的重要性，举了分田的例子进行说明，大家都说听懂了。"确实大多数人懂得，有些懂了却做不懂的事。超生现象层出不穷。有的人是认为人多力量大要多生，有的人是因为重男轻女要生。对付计划生育干部的办法他们有的是，有些村民成双成对出山打工，回来时，钱没有少带，娃娃也没有少带。甚至还有带两个三个的。有的生了儿子，就不当超生游击队了，生了姑娘的，一有机会又跑了。"唐三草认识到这是一种恶性循环。他想改变这种恶性循环，但是在落后的乡村谈何容易？唐三草的辞职与村民吴老三有关，吴老三是一个地道的农民，几千年的传统思想牢牢地扎在他的脑海："生了三个姑娘之后，又带来了一个姑娘，是桃花村里的重点计划生育对象。唐三草仍然以乡村方式与他喝酒最后解决了问题，去医院结扎了，之后后悔了：这个唐三草，中了他的招，老子有口说不出，他让我吴家绝了后，这个仇一定要报。"吴老三就向有关部门写检举信，"列举了唐三草的很多罪名，无非就是贪污啦，以权谋私啦，乱搞女人啦！"吴老三又找几个朋友到乡场闹，同时围攻乡政府。此时唐三草没有回避退缩而主动站出来解围，承担责任，逼退了吴老三花钱请来闹事的人，平息了一场恶性事件。"他想向党委书记汇报情况时，说吴老三这个长期的老大难问题解决了，我个人受点委屈也不算什么。"唐三草的言行让他这个村干部形象更为丰满。"他为当地计划生育解决了一大难题，不仅没有受到表扬，相反还被要求写检讨，接受组织调查事件的真相。唐三草在困惑中写了一万字的检讨书，还附了辞职报告。"让我们看到一个有理想抱负的村干部的悲剧色彩。但是他是一个有理想与个性的人，有自己的谋划，决定以退为进，在和副乡长、支书喝多酒后道出他的内心世界："你们想，领导咋个不知道，我这个村主任是村民选的，还得要村民代表大会同意我辞职。"尽管唐三草有忧虑、有困惑，但他同时也有自己独特的见解，超越一般村干部的思维与境界。

　　唐三草的忧虑与困惑，其实就是作家对当下乡村发展进程中的忧虑与困惑。作家书写乡村，目的就是表达作家对乡村的关注。作品最后重温副乡长那首大地的抒情诗，无疑，这是唐三草在困惑中对乡村的希望，当然也是作家对乡村真诚的祝福与希望。

历史语境下的乡村人生

——读刘毅的中篇小说《忆如往昔》

　　刘毅是一位现实主义作家，他的"三官"系列小说，曾经引起读者的广泛关注。最近读到他的中篇小说《忆如往昔》，我明显地感觉到他已经把自己的笔融入了他熟悉的乡村生活，书写了乡村历史语境下的人生，给日趋疲软的文坛带来了乡村文化精神的历史记忆。

　　评论家谢有顺认为："文学的日趋贫乏和苍白，最为致命的原因，就是文学完全成了纸上的文学，它和生活现场、大地的细节、故土的记忆丧失了基本的联系。"当下，随着城市化进程日趋加快，乡村逐渐被一些作家漠视，更多的人关心的是经济领域的人和事，或者成了世俗的附庸——写一些消遣文字。而刘毅却从他熟悉的乡村生活入手，写出了乡村人物在历史语境下的生存状态。著名文学评论家吕进教授说：考察一部文学作品是否优秀的标准，应该是生命关怀和生存关怀。《忆如往昔》写的就是一个叫王大明（王老幺）的乡村男人的生存故事。

荒唐年代的悲剧人生

　　故事发生在乌蒙山区一个叫小箐沟的小山村。小说以第一人称叙述、回忆的表现手法，通过"我"的视角描绘了幺爷（实际上是"我"的幺叔）的不幸人生。

我和幺爷，也就是我幺叔的童年，应该是快乐的。我们一起在村前的小河里摸鱼，一起爬上树梢掏鸟窝，一起玩躲猫猫捉迷藏的游戏。虽然我比幺爷早一年来到这个世界，但在十岁以前，他的个子却比我"冲"得高，用我母亲的话说，幺爷就像拔节的笋子一样，往高里蹿。

　　"我"和"我"幺爷儿时的生活图景被作家描写得淋漓尽致、栩栩如生，可见作家对乡村儿童生活之熟稔于心。当"我"上学受到李老三的欺负时，幺爷的行为则表现出乡村少年的勇敢和机智："老子看你还敢喊。我幺爷一边打，一边大叫，李老三一个劲儿求饶。要不是上课铃响，老师进了教室，我幺爷不把李老三揍扁了才怪。"幺爷不仅能武，而且能文："他的获奖作文，除了张贴在学校的'学习园地'，还作为范文，由语文老师在班上朗读。"

　　"一时间，文武双全的幺爷成了我们学校的明星。村里的阴阳先生闻听此事，捻着白花花的八字胡，掐指一算，摇头晃脑地说，古人常讲，有智吃智，无智吃力，王家祖上葬有一穴真龙好地，所以叔侄俩都是'吃智'的主儿，文章拿第一，那是文曲星下凡哩，啧啧，前途无量，前途无量哩！"但是生活并不像我们想象得那样一帆风顺。幺爷的人生之路并没有向阴阳先生预言的方向发展。相反，他成了一个时代的牺牲品。传统的文化和落后的经济扼杀了一个天才少年，在他还没有真正"吃智"的时候，不幸的命运已经将他笼罩起来。这缘于一场特别的历史事件："发生那件事的时间，应该是在我幺爷作文比赛夺魁的第二年，我们刚跨进五年级的门槛儿，也就是20世纪60年代中期的夏末秋初。"这就让我们想到一个历史时期，这个时期，是一个"革命"的年代。面对一个偶然的事件，天真无邪忍俊不禁的幺爷，只因"嘻嘻嘻"地笑了那么一声，就遭到飞来横祸，由此便酿成悲剧，幺爷的命运发生逆转，以致改变了他的整个人生。

作家是这样描述这一场景的：

> 早有人将我幺爷揪出人群，让他和两个尼姑站在了一起，随手给他也扣上了一顶尖尖帽。

> 我幺爷虽说高出我一头，也曾以收拾李老三和作文获奖而风光一时，但那时他毕竟是个五年级的小学生，哪见过这等阵势。刹那间，平素嘻嘻哈哈，什么也不在乎的我幺爷，吓得脸色惨白，小腿筛糠似的颤抖，一条麻线似的尿液，顺着他的大腿内侧往下淌……

这是一场非人的闹剧。

"可事到临头，游完了村里的大道，领口号者又别出心裁地要两个尼姑和我幺爷沿着村里的巷子转圈儿。"荒唐的年代，丧失人性的闹剧，不仅摧残了人的身体，而且摧残了人的心灵，于是，悲剧便不可避免地陆续上演。"我们谁也没想到，那个骚乱的早晨竟成了我幺爷人生的分水岭，从那天起，我幺爷无论是心智，还是性格，甚至命运，都发生了不可思议的逆转。"也许这是人们始料不及的事情，但是那个时代，却让一个本来完全脱离时代政治语境的乡村少年，背负自己本来不该承载的重担，成为时代的牺牲品。历史过去了很久，也许这样的事情，早已经淡出了人们的视线，尘封在历史的档案里，刘毅却打开了乡村历史的记忆。作家书写这类题材，实际上是在关注乡村过往的疼痛，关注乡村一个不幸者的生存状态，这充分体现了作家强烈的生命意识和人道主义情怀。

乡村愚昧思想的受害者

无情的现实，无奈的生活，乡下人无法摆脱他们被政治语境所牵连的人生。"面对老师疑惑不休的询问，我幺爷除了直愣愣地盯着老师的眼睛外，什么也没说。""我幺爷这颗眼看就要在小箐沟冉冉升起的希望之星，还没爬上我们村头那棵老香樟的树梢，就要无可奈何地陨落了。"

幺爷的不幸，导致了一个家庭的灾难，祖父、祖母相继撒手人寰，幺爷变成了孤儿。让人料想不到的是，社会的灾难还没有结束，幺爷又雪上加霜，一场大病以及乡村的贫困和愚昧，又把他推向生活的另一绝境。生病时不看医生而跳神，应该说是乡村的普遍现象，曾经酿造了不少的生命悲剧，而幺爷也没能逃脱这一悲惨命运。

尽管作家的叙述是冷静的，但字里行间却饱含悲悯情感。幺爷虽然"最终还是侥幸挺了过来"，保住了命。但是他的智力毁了，成绩一降再降，而且在某个晚上从楼上摔下来："我幺爷大叫一声，眼前一黑，心里一慌，一脚踩空，骨碌骨碌地栽下了楼。"当灾难再一次出现的时候，不仅没有送去医院，而是迷信地找人摸摸："母亲按照我父亲的吩咐，带上我幺爷，抱着一只大公鸡作见面礼，找村里的'李摸婆'为我幺爷摸骨头。""让我料想不到的是，在我们眼里包医百病、手到病除的李摸婆，却在我幺爷这儿走了麦城。无可争辩的事实是，我幺爷的手经李摸婆摸骨半月后，肿胀反而加剧，疼痛也有增无减，手呢，依旧伸不直。无奈，我母亲听说邻村有个高神汉也是接骨的好手，又带上我幺爷前往求救，见面礼呢，自然是必备的。"可见乡村传统文化心理贻害了多少人，摸骨失败之后又跳神，虽然现在看来有点可笑，但是这种医病的方式却长期存在于乡村。也许这是司空见惯的现象，没有人去关注，而刘毅则从这种生活现象中去寻找创作的元素，并描写出来，让人们去思考。"三天后，我父亲东拼西凑地弄了七八十块钱，送我幺爷去县里的医院看病。"两种文化在医院里产生了某种意义上的对立，科学与愚昧进行了较量。因为失去最佳治疗时机，幺爷的手已经伸不直了，最多能伸到四十五度，成了残疾人。如果说历史语境让幺爷的心理受到摧残的话，那么封建迷信给幺爷的身体带来了终身不幸，让一个聪明的少年加入了残疾人的行列，这不能不说是一种悲剧。这个悲剧展示了乡村人物在乡村历史语境下的不幸命运，表达了作家对于乡村普通人物生命的观照，这才是这部小说的题旨所在。

对悲剧命运的反思

历史变幻，岁月流逝，或许时间会抚平一切。而畸形的历史语境在造成了幺爷畸形身体的同时，也导致了畸形爱情的产生。乡下的婚姻基本是"父母之命，媒妁之言"，幺爷当然也不例外。可幺爷，一个身高不足一米五，手有残疾，脑筋似乎又不太能转弯的人，如果不是家财万贯，哪家父母又会把自己的姑娘嫁给他？"功夫不负有心人，我母亲坚持不懈的努力，终于有了成果。此后不久，由于我堂哥岳母的鼎力相助，终于在一个名叫腊柳寨的村子，为我幺爷说成了一门亲事。""这门亲事之所以能够成功，除了老人家一张唱莲花落的巧嘴，就是姑娘家在意我们家有两个吃'皇粮'的。一个是我的父亲，另一个当然是我。"按照乡村的风俗习惯进行"说亲"，举行了婚前仪式。"送日子"之后，婚期就确定下来。但一家人正为幺爷的结婚做准备的时候，不幸再一次降临在幺爷身上，春芝（幺爷的未婚妻）肚子里怀上了别人的娃娃，出现了婚变。面对幺爷突如其来的婚变，王氏家族准备"抢亲"。当大家都竭力促成这桩婚姻的时候，却出现了预想不到的结果："我幺爷说，反正她被别人开了苞，而且肚子里还有货，丢……丢人哩！"平日里不哼不哈的幺爷，关键时刻却出语惊人，来了个一百八十度的大转弯，让大伙一厢情愿的努力付诸东流。

幺爷的悲剧，首先缘于那个特定的历史时期对幺爷进行了惨无人道的摧残和蹂躏；接着，贫困和愚昧又加剧了幺爷的悲剧，"脑锥病"和"摸骨"使幺爷彻底加入了残疾人的行列；最后，"视裸"留下的病根，以及落后的农村传统观念，造成了幺爷的婚姻悲剧。难能可贵的是，作家并没有仅仅停留在对这些因素的揭示上，而是透过鲜活生动的人物形象，让我们去思考这起乡村悲剧的背后潜藏着的更加深沉的东西。阅读小说文本，我们知道造成幺爷人生悲剧的因素互为因果，形成了一个个"链接"，这些链接，就是一个特定的环境。顺着这些链接，追根溯源，我们清晰地看到，特定的社会事件和愚昧落后的环境，对人所造成的生理和心理的摧残，改变了一代人甚至几代人的命运。假如幺爷没有因为他那天真无邪的"嘻嘻嘻"的笑声，而遭到"游街陪斗"等身心的摧残，假如他念完小学、中学，继而大学，一路顺风地走下去，那么幺爷的人生肯定又是另一番景象。当然，假设毕竟是假设，人生无常，一件偶然的看似不经意的事情，足以使一个人的命运发生面目全非的逆转。一句话，乡村悲剧的背后，潜藏着更加深沉的发人深省的东西，这才是我们应该思考的问题。

后来，幺爷终于有了自己的婚姻，他和一个聋哑女人结了婚。但是两人之间存在着难以言表的隐衷，以致幺奶最终出逃。在他们婚姻的背后，潜藏了一个被人忽视的秘密。原来少年时期，幺爷被"游村"时，见到尼姑的下身，从而落下举而不坚的"病根"。历史的语境不仅摧残了人的心理，也弱化了人的生理。对于历史，我们应该反思，反思历史的目的，就是给人以警示。所幸的是，经过心理医生的治疗，幺爷出现了好的迹象，重新找到了做男人的信心。

幺爷有着传统中国农民的心理意识，虽然人穷，但是还存在着比较独立的人格。"用他自己的话说，叫作穷要穷得新鲜，饿要饿得硬气。"也许，这是中国农民普遍的心理现象，作家正是从这种现象中发掘了一些闪光的让人感到欣慰的东西。

历史正向前走着。"打工潮"的出现，为幺爷的第二次婚姻提供了可能。"这年头，只要有钱，什么样的女人没有？满大街都是，比你原来那个幺奶还鲜嫩的，多着呢，哈哈哈……"

幺爷的话语，依然透露着特定历史语境下的气息。但是，历史发展了，社会进步了，幺爷的观念，自然也就有了突破。

幺爷的婚姻将梅开二度，作家表达了由衷祝福的同时，也完成了幺爷这个典型人物的塑造，或者说完成了一个乡村"另类"的人生书写，从而传递了历史进程的铿锵足音。

田园回归与精神抵达

——评苗族诗人末末的组诗《菜园小记》

末末以前的诗歌创作多为哲思型与山水型，诗歌中蕴含了禅宗韵味。立足山水，在山水中寻找属于自己诗歌创作的因子，比如他的《桥上的风景》《六井溪》系列与《黔中游》系列等类型的诗歌。从他发表在《人民文学》2019年11期的组诗《菜园小记》来看，他的诗歌创作在转型与探索：从宏观的黔中大地回归到日常生活的田园，在"菜园"中寻找精神抵达，有一种陶渊明似的生活状态。

在人们司空见惯的菜园里写出自己的"大诗"，这仿佛是末末追求的一种新的写作方向。菜园是乡村常见的普通物象，如何从菜园中提取诗歌的意象，考验着诗人的思考和创作功力。末末却以独特的视角在菜园中找到自己与众不同的精神维度，表达自己在后工业化时代的精神归宿。

《菜园小记》由《燎原记》《锄头记》《浇水记》《铲铲记》等十三首小诗构成，每一首诗歌就是一个相对独立的单元，又相互构成一个完整的诗歌系统。从表象上考察，《菜园小记》是书写诗人在菜园里的所思所感与所悟，而实际上，是在菜园中寻找自己的精神指向与灵魂安所。

> "蔬菜扎根的地方，野草也不示弱"
> 这是我奶奶一生，唯一用过的修辞

不去种地，这个生存的法则

就要被我荒，我，就要被什么废

——《燎原记》

末末的诗歌一般不注重传统的抒情，而是在与万物的对话中，呈现自己独立的思考。"蔬菜扎根的地方，野草也不示弱"，这是生命与土地的关系。菜园里，野草与蔬菜共生共长，形成一种生命的谱系，暗含着不甘示弱的生命状态。这就是诗人的一种发现。

人间烟火，我要它燎原，两只手

立马各执其事，生出闪电

——《燎原记》

菜园里的人间烟火在诗歌中自然凸显，形成一种生活或者生命磁场，让人欲罢不能，产生了一种挥之不去的精神构想。

最近，差点儿累坏的，是叶落归根的根

是瓜熟蒂落的蒂，是花前月下的花

它们风雨雷电，五加二、白加黑地长

而锄头无所事事，它又发起了红脾气

——不让它下地，它就生锈给我看

——《锄头记》

诗人在锄头上大做文章，锄头本身是菜园的劳动工具，诗人的思想在锄头之外，精神的指向显见端倪："不让它下地，它就生锈给我看。"锄头的价值与生命的价值就显现其中，看似写锄头，其实是写人生。

菜园不仅仅是诗人的理想之地，也是诗人的精神之地。在菜园里劳作的时候，人就会产生一些似是而非的思想，产生对生命的感悟。诗歌的本质就是表达诗人对生活的发现。海德格尔说，诗人的天职是还乡。诗人书写菜园其实就是一种精神还乡。在社会日趋城市化的今天，菜地成了诗人精神的故乡。如《浇水记》：

> 今日少人事，天空像在悟空，蓝得正好
> 适宜提着一只旧木桶，去菜园子下阵雨
> 我有芫荽、韭菜、蒜苗、小葱、老黄姜
> 这群味蕾的小刺猬，有人间烟火的欲望

生活欲望、人间烟火在自己浇水的时候呈现，使诗人找到自己生活与诗歌的契合点。生活在场感与瞬间的思想火花融为一体，一幅田园生活的画面就呈现在读者面前，有一种"悠然见南山"的情趣。

> 说不累，那是假话，虚伪。我旨在成全
> 五味杂陈。至于汗水不听话，非要出来
> 非要打湿我的裤腰带，我想管也管不了
> 此刻我只管拿着黑木瓢，替一朵云下雨

诗人浇水浇出劳作之后的愉悦之感。诗人对菜园的入微观察与思考，给读者一种生命的启迪。末未诗歌多在语言上下功夫，表面看来有一些口语化，但是绝对不是口水化，而且注重语言的意象化，如"此刻我只管拿着黑木瓢，替一朵云下雨"。"裤腰带"有一些口语化，却又让我们读到诗歌语言的机智。偶尔的口语运用，让人感到妙趣横生，在某种程度上增加了诗歌的可读性。《动用记》用一种宏大的叙事机制，体现了诗人的语言功力：

> 我动用了祖国西南，云贵高原偏东
> 一角的一角的一角。动用了别人祖先
> 用骨头镇住的这片小江山
>
> 动用了锄头的金钢嘴，撮箕的大肚皮
> 半壶水的响叮当。动用了二十四节气
> 一场春雨，一场梦

连续几个"动用"就将菜园景象写活了，写绝了，特别是几个形象的比喻，给读者丰富的审美体验。生命、季节、劳动工具等巧妙地结合在一起，凸显出诗歌的艺术魅力，"用骨头镇住的这片小江山"也可见一斑。或者说这就是诗歌创作语言的发现。

> 就为这一刻，苦瓜苦出了满身皱纹
> 生出了一肚子苦水。我动用了祖传的手艺
> 甚至，动用了整个天地

把苦瓜的生长与人生历程有效嫁接，表现了作者对生活的感悟。在菜园里，末末的思想得到某种释放。诗歌就是诗人对生活或者生命感悟的言说，形成了自己独特的精神范式。

> 要么铲死，要么铲活。这话说的
> 是两个无奈——大铲用来铲土埋人

小铲用来铲锅巴生活

——《铲铲记》

大铲与小铲的比较，属于生活与生命的一种无声较量。在《菜园小记》中，诗人的诗歌写作题材比较宽广，从菜园的劳作到菜园的劳动工具，让菜园的瓜菜等物事在诗歌中得以尽情地展示。从创作的形态看，表面是写有关菜园的物事，而实际上，诗歌思想往往潜藏在诗歌的语言之中，将现代诗歌语言与传统诗歌语言相融合，构成末未诗歌语言的特色。如《葫芦记》：

再过几天，葫芦就进入青春期了
需要一个舞台，展示它的曲线
我有成人之美的嗜好
也有物尽其用的小本领

在菜园里搭葫芦架时，把人与葫芦的命运交织在一起，朴素的语言中蕴含着思考及情怀。

我也喜欢抠掉葫芦里的瓤
把葫芦拴在腰杆上
我不怕葫芦被撞碎
除了空气，里面什么也没有

所思所想在菜园里得到了个体言说，表现了作者在劳作中回归自然的心理状态。诗歌是作者对生活的感受与悟道，末未在菜园里真正悟到了生活与生命的真谛。这就是诗与哲理，这就是一种生命的境界。如《惭愧记》：

想起一双筷子，在酸甜苦辣中来去，而又从未
背信弃义，我就想把西山的日头拉回来，卡在树梢
让蔬菜没日没夜地长。不能用龙肉安慰，也要用
清水煮青菜报答。想起，我就收回了心中的猿猴和
野马
并加快了锄草速度，如憨鸡公啄米，如落日可以追回

　　"让蔬菜没日没夜地长。"自我剖析中凸显"惭愧"，蔬菜的
成长与生活延续就成为诗人思想的内核。

　　《菜园小记》里还有与菜园没有关系的《惊叫的鞭炮》《玻
璃人》《涛声里的乌江》《算了吧》《天黑了》等诗歌，而事实
上，这些诗歌都是属于诗人故土的物事元素。诗人将菜园与家
乡联系起来，表达自己心灵的回归。"回望故乡"成为乡愁文学
中一种精神皈依时代的心灵书写，就使这组诗歌的价值超越一
般乡土意义的写作。如《惊叫的鞭炮》：

一串鞭炮突然在半夜发出惊叫
六井溪注定
又有一场大事降临
鞭炮一生就开一次口
而此刻
说出便是生死

　　乡村的生死都与鞭炮有关，生也鞭炮死也鞭炮，这也许也
是诗人在菜园想到的，其中的感慨只有诗人才能真正地体会到。
如《涛声里的乌江》：

涛声

是乌江骨折时
喊出的痛

　　这个十分形象而又新奇的比喻，是乡愁在诗人心中引发的无限疼痛。一个人离开故土之后，才能体会与理解乡愁，才能让自己的心灵真正抵达自己的故乡。菜园仅仅是故乡的一隅，诗人在远离故土的菜地劳作的时候，故乡就与他的心灵靠近了。如《天黑了》：

天黑了
但我从不害怕
天天天黑
天天六井溪都有星星在闪
那是亲人们身体里亮着的灯盏
从未曾熄灭

　　人们往往在黑暗的晚上思念自己的故乡。末末显然也不例外，六井溪是末末童年与少年生活的故乡，那里有他熟悉的物事与值得怀念的亲人，所以故乡的灯盏永远照耀着他的诗歌生命，菜园与故乡就被彻底打通了，于是就有《菜园小记》这组诗歌的产生。《菜园小记》是末末近年诗歌创作的一大收获，得到《人民文学》的青睐，这无疑是对一个底层诗人诗歌文本创作探索的一大肯定。与此同时，我们也不难看出《菜园小记》是末末精神的回归，即那挥之不去的一缕缕来自骨子里的乡愁。

乡村的守望

——读刘燕成的散文

刘燕成立足乡土，把握乡村的脉络，深入乡村的内部，守望乡村的风景，把乡土特色和亲情展现得淋漓尽致，在散文写作领域颇具特色，成为贵州近年散文创作较有成就的少数民族作者之一。

对于每个作者而言，创作本身就是地域的。刘燕成的散文创作始终没有离开黔东南这片土地，从这片土地里挖掘文化的根脉，是他创作的可贵之处。在当下，日趋城市化的今天，乡村的文化面临消解的危险，乡村文学有可能成为纸上的文学。评论家谢有顺认为："文学的日趋贫乏和苍白，最为致命的原因，就是文学完全成了纸上的文学，它和生活现场、大地的细节、故土的记忆丧失了基本的联系。"而刘燕成却把乡村作为作家创作的起点与归宿，守望着乡土。《一粒麦子》构成了他对乡村的怀念和亲情的感恩，诗中描写麦哨成为一粒麦子的契机，"一粒麦子"不经意被带进了城，然后在花钵里成长。"麦子是跟随父亲的那捆麦哨进城的。""当我从书柜里取出父亲的唢呐，当我抚摸着唢呐上的麦哨，我于是又情不自禁地想起了那麦哨声里的节日和节日里的村庄，我似若又看见了往日的父亲。""我想，花钵里的麦，就让她兀自流浪在阳台上吧。如同父亲，让我一个人漂泊在这座城市。"从这些文字里，我们不难看出一个乡村孩子在城市里对乡村的怀念之情。从乡下进入城市的孩子何尝又不是一粒麦子，"一粒麦子"的象征意义已经包含其中。《老井·梨花》写的是乡村的物事，作者没有单纯停留在描写的层面，而是从物事里探寻一种文化精神。父亲用新鲜的梨花与老井里的水酿"苞谷烧"等细节就是表现对乡村文化的守望。"在一岭苍茫的山野里，我看见了父亲母亲，两堆真实低矮的黄土，潜伏在山风里，一些草，一些叫不上名儿的野花，披在坟茔上。山峦绿幽幽地，由东向西，从高到低，延绵不绝，包裹着那个瘦瘦的村庄，村庄就甜甜地睡在这山湾里，做着一个千年的幽梦。"从中可以看出燕成是一个感情真挚的人。当下产生了散文的"虚构"与"非虚构"之争，其实我是比较赞成散文的"非虚构"。如果我们的散文写作都出现了"虚"，那么我们的写作意义何在？赵丽宏认为，写好散文应该具备三个要素：情、知、文。情就是真情，这是散文的灵魂，没有真情，便无以为文；知，应是智慧与知识，是作者对事物的独到见解；文是文采、文体，是作者的个性的表达方式。能将三者熔于一炉，便能成为大器，成为大家。而刘燕成这篇散文，真正具备了情、知、文这三个要素。他非常熟悉乡村的物事、生活、风俗，也就具有了写乡村文本的基础。《走过稻草人的身旁》读起来触痛人的心灵："稻草人是母亲在夜里借着煤油灯用泛着稻香的谷草编制成的，有脸有眼，有手有脚，身上穿着村里人废弃的烂衣、烂裤、烂帽儿，尺寸明显不协调，还有许多破洞，样子像极了戏台上的木偶，怪可笑的。但对于山麻雀来说，戴绿帽子的稻草人才是最具有震慑力的。要是金黄的稻田中央站着一顶颜色特别打眼的帽儿，山麻雀自然是怕着它的。""这一年的清明，我去给父亲母亲扫墓，父亲的墓地就在竹湾头的山梁里，从那再翻一个山背，就是母亲的坟地。我走过竹湾的时候，看见不远的田坎上躺着一个稻草人，枯朽的手里还捏着一杆旗，身上的衣装早已化作了碎布条，头上的橄榄帽也泛起了白。我情不自禁地走过去摸了摸那一身温暖的服装，顷刻间，思绪如潮，汹涌澎湃。"乡村稻草人已经成了过去时态，物是人非，但在燕成的心里却成为挥之不去的风景。

散文作为一种真实的文本，需要真心和真性。刘燕成的散文就具有这两个方面的特质。其《乡村雨具》里的桐油红伞、棕皮蓑衣、苦箢斗笠等乡村的物象，成为乡村久远的记忆，它是一种乡村文化的延续。如《桐油红伞》："都说命里的一切，是天注定的。所以，命里的那把桐油红伞，固然也就是上天早已安排好的。村庄里的女人，是十分信奉命相的。接过了男人的桐油红伞，就是接下了这一生的诺言了。嫁鸡随鸡，嫁狗随狗，没有谁，是要想给自己的命运造反的。"在燕成的文本里，桐油红伞不单纯是一种遮风避雨的器具，而是一种传统文化的象征。他把棕皮蓑衣与母亲的温暖连接在一起，借物抒情，克服了单纯的物事描写，而是赋予了自己的感情："我还想起了我的母亲，那个曾经用蓑衣裹着我给我温暖的人，那个生怕我被雨打风吹而千万遍地叮嘱我出门时要记得带好蓑衣的人，已经十六年我不曾看见她了，每每在夜半里想起她和她的话，我的心，就痛软成了泪水。"他还对苦箢斗笠与父母生存进行生命意义的打量，抒发自己的感情："母亲在我上初中二年级的那年就去世了。母亲闭气的那一刻，我看见父亲横着满脸的泪水，用一顶苦箢斗笠将堂屋神龛上的香炉盖了下去。许多年我都读不懂父亲在那一刻所做的举动，直到母亲去世十四年后的那一年4月10日，父亲也再也熬不过疾病的苦痛而永远地离开了我的那一刻，我依然发现我的一个堂叔像当年的父亲那样，迅速用一顶苦箢斗笠将堂屋神龛上的香炉盖了下去。此时，我在我人生这莫大的悲痛里读懂了那苦箢斗笠盖下去的是悲伤。在那一刻，是一顶苦箢斗笠把我们祖先挡在了悲伤的河流对岸，是一顶苦箢斗笠和我们悲伤着这人间里没有回头的分别。"从这些充满着情感的文字里，我们读到了燕成对于乡村的感情。在我看来，他的散文丝毫没有虚构的成分，而是在真实的物事之中挖掘一种文化精神，把他故乡的生存状态表现给读者。英国作家毛姆说："要把散文写好，有赖于好的教养，散文和诗不同，原是一种文雅的艺术。有人说过，好的散文应该是像斯文人的谈吐。"燕成的散文里的人、事、景、物，总让人感到真实，同时也看到了乡村文化对他的浸润。在当下，一些所谓的乡村文学，一味图解政策，写一些乡村的表面变化，没真正深入乡村的内部，只是一些形式上的乡村文本。而燕成却克服了这些通病，把自己的笔深入乡村的心脏，探寻久远的被人们漠视的物事，袒露自己的感情，像涓涓流水从他的血管里流出，然后感动读者，如《草标》："芭茅草制成的草标，置于水井里，表示饮水人以此为钱币给水神付了水款，当然，若遇见有草标之水井，便能够判断这井水清凉可口，可以放心大胆饮用。在村里，甚至连男女的约会，都是以草标传情的，什么样的恋人，就结什么样的草标，他们各自把自己的草标高高地挂在约会的'花园'里（苗家人把青年男女约会恋爱的地方称为花园）。"如《赶大戊》也体现了一种乡村文化因子："赶大戊，赶的就是一种热闹，一种气氛，一种乡情。"乡村的《泡汤》也成为燕成散文里的乡村文化精神的延续："村里有句俗语：富不离猪，贵不离书。意思是说一个人要想富裕，就不能不养猪，要想贵气，就一定得努力读书。"可见，燕成对乡村的风俗是非常熟悉的，同时也深刻理会了其中的社会文化意义。人们司空见惯的东西，成为他写作的对象。

刘燕成在尘封的乡土里，翻阅着自己心灵的故乡，从故乡的物事里，寻找自己心灵的出口。如《悲凉的乡土》，就是对自己乡土的打望。该文一共分为四个片段：乡土上的盲人祖父、祖母的乡土传说、爱母的乡土祭、父亲的悲凉乡土。读他这篇散文的时候，总让人心灵震撼，可以看出燕成是一个懂得感恩的人、骨子流淌着感情的人，他不是单纯地叙述，而是从叙述里，把记忆里的碎片巧妙地连接起来，像一组乡村的油画。"父亲已经躺在了火炕上，不停地呻吟着。可他一见了我和我的未婚妻，便立即钻出了棉被，伸出一双枯瘦泛黑的手在火炕上的木楼板上努力地撑了好几次，他想站立起来和我们打一个照应。"一个乡村父亲的形象跃然纸上，让人想到罗中立的油画《父亲》。如果要我评价他这篇文字的话，我想这样说，与其说是对一个乡村人物的命运的追问，还不如说，是一个家族命运的多重奏，用多声部发出了感人肺腑的多重唱，把乡土的本来还原。他真正找到了乡村写作的亮点：不是停留在对乡土的吟唱之上，而是对乡土进行反思。这就超出了一般意义上的写作。化"自在之物"为"自为之物"，成为他对乡土的自我显现形式。不是客观的零度写作，而是寄予他对乡土的真挚情感，对故土的人文精神的守望。如《一个乡村的永恒记忆》："老木楼里那些远去的壁间画，村庄瓦上那飘飞着的炊烟，以及吊脚楼檐下四季更替的雨，此时此刻，我坚信我拥有着它们的过去和未来。""壁间画""瓦上烟""檐下雨"这三个乡村的意象构成乡村的永恒记忆。童年的"壁间画"成为挥之不去的记忆，承载了一个时代的人生的愿望；"瓦上烟"包含了生命的过程，即生命的聚合与离散。作者总是从乡村的物事中探寻着乡村的信息，表达出他的悲悯情怀："老人们总是说，屋瓦上的烟，若是散乱地荡散开去，方才好，但若是那烟儿聚成了一条直线，从瓦上冒出，且是久久不肯散去，桥一样，架在村子上空，便是预兆着某一位老人将要离开我们了。村子里常有烟子架桥的情境，故而常有人离去，因而常有疼痛，反复地裂开在旧时的伤痕里。但这些都是没有办法拒绝的事。"乡村不再是燕成写的纸上的乡村，而是成了生命延续的部分。对乡村物事的书写，更大程度上是表达他对乡村的思考和热爱。

乡村作为人生起点，乡村纷繁的生活状态成了燕成的书写对象，如稻桩、背粪、拾穗、青苔、七夕、牛等。他的乡村写作题材广泛，充满感情，表达的手法多种多样。细微之处见精神，满含生命的意蕴，如《七夕家祭》的《梦母亲　音宛在》："我不知道一个连死亡都不畏惧的母亲，是需要多大的勇气去留驻她最后的笑容，我不知道母亲到底是从哪里来的勇气，忍受着命运的苦痛走完了生命最后的那一程，而母亲确实是伟大的，我常常在梦里想起她的时候，我似乎又看见她在为我擦掉了鬓角的泪花，像她生前一样，搂着我，藏在她怀里，使我时时刻刻都感受着母亲的怀抱，感受着母爱，感受着那泪花背面的思念！"如描写一个普通的祖母形象："祖母没有什么信仰，她唯一信奉世间有神灵存在。在老家一个叫'盖上'的土坳，每年都要搞祭山活动，祖母就喜欢这样的活动。"一个没有拔高的乡村女性的形象让人感到真实。特别值得强调的是燕成书写亲人的文字很见功力，对心灵的刻画入木三分，读后总让人隐隐作痛。我想也许这正是作者的高明之处。因为散文的写作需要真情实感，千古文章传真不传伪，作者只有把自己的真实感受传递给读者，才能进行有效的交流，才能与读者对话，他的写作才能得到读者的认同。燕成的《剩下的亲人》就是这样的文本。《二娘》《三娘》《二叔》等写得细腻，字里行间流露出真情实感，表达了对故乡亲人的热爱。生命的轮回是每个人都无法挽回的事情，随着岁月的流逝，家乡的亲人越来越少，但是自己对家乡的亲人越来越怀念，距离再远，也隔不断与乡土亲人的联系。仅以《二娘》为例："我每一次回城时，二娘总要用黑塑料，偷偷地给我包上一些刚腌制好的新鲜酸菜，她总是不会忘记，摘下几串炕好的腌肉，洗净后，塞在我的背囊里，教我吃很久，都没能够吃得完。"一个朴质的乡村女性的形象让人难以忘怀。贾平凹认为，写作就是写生活。刘燕成的散文就是生活的艺术再现，他把乡村生活的景况写得淋漓尽致。总让人感到他是在用心灵触摸乡村，或者把乡村的文化元素表现得让人心醉。如果他没有乡村生活的亲身体验，他是写不出这样深刻的文章的。贾平凹说，一部作品的人物形象是否鲜明是否成功，其实就看作者能融入多少的人生经历，提炼出了多少人生体味。乡村的生活是燕成写作的母体，他把自己的心灵置于乡村的深处。这是上苍和生活给他的恩赐，是其他人无法复制和模仿的。如《娘的三种称呼》就是典型的佐证："父母以为得了真经，连夜地，在老屋木槛口沿山梁下走数百米处的井坎湾，认定了湾里的一棵百年老梨，做我的干妈。称一棵树叫妈，开始我是多么地不乐意，渐渐地大了点儿，懂了点儿事，方才和梨妈慢慢地好上了。""就在那一年初冬的黄昏，我的骨肉亲妈再也经不起病魔的折腾，去了。母亲去的那一夜，老泉坎上的老梨，被初冬的寒风吹得直打哆嗦。"文字里有很多源于他自身的经历和感受，是其他人无法比拟的。还有他对乡村平民的关照。衡量一部作品优秀与否，应该看其是否具有关怀意识。他回望乡村的普通人的生存，实际就是对其生存的关怀。从修鞋者写到卖肉者、说媒者，其实就是把普通人的生活表现出来，让人们思考和感叹。乡村五花八门的生活就是由这些普通的人所构成，他们在乡村里扮演各种各样的生活角色。作者写这些人的悲欢离合，实际就是表达他的情怀，给乡村人物赋予生活的灵性。

可见，乡村的物事成了刘燕成写作的主体，他无时不在遥望故土，守望着乡村的文化，也许这正是他写作的成功之处，也是他写作的高点和亮点。朴实无华的语言表达成为他写作的特色。肯定他创作成功的同时，我们也应该清醒地看到，他某些作品的结构值得思考，个别句子还值得打磨。我们有理由相信，刘燕成从乡村出发之后，反过来守望乡村的文化，演绎着乡村的精神，他一定将走出新的高点。因为法国文艺理论家丹纳的《艺术哲学》认为，地域（乡土）对文学艺术创作有重要作用。很多作家的成名作，或者说终身的主题，一般是从故乡开始的。想来燕成也明白这个道理。

关怀意识与生命思考

——简评苗族青年作家杨犁民散文集《露水硕大》

　　杨犁民是一位具有关怀意识的少数民族青年作家，曾参加《人民文学》第三届新浪潮笔会与中国散文诗笔会。作品散见于《人民文学》《民族文学》《诗刊》等报刊，他被列入"21世纪文学之星丛书2015年卷"的散文集《露水硕大》，获得第十一届全国少数民族文学创作骏马奖，引起读者与文学评论界的关注。张守仁在散文集《露水硕大》的序里写道："这样的散文，只有诗人才能写得出来：悲悯、细腻、深情、灵动、甜蜜、忧伤……作者杨犁民写这样的文字，如露水般湿润、纯净、清亮、闪光，心中暗喜，发现重庆地区出现一位有特色的散文家。"

　　杨犁民首先是一个诗人，散文诗是他最初创作时的文体。散文集《露水硕大》里的大多作品蕴含诗意特征，以诗人眼光打量生活，关注他长期生活的土地和普通物事与人生，充满着关怀意识与生命思考，表达他对生命的尊重与敬畏。他特别擅长把乡村与物事、人与动物的生存世界变成书写对象，揭示社会生活哲理，撼动读者灵魂。

　　评论家吕进先生认为：优秀的文学作品总是洋溢着生命意识和生存关怀。而杨犁民的散文作品总是凸显这两点，比如《露水硕大》以乡村露水作为写作对象，书写露水短暂存在的意义与价值："再遇露水时，当倍加珍惜。……让露水把我浇灌，让一生沉浸在一粒露水里。"作者表面上写露水，实则写露水与生命之关系，将乡村普通的物事赋予独特的生命含义。

《梦想的出口》写作者在后坪乡政府工作生活的景况。后坪是渝东南酉阳的一个偏僻乡场，与城市的物质精神文化生活有着明显差距，唯一的精神生活就是看报纸："除了睡觉和做事，我大部分时间都待在那里。看那些从不同方向来的信件和人们订阅的各种报刊，看得最多的是《参考消息》《人民日报》。虽然地处偏僻，但也有人追求物质外的东西：居然有人订《名作欣赏》《诗刊》等刊物，还有人考研究生。刘江华的木板床上也散放着不少的书。这使得我床铺上的那些书从此找到了交流的兄弟。他正在考研究生，都考了好几年了，就英语一门老是过不了。快三十岁的人，乡场上的人都说，他怎么老是不见要朋友，该不会有什么问题?"作者对刘江华生存状况的真实书写，实质上就是对普通人的生存写照与人文关怀。刘江华是一个中师毕业的乡村小学教师，因为遭受生活中的某种委屈，迫使他考研究生。作品最后，作者与刘江华都找到了属于自己的"梦想出口"："作者进了县城工作，刘则考上研究生而离开，人生的出口终于被自己打开。"人人都梦想有个出口，只要你努力，生活的出口一定会为你打开，这是生活哲理，也是作家的人生态度："此刻，我坐在县城自家的房屋中，在电脑前敲下这些文字。刘江华早已考上研究生远走高飞了，他的《朦胧诗选》和《黄金国度》还插在我的书架上，双翅收拢，失去了飞越千山万水的雄心壮志。"虽然是写实，但给读者呈现了现实以外的生活思考。

《鸟声如洗的村庄》书写鸟在村庄树林里的生存状态——鸟在大树上鸟巢里的平常生活，作家从人们司空见惯的村庄场景中表现对生命的关怀，勾画了一幅独特的乡村画面，再现乡村质感和自然生活气息，凸显出传统生态文化景致："树丫间仿佛有它们站立过的身影。我查对过麻雀、鸦雀、毛盖雀、大娘点、黄冻儿……这些村庄里所有我见识过的鸟类。我相信鸟声绝不是这些鸟发出来的，那应该是一种体形更大的鸟，它在夜晚人们都睡着了的时候飞临，用翅膀和叫声笼罩了村庄，让它沉浸在睡眠和黑暗里。……我不知道它们在高坪村的名字，然而我知道，它们一定就长在高坪村的林子里。不被我看见，却叫声不断，清脆不已。"看似写鸟声，实际上在向读者阐释一种朴素的乡村生命启示。人声与鸟声相互交织，构成乡村生活的多重奏——来自杨犁民对乡村生活的真切体验。

有学者认为，文学写作的最高境界就是哲学思考。《露水硕大》的不少作品蕴含着与生俱来的生命意识与哲学思考。如《鸟声如洗的村庄》与贾平凹的《丑石》有异曲同工之妙：用在自然界里被人漠视或者熟视无睹的东西，昭示深刻的生活哲理（被人们漠视的东西里包孕着平凡与伟大）。《覆盖大地的耳朵》表面写红苕等物事，但是实际上给人展示了朴质的乡村生存方式，揭示了成长环境与生命内在变化的关系：

> 我常常在想，要是红苕秧永远长不大就好了，这样它就可以留在地膜中，就用不着走进土地，长成红苕，最后又回到地洞里。
>
> 就像跟我一起上学的海昌，如果他永远长不大，就永远是我上学的同伴。就不会成为南下打工者，就不会穿我丢弃的破棉衣。
>
> 我和他之间的距离，就仅仅是，一棵红苕秧和一株海椒苗之间的距离。

杨犁民既是一个对普通群体生活的关注者，也是一个对底层生命的怜悯者。在喧嚣的时代文化背景下，他把笔端伸向被人漠视甚至遗忘的乡村，渗透着一种永远也无法解脱的乡村情懔。《冬天的最后一棵萝卜和白菜》写有关冬天高坪村人生活的物事，从这些平常的生活状态中，作者寻找自己写作的文化因子，对普通生活现象进行了文化诠释："收完冬天的最后一棵萝卜和白菜，农历的又一个年头就这样结束了。作为留到最后的一棵萝卜和白菜，它们也许是幸运的。舅母们的决定，使它们形同英雄。"

最后一棵萝卜和白菜被赋予某种象征意义，表达出一种挥之不去的传统生活情结与乡愁。萝卜和白菜的生命终结，其实就是某种命运的自然终结。

《车窗里的村庄》是作家对自己曾经生活的村庄的描绘与关怀："除了农人，只有蜜蜂还在深入季节和植物的内部，与花朵、庄稼说话，把握着大地的秘密。"村庄作为一个传统农耕文化的符号，在人们心中日益淡化。而犁民则像孩子注视小鸟的目光一样，表现出自己的无可奈何："如今，不可避免地，我成了这个春天的旁观者，成了村庄的过客和睡眠者梦中的旅人。我甚至来不及回头，汽车就已经走远了。我不知道，它究竟要去哪里。"在日趋城市化的今天，即使是生长在村庄的人，也逐渐成为村庄的过客。而关注村庄，实质就是关注乡村的发展。无疑，关怀意识是他散文创作的动因，他自觉成了一个乡村的看护者和思索者。事实上，不少村庄已在人们意识中渐渐淡忘与消失，或者说从人们的视野中远去，正是在这种语境下，作者流露出自己心灵的情愫与精神回归。

《目击而亡》写猎人对动物麂子、刺猬、兔子等野生动物的猎杀，实际上是对弱肉强食的自然法则的思考。文字里浸透着人性，闪烁着作者的生命意识，这才正是这篇作品的意义所在："砰。一声枪响，震落了满天星子。丛林中，珍珠熄灭了。我感觉到一股冷风钻进我的骨头，月亮躲进了云层里……麂子没有明白，是自己的眼睛出卖了自己。……我是被一双双或红或蓝的眼睛击中的。"人被眼睛而击中，看似简单，其中的生活哲理让人思考。在现实生活中，有无数普通人就是因为遭到别人红眼而惨遭诟病或者中伤，自己无法承受而无奈倒下。在对动物遭遇枪击死亡前的描写中流露出作者的良知，表达出他对生命的尊重。面对死亡，爱护就是最好的尊重，体现了作家对生命的敬畏与关怀。

《毗牛而居》写乡村里牛多舛的命运，与刘亮程《城市牛哞》之牛具有惊人的相似。乡村的牛，无论是在乡村还是进入城市都有一种相同的而无法摆脱的宿命。牛是中国传统的农业社会不可缺少的劳动力，与人类一道延续着传统农耕文化香火，但牛又是最终的不幸者："牛的欢乐只属于童年。牛满一岁，就得告别玩伴，学会犁土，学会沉默，不再往地里撒欢，不再和鸡、狗说话……牛吃的苞谷壳，是庄稼死后对牛的报答。没有谁会害怕一头牛——牛连老虎都不怕。只是在主人要杀它的时候，牛的眼里，有一丝泪花。"《毗牛而居》中在乡村劳累一辈子的牛，最后难逃被自己主人屠杀的厄运。牛是弱势群体，牛永远无法逃出自己宿命的悲剧，触发人们无尽的思考。体现出作家对底层普通苦难生命的人文关照，表达他对普通生命生存的反省：牛的宿命何尝不是一些普通人的宿命，也是一些普通人无法逃脱的生命法则。

《地球的最后一滴眼泪》是写九寨沟景点的散文诗，作品本身已经超越了自然景点内涵，作者站在人类生存的立场上，表达他对地球生态环境的忧患意识，内在思想可见一斑："河流越来越小，眼泪越来越少。九寨沟是上帝给地球的最后一滴眼泪，晶莹、透彻、脆弱。却是最后的安慰与救赎。"

杨犁民的散文，始终渗透着生命意识与生存关怀，传达出他对生命与生存的一贯思索，在当下少数民族文学创作百花园里，呈现一道独特的亮丽风景。

"生命主义"诗歌实验与书写

——读伍俊华的诗集《时光手记》

伍俊华是一个诗歌精神追求者和实验者，长期以来，他在诗歌创作领域的成绩有目共睹。作为一个具有探索意义的诗人，在他创作的道路上，总是用其诗歌文本表达出生命意识。他认为，生命主义不是文学起义，同时提倡零度写作。我对生命主义诗学创作的理解不是文本意义上的言说方式，而是对生命的尊重和生存的尊重，同时回到生命的原点，诗歌才会真正具有其文化意义。他的诗集《时光手记》就是这样的写作范式：诗人从生命出发，对生命的尊重和生存意义的文学书写。

当下中国诗坛，不少诗人往往从个体出发，着重表现自己内在的精神因素，而没有将自己的书写放置在整个生命的范畴，只是一味地走向创作的私语化，缺乏生命关怀意识。吕进先生认为，优秀的诗歌就是对生命意识的崇高书写。其中就包含一种生命主义特质。我认为，宇宙都是生命构成的，尊重生命应该是人类文化的最高书写和永恒的使命，把生命书写放置在诗人写作的主要平台，探寻生命的意义，这才是真正的生命主义的诗歌。伍俊华是中国最早提倡生命主义诗歌书写的诗人之一，他不是简单地提出一个空洞的口号，而是用自己的创作实践验证他长期追求的创作观点。

诗集《时光手记》由"我的记忆""探险者之歌""隔岸观火""东篱采诗""老屋的瓦背""白云深处"六部分组成。其实单从每部分的标题上看都潜藏着生命意识。我认为，《时光手记》是诗人目睹生命且对生命进行思考而表达出的生命意识。生命不单纯是人的生命，而是泛指自然界的一切生命，即凡具有生命价值的物事。如《我的名字》："我的名字是荒原上的生命/绿色的裙裾盛开的花朵/盛开着落日的村落/青春低回/草地上是我和风的舞蹈……"显然名字只是某个体生命的代号，而作者却在诗歌中赋予了生命的意义。"我的简单并不因为花朵改变自己/我的执着扎入泥土的芬芳/吮吸母亲那丰富的乳汁/我挥动着绿色的小手/我的手在季节中枯萎……阳光访问过我的村庄/我有过万紫千红的梦想/然而白云的逃离/在夏天引起轰鸣/有一种命运在秋天被马踩过……"生命意识比比皆是，时刻渗透出诗人的生命情结。万事万物都有生命，主要是我们如何看待它。既有生命的个体也有生命的群体，生命个体总是蕴含在生命群体之中。相对宇宙而言，生命的个体十分渺小，而又是生命群体的构成部分。作为生命，找到自己在宇宙的位置十分重要："我以一种颜色/穿过草原蓬松的头发/在那里搭起帐篷/把种子和姓名播种到远方/春天总要来临/我并不在乎，囊中还有什么。"在诗歌中，诗人从自己的主体意识出发，用"名字"注解生命意义，展现生命的本体价值，发出对生命价值的拷问。

我一直认为，诗歌是诗人本体精神的一种文化释放，根本意义在于对生命的释放或者精神意义的解说。伍俊华的诗歌就是把自己在自然界和社会生活中的体验，用文字表现出来。《大漠日记》就是对生命意义进行了探索，饱含了诗人对人生的思考。诗人以大漠视角，书写其对生命的考量："仿佛在她的生命过程中/我的一身被小草覆盖/于是我拼命挣扎/努力突围/企图结束这样的悲剧/然而，我终于在小草中沉静下来。"沙漠作为一种生命存在，往往被人们诟病，很少有人关注沙漠本身的价值。"我却轻松吟唱/一年又一年/然而，我的黑发与崭新的生命/在小草的自序中渐渐枯萎/小草漫过我的头顶。"在诗歌中，我们读到沙漠的精神和生命的价值，作者把沙漠和人放置在一个思考平台，一种继往开来而生生不息的生命情怀油然而生。其实这是诗人内心世界的精神书写。沙漠作为一种自然元素，往往被人漠视或者贬斥，而它自身价值却被人忽视。诗人另辟蹊径，探讨其生命意义，超出一般诗歌吟哦的状态，体现了诗人的精神扩张。伍俊华的生命意识探索不仅仅是传统意义上的生命探索，而具有一种相对前卫的精神仰望，如《雨中奔跑的花朵》："是谁绕过冬眠的河流/来到我这荒漠的草原/一个走安定路线的女子/突然狂奔/树林里除了雨水就是她奔跑的声音……"诗歌中草原和女子是象征，或者说是生命意义的喻体，花朵和女人构成诗歌的主线。草原、村庄调成纷繁复杂的生命色彩，还有一条河流在奔腾不息。不难看出，诗人不单纯是注重诗歌中的精神，而且在诗体构造上也匠心独运。传统爱情回归与现代意识融为一体，给人一种冲击力。

诗歌创作本质上是一种精神守望，诗歌《守望者》就是对精神守望者的肯定："到山顶去/观察一棵树的成长/就知道有多少暴风雨读过的书卷/到海角去/那里有一块石头/只有潜入海底才能找到她的心房/到东海去/那是日出的地方/只有在海边等待才能迎接太阳的来临。"诗歌透过众多的意象讴歌守望者："守望者/你是一只忧郁的蝴蝶/在黎明的时刻还未醒来。"其中暗含着诗人的情感和对守望者精神的理解。在现实中，一些坚守的人（无论是物质坚守还是精神坚守）常常得不到人们的理解，甚至还被人嘲弄，但总有人默默无闻地坚守。诗人作为人类灵魂的守望者，理所当然比一般人具有高尚的境界。毫无疑问，生命坚守其实就是一种崇高境界。我一直认为生命写作的关键在于对生命与生存的关怀。《拾海星的女孩》就是对一个普通女孩生活的写照："她来自白云的故乡/栖落在黄色的沙滩上/我看见一位姑娘在海边/昨夜的海潮把海星撒在沙滩上/她光着脚丫/把一枚海星捧在手上/把大海的愿望装在心里/把梦放到海里。"诗歌把一个拾海星的女孩的外在行为和内心描写得十分逼真，显示出写作的在场感，同时具有唯美主义的创作倾向。诗人面对"拾海星的女孩"展开想象："海潮拍打着她的脚丫/白色的海鸥在天空飞翔/海潮一层一层地涌上沙滩/闪亮的贝壳/白色的海星/大海无边的梦床。"诗人不是简单地停留在对"拾海星的女孩"的描摹上，而是通过拾海星的女孩的外在描写与内在向度，凸显一个普通女孩的精神世界："我认识海潮/离开遥远的故乡/我仅仅是一朵云。"诗人把一个女孩的精神诗意化，显得十分飘逸："在那棵白杨树下/我认识了海星/在海边我认识了你/快乐的女孩。"

当下是一个浮躁的时代，我们从哪里来又要到哪里去，是我们这一代人的思考命题。伍俊华和我们一样站在生活的某个角落，作出了"关于我们"的思考，《关于我们》是一组诗歌，由《事件的叙述》《神秘会议》《人类胚胎生产线》《宠物乐园》组成，表面上是对自然界生命及其生存规则的书写，实质上是对生命的追问。如《事件的叙述》："岸上的风景在水中很优美/它在水中一言不发/一艘船从四百年前出发/横跨大西洋/腹中的鱼疼痛起来/从海底爬上大陆/一个国家在水中沉没/生产机器将在水中淹死/人类走向太空电梯/一条巨龙在河床上孵化卵石/二百六十一个国家离家出走。"短短几行诗歌中包含不少人类事件，读者可以从这些事件中找到历史的某些答案，看似漫不经心的叙述之中，表达出诗人的良知和关心人类发展的情怀。生命主义诗歌写作的核心就是对生命的生存的一种崇高书写，诗人的目光应该打量人类社会生存与发展的情景，在人类与自然的发展等领域上高屋建瓴。生命主义的关键在于尊重生命、尊重生存，把自然界的生命置于写作视野，而不是简单地、狭隘地流露出生命意识，应蕴含广泛的生命意识在内。生命主义将关注一切具有生命的物事，把诗人的生命哲学融入生命的不同领域，达到生命诗化的写作目标。《神秘会议》《人类胚胎生产线》看似具有一种后现代主义的书写模式，但是作品中始终打量着人类的生存的进程，体现诗人博大的胸怀。如《神秘会议》："拉旦抵达一座森林，森林有一幢白色的房屋/白色的房屋召开白色的会议/会堂上放着一批昆虫 井然有序/拉旦手中拿着一本书，科学家从苹果上站起来/穿戴豪华盔甲的车辆在田野上奔跑……"诗歌中可以看到诗人对自然环境和人类生存的关切，表达出一种忧患意识。拉旦作为一种象征，多次出现在诗人的作品之中，显然是人类生命的某种暗示。在《人类胚胎生产线》："拉旦在靠近海边的村庄建起一个胚胎生产线，生意极好/他每天要生产一万个产品/全自动化的车间里，拉旦只雇用了二百个工人/后来拉旦把流程改成智能数控/每天生产两万个产品，只雇用了二十个工人/后来，他又把流程改成为微脑控制/他每天只说一句话，生产就解决了……"在世界日趋现代化的今天，一些传统工序逐渐消失，一些新的生存方式在产生，产生了二元矛盾：一方面我们的传统文化在消失，另外一方面新的生产力的出现，导致人类面临生存危机。诗人就是从这些人们司空见惯的现象中，关注人类的生存与发展，把自己的关怀意识融入了社会的历史进程，这就需要诗人的生命情怀。诗歌的创作关注与介入是诗人的一种创作态度，表现了诗人的精神向度。在现代化语境下，诗人作为人类灵魂的代言人，只有发出自己内心的感悟——也就是对未来生活与生存的关注与书写。

诗歌的每一次创作对一个具有崇高精神背负的诗人来说都是一次探险甚至冒险的历程。如《探险者》就是佐证："我将穿过无人知晓的洞穴/就像探险者走进地狱一般/在洞中我打开手电筒高举着火炬/我用我的月亮和我先知的感觉匍匐前行/这就是诗人高昂的旅途/是探险者自愿投入的罗网/老诗人的赠言应验了我的结果。"诗人是人类精神的殉道者，为了人类的前行，背负着苦难，充当人类的先知，在每次探险中要付出沉重的代价："黑夜是寂寞漫长的漂泊/我将进入腹地寻找通往天堂的道路/痛苦的前进使我站起来又卧倒/我从一个地表到另一个地表/那是满金子的大地和辉煌的灯柱/在这里我要收集所有的财富和良知/出产光芒万丈的橄榄树和丰收的粮食。"从诗歌中不难看出诗人的索求精神和使命意识，表现了诗人的良知。诗人就是真正意义上的探险者，把人类的苦难承担和为人类创造出丰富多彩的精神食粮。我想，这才是诗人真正的价值所在。作为具有探索意义的诗人，伍俊华一直在寻找着自己诗歌探索的表达出口，从《我们走过最冷的日子》到《我要去寻找一条河流》《我要成就我的东西》等作品，无一不流露出诗人的探索精神，他的创作本身就是一个炼狱的过程，力图从本体出发，找到自己的精神价值。如《我做我的》勾勒出诗人的精神图景："白昼很白/我看不见你/心怀叵测的云过来/罩住了这年轮的杆头//黑夜很白/你清楚我/月亮打着电筒过来/照耀着艰难跋涉的人//是的/在我们中间没有出责任之前/人在做　天在看/世界无奈地寂静。"诗歌通过对比的写法，把诗人良知凸显得淋漓尽致。特别是"人在做　天在看"表达出诗人内心的纠结和无奈。在当下的文化背景下，诗人只能洁身自好，保持自己独立的人格立场。

伍俊华认为，每个时代都赋予了生命不同的价值，而每个时代都无法改变生命的定义。没有生命就没有感觉，就没有知道，而知道无界；尊重生命，爱护地球，崇尚尊严，给别人的就是给自己的；世界站在前方，每个人都有自己的世界，在改变世界之前改变自己。他不但提出有关"生命主义"的创作观点，而且在创作中不断地实践：他的诗歌《去天国的路上》就是对"5·12"大地震中逝去的人们的精神关照，表现了一个诗人的善良；组诗《战争》就是对当代人类战争的诘问与反思，表现出一个诗人崇高的生命和生存意识。诗人已经从自身个体开始进入整个人类的生存，袒露出诗人博大的生命情怀，从而走出自己生活的围墙，走向更为开阔的文化阵地。他已经从"生命主义"的创作实验走向真正意义的"生命主义"的写作，谱写出一个诗人真正的人间"大爱"。

民族诗人的世界情怀

——读彝族诗人吉狄马加的世界题材诗歌

　　吉狄马加是我最喜爱的少数民族诗人之一，这也许是因为我也是少数民族。作为少数民族的诗歌爱好者，我对少数民族诗人有一种偏爱。读吉狄马加的诗歌让我产生一种冲动，仿佛自己的血液在不停地奔流：他的诗歌完全跳出了单一民族圈子，站在历史的高度，打量着整个世界、整个人类，从而关注人类的生存与发展。以一个少数民族诗人博大的胸怀，在其民族视野里展示了他对世界的真诚关怀。

　　不少的诗歌评论文本说吉狄马加是中国最有资格和世界对话的少数民族诗人。以前我还有些不以为然，持质疑的心态。最近读罢《吉狄马加的诗》中的一些世界题材的诗歌，深受触动。先以他的《安魂与祈祷》为例，该诗的副标题是"21世纪一个夜晚的祈祷词"，表达了诗人的世界关怀，他在这首诗里为四个人的灵魂而祈祷：印度的圣雄甘地、美国的黑人领袖马丁·路德·金、以色列的和平领袖拉宾和英国的王妃戴安娜，这四个人都是在20世纪人类史上有过影响的人物。其中甘地是为民族而抗争的代表；马丁·路德·金是为种族平等而被枪杀的黑人民权运动领袖；拉宾是为中东和平而牺牲的杰出代表；戴安娜是一个无辜而不幸丧生的优秀女性。诗人从人道主义出发，为他们安魂，为他们祈祷，字里行间透出作者追求和平的不屈精神："请允许我/在20世纪即将过去的时候/为四个人的灵魂而祈祷/因为他们都死于暴力和不幸。"20世纪虽然已经过去成为历史，但是诗人却选择了该世纪具有代表性的人物作为诗歌的书写对象，表达诗人对这四个历史人物的真诚的祈祷与热爱和平的强烈愿望，展现一个真正具有世界文化精神的诗人的良知："请允许我/为这四个人的灵魂而祈祷/因为他们在活着的时候/就已经把自己的生命和梦想/献给了人类的和平、自由与公正。"吉狄马加的诗歌具有世界关怀，关键就在于其诗歌里不断出现对世界和平与发展的关注。我认为，诗人祈祷和安魂就是为了警醒人类，希望这类悲剧不再重演。和平与发展是当今世界人类面临的两大主题。真正具有抱负的诗人自然会跳出自己个人的小圈子，将自己的创作置于整个世界的生存和发展之中，而这样的作品才真正地具有世界意义。在当下诗歌大多表现自我、丧失写作精神信仰的背景下，不能不说吉狄马加的诗歌有着他独特的存在意义。

《献给土著民族的颂歌》是吉狄马加的一首为联合国世界土著民族写的抒情诗。诗人用朴素的语言写出了他对世界土著民族的真挚关怀："歌颂你/就是歌颂土地/就是歌颂土地上的河流/以及那些数不清的属于人类的居所……"诗人在这首诗里选用了"歌颂你""理解你""怜悯你""抚摸你""祝福你"作为每一节诗歌的开首，极为虔诚的心态就表露在读者眼前，从诗中看出了诗人的心境：歌颂、理解、怜悯、抚摸、祝福——这五个关怀性的词语如现代音乐的五重奏，多声部地表达了诗人的人道主义思想情怀。仅以该诗的第二节为例："理解你/就是理解生命/就是理解生殖和繁衍的缘由/谁知道有多少不知名种族/曾在这个大地上生活。"在当今种族歧视仍然存在的历史语境下，诗人对土著居民的歌颂，其实就是呼唤种族平等，同时也是对世界的生存关照与思考。"祝福你/就是祝福玉米，祝福荞麦，祝福土豆/就是祝福那些世界上最古老的粮食/为此我们没有理由不把母亲所给予的生命和梦想/毫不保留地献给人类的和平、自由和公正。"诗人以世界上最常见的玉米、荞麦、土豆等粮食作为诗歌讴歌的对象，其中带有明显的生存象征意义，朴素的语言中包含着深邃的哲理和深刻的历史沉重感，读后让人心灵由衷地震撼。

吉狄马加的诗歌不仅抒写震惊世界的大题材，同时他也关注世界上的普通人生。他的《欧姬芙的家园》就是献给20世纪最伟大的美国画家的作品。这首诗歌以冷静的语言，抒发了诗人对这位画家的理解和崇敬之情："或许这是最寂寞的家园/离开尘世是那样的遥远/风吹过荒原的低处，告诉我们/只有一个人在这里等待。"这位伟大的画家在世的时候，也许没有多少人能够理解，就像著名的画家毕加索一样，而诗人在诗歌里抒发了一种由衷的称赞："你的手是神奇的语言/牛骨和石头被装饰成一道黑门/谁知道在你临终的时候/曼陀罗的叹息是如此沉重。"诗歌作为一种特殊的言说方式，最能够表达诗人的心灵声音："欧姬芙，一个梦的化身/你的虚无和神秘都是至高无上的/因为现实的存在，从来就没有证明过/一个女人生命的全部。"从这清新而沉重的诗句中，读者完全看到一个诗人讴歌生命的灵魂：一个来自中国少数民族诗人的高尚灵魂，他那属于世界属于人类的灵魂。

著名的诗歌评论家吕进说过，一首优秀诗歌在于生命关怀和生存关怀。同时也在他的《诗，生命意识与使命意识的和谐》里强调："从近年的新创作观察，优秀诗歌总是生命意识与使命意识的和谐。"在吉狄马加的诗歌中不难看出这两个方面的抒写意识。《回望二十世纪》是一首献给南非的黑人领袖纳尔逊·曼德拉的诗歌。曼氏为了南非的民族自由和国家的独立奋斗了半个多世纪，是20世纪值得尊敬的伟大的黑人政治家。诗人选择该题材，实质上就是表达他对人类生命与生存的关怀。诗人从历史的高度审视曼德拉这个伟大的历史人物，抒发自己的情怀："站在历史的岸边/站在属于精神的高地/我在回望20世纪/此时我没有眼泪/欢乐和痛苦都变得陌生/我好像站在另一个空间/在审视人类一段奇特历史。"诗人在抒发自己感情的同时，以历史事件作为诗歌文本写作的支撑点，摒弃了平常诗歌中空洞的抒情，而是熔历史事件和感情为一炉。20世纪是充满灾难的一百年，也是文明发展的一百年，诗人立体地再现其历史进程："其实这一百年/多种族的人类，把文明又一次推向了顶峰/我们都曾在地球的某个角落流下感激的泪水/20世纪/你让一部分人欢呼和平的时候/却让另一部分人两眼布满仇恨的影子/你让黑人在大街上祈求人权/却让残杀和暴力出现在他们的家中……"在这些诗句中，完全可以看出诗人在不断地反思20世纪人类的生命与生存状态。诗人把自己的思考放置在20世纪的大背景下去展开，体现出一个世界诗人的广阔胸怀："其实这一百年/战争与和平从未离开过我们/而对暴力的控诉也未曾停止/有人歌唱过自由/也有人献身于民主/但人类经历得最多的还是专制和迫害/其实这一百年/诞生过无数伟大的幻想。"该歌表面上是写给南非的黑人领袖曼德拉的，而实际上诗人是书写整个20世纪的生存与发展：20世纪是一个多元化的时代，战争与和平并存，生存和痛苦伴生。诗人仿佛在这个世纪里不断穿行，把整个世纪的重大的历史事件用感情追问的这条线索巧妙地连接起来，凸显出诗歌的巨大张力，以此增强诗歌的艺术感染力。令人称道的是诗人把20世纪拟人化，一连串的"你"的叙述与阐释，让人们在对20世纪的回顾中产生沉重的思索："你也曾把某个无名者的话语印成真理/你散布过阿道夫·希特勒的法西斯主张/你宣扬过圣雄甘地的非暴力主义/你让社会主义在一些国家获得成功/同时你又让国际工人运动处于低潮……你叫柏林墙在一夜间倒塌/你却又叫车臣人和俄罗斯人产生仇恨/还没有等阿拉伯人和犹太人真正和解/你又在科索沃引发了新危机和冲突。"诗人以深沉的笔调对20世纪进行全方位的反思，表达他对世界和人类发展的无限关心，从艾滋病、遗传工程、信息技术、文化、宗教和自然环境等方面对20世纪的状况进行描绘与阐述，然后抒发自己的悲悯情怀："你在欧洲降下了人们渴望已久的冬雪/你却又在哥伦比亚暴雨如注/使一个印第安人的村庄毁灭于山洪……使我们相信每一个民族都是兄弟/可你又让我们因宗教而产生分歧与离异。""在巴尔干和耶路撒冷互相屠杀/你让高科技移植我们需要的器官/你又让这些器官感受到核武器的恐惧/在纽约人们开心更多的是股市的涨跌/但在非洲饥饿和瘟疫却时刻威胁着人类。"当通过对20世纪的回望之后，诗人有了自己对20世纪的深刻的思考与解读："是的，20世纪/当我真的回望你的时候/我才发现你是如此的神秘/你是必然，又是偶然/你仿佛证明的是过去/似乎预示着又是未来/你好像是上帝在无意间/遗失的一把无比的双刃剑。"从吉狄马加的这首诗歌中，非常清楚地看到了他作为一个中国的少数民族诗人对世界和人类的终极关怀。其诗歌完全走出自己单一的民族视野，成了世界诗歌王国的一枝奇葩。

在当下的一些诗歌主要是抒写自我、表现自我的语境里，吉狄马加的诗歌却是一道独特的风景线。其诗歌关心人类的生存与发展，给人们展示他自己的思考，真正地开始和世界对话。我以为，这样的诗人才是真正具有责任感的诗人，才是具有世界关怀的诗人。

乡村歌唱与真情写实

——读《迈向新农村：遵义"四在农家"诗歌散文选》

当下的乡村文学被人们漠视，乡村的真情写作越来越少。青年评论家谢有顺认为："文学的日趋贫乏和苍白，最为致命的原因，就是文学完全成了纸上的文学，它和生活现场、大地的细节、故土的记忆丧失了基本的联系。"《迈向新农村：遵义"四在农家"诗歌散文选》让我们又找到了真正书写或者讴歌乡村变化的真情文本。该书分为上卷"华丽新诗篇"和下卷"真情大散文"。我认为，"华丽新诗篇"立足乡村抒情与歌唱，"真情大散文"是对乡村的真情写实，在当下的乡村文学创作语境里凸显出深刻的现实意义。

"华丽新诗篇"：乡村抒情或者歌唱

当下诗歌出现了一些通病，特别是乡村诗歌的失语，反映"三农"的诗歌比较少，真正的乡村诗歌被一些玩诗歌的人推到了边缘。纵观当下的诗歌缺失，就是对于生存关怀和生命意识的缺失。不少的诗歌都是沉浸在"小我"，缺乏对社会"大我"的关怀。农民是中国社会的主体，他们理所当然应该成为诗歌的主要书写对象。

在上卷"华丽新诗篇"中，乡村成为诗歌主要的抒情对象，农村的物事成为诗歌的写作元素。比如卜宗学的《走进黔北乡镇》："生活在这里加快了节奏/来去的人都匆匆忙忙/走在乡下的大街上——/像走进时代的新画廊……"用朴素的语言勾勒出乡镇的画卷，让人感到欣喜。时代的前行，加快乡村发展的进程，作者捕捉到乡镇变化的足音。田应刚的《乡村兄妹》书写乡村的爱情："哥哥在这边/妹妹在那边/一条心事的河流/荡漾在腼腆和娇羞的中间/清澈见底……铜唢呐欢奏的那天/夜晚定会绽开一朵鲜红的桃花/那时候的乡村/就是这样一种品质。"这是一首关于乡村爱情的歌谣，再现了乡村爱情的美好记忆。刘志模的《故乡石磨》是对乡村历史的打望，同时又对石磨赋予了当下的意义，在日趋城市化的今天，乡村成了人们精神的回归或者寄托："悠悠岁月中唱过动人的歌谣/在科技音符中悄悄走进历史角落/而今山外飓风吹开积淀的沉默/在绿色时空中又跳起欢快舞蹈。城市人的喜悦在磨盘里溅跳/袅袅炊烟编织出和谐图案/乡村旅游丰盈了山乡梦想/你随返璞归真的观念淌出了欢笑。"李发模的《黔之北，农之家》（音乐诗），实质上是一支乡村的现实歌谣。在中国古代，歌与诗是没有明显的区别的，诗就是歌，歌也是诗。而到现在，诗与歌就有了一定的区别：诗是读，歌是唱。青年学者梁效梅认为，歌是诗的一类，唱的诗就是歌。《黔之北，农之家》（音乐诗）其实就是对黔北农村与农家的歌唱，真实书写出该地域农村的变化，饱含作者的文化取向："依哟喂——/那个富呀学呀乐呀美呀，/那个男呀女呀爷呀娃呀。/家家摘日月哟挂红红果果，/户户铺山水哟种林田绿茶。//轻松和谐的山里旮儿，美满自在的田园农家。"（见第一章《号子》）"难忘是大山给我魂，/难忘是故土扎我根。/永远忘不了，/魂牵梦绕的小山村。/回来啦，回来啦，/生我养我的父老乡亲，/牵着我的魂，/扯着我的心。"（见第二章《乡村》）在这两章里，我们看到诗人的乡村情结，乡村成为诗人的精神家园。中国是一个传统的农业社会，农村是绝大多数人生命的发祥地，尽管离开了自己曾经出生的乡村，但是自己的根还留在这片土地上，成为终身的依恋。

李发模对乡村的歌唱是非常真诚的，用朴素的语言表达出对乡村的歌唱，尽管有的人会说，这是一部当代的"颂词"，我认为，当下社会的发展还真正缺少颂词：农村发展需要歌唱，农村的进步需要与此匹配的歌谣。"颂词"总比那些自我陶醉的诗歌要有意义得多。乡村歌谣在诗歌中出现，实质是表现出诗歌精神的回归，或者诗歌精神的重建。当下诗歌被一些人恶搞，逐渐边缘化。乡村渐渐远离诗歌写作的视野，远离现场。歌唱的诗歌更是被一些诗歌评论家淡化。在这样的诗歌语境下，吕进先生提出"诗歌精神、诗体、诗歌传媒方式"三大重建。李发模的《黔之北，农之家》（音乐诗）与此不谋而合，把歌颂乡村作为一种文化精神，或者说是一种诗歌精神，把音乐作为一种诗歌的传播方式更具有文化意义，比如《尾声：呵嗬》："唱首歌哟——/富在农家唱富歌，/歌声飞出凤凰窝。/学在农家探奥妙，/世界和我并排坐。//你来合哟——/乐在农家歌满箩，/喜事要用火车拖。/美在农家政策好，/农民跳进了福窝窝。/呵嗬……"

农村、农民、农业被称为"三农"问题。"三农"问题是国家和政府非常重视的问题。几千年的农业税成为历史，农村儿童的九年义务教育实行免费，种粮直补等"三农"惠民政策的实施，使农村发生了翻天覆地的变化，而我们有的诗人却视而不见，甚至漠视，这就是诗歌精神的失落，而"华丽新诗篇"以关注"三农"为主要的创作倾向，具有现实意义。陈贵莹的《走在乡村的小路上》诠释农村的变化："草地上的牛羊。在黄昏的色彩里/那高挂的红灯笼噢/在星光灿烂的晚上/可曾是这美丽的月亮？//啊！多么幸福的生活呀/婴儿抚育在母亲温暖的怀抱/就是这爱的乳汁/听吧，从乡村里耕种春天的歌谣。"

书写乡村，就是书写乡村的发展与变化。中国作为一个二元结构社会，乡村占了中国版图的大部分。而近年真正属于乡村的诗歌微乎其微，这不能不说是诗歌的失语。骆科森的《被染红的村庄》具象与意象的结合，把乡村秋天的景色勾画出来，诗画一体，既是乡村丰收景色的再现，又是对乡村的抒情："红高粱　高举/宁静的村庄/一些色彩从远古的歌谣中醒来/红色的屋檐/隐含着母亲的微笑//让九月点缀初秋的抒情/被染红的村庄/把幸福烙印在每一个日子的细节上。"

唐生琼的《农家的美》写出农村的美，表达出作者对于乡村人民心灵的赞颂。乡村作为城市化的最后一块净地，理所当然地成为诗人歌唱的因子："一家有难　全村出动/没有都市的冷漠和势利/在乡亲们质朴的外表下/有着一颗善良的心//这种骨子里的真诚　热情/透着骨子里的农家美。"

萨客的《赶场坡上飘呀飘》写出了乡下人另一种生活状态。赶场是乡下人生活的必需部分，再现乡下人在赶场途中的景象，让读者感受到乡村的生活情趣："仿佛时间　一下子就慢了下来/在赶场坡　一个又叫桃花源的村庄/我选择一处可以安静的地方　坐下/卸下身上/我一路风尘的重//然后　点了两个我的最爱/一碗酸菜豆米/一盘腊肉炒蕨/还要了一碗红彤彤的杨梅酒/这次　我要真的来一次/和陶渊明对话。"

萨客的另一首《尚秭　一个老农的心声》，写出了对一个普通农民的观照。吕进先生认为，真正优秀的诗歌是表达对生存意识和生命意识的关照。如果诗歌一味地张扬自我，不关照社会生活状态和生命状态，那是没有什么社会意义的，关注乡村的生存和发展实际就是表达诗人的社会责任。"党对咱们实在是好过于了。/你发自肺腑的声音/这么多天来　总是在我的脑海/不停地旋转……//你说：'皇粮'不上交/医疗有保障/生活有低保/家家有摩托/走村串寨不湿脚/开门睡觉鼾声乐。……/那泛着灵性的湖水/在大坝村的农家小院/充满着无限生机 而你/一个皱纹满面的老头/总是充满感激的话语……"

还有敖晓波的《一座村庄，正在飞起来》也是书写乡村变化的，但是书写的视角不同，写出了乡村的精神面貌和飞速发展的历史场景："村庄，一个远离城市的名词/在我的字典里，总是与落后连在一起/低矮的屋檐，坑坑洼洼的小路……//还有一张张被岁月揉皱的脸，像炊烟一样/袅袅地，升腾在我的记忆里/我在一双布满沟壑的手掌上，找到了/喂养村庄几千年的乳汁和食粮//……/村庄，好像长出了两翼巨大的翅膀/从一个偏僻的山区里，向上飞翔。"

乡村作为一种历史的记忆，但是也成了中国社会发展的风向标。如梁爱科《老家》就对故乡进行了诗歌意义上的文化解读："老家 已经老去/它像一首古老的歌谣/被我们传唱 回忆//其实 老家老去的/只是我们三十年前的那个家/我们一直深爱着的 那块土地/始终没有变/相反 它更年轻了/充满着无限的生机与活力。"

谢起义的组诗《黔北大地》，以抒情的形式写出了黔北乡村的变化，饱含作者的真情，其中的《祈福》就表现出农民的心态："核桃树为什么有被砍的痕的秘密。传说这是为了祈福/祈福？为什么是祈福？我们开始有些茫然和困惑/据说，为了祈愿来年有个好收成/每年年底某一天家家户户都要用竿竿打斧子砍那些核桃树/竿打的核桃越多斧子砍的印痕越多就表示来年的收成越多/正如村民所说：竿竿打，箩篼接，我要富，你也要富。"

还有他的《买荒山》以一个农民女人买荒山为书写内容，是对农村的一种新的发现，表现当代农民的新意识与社会进程的律动："只听说有买土地，买房子，买车子的/没听说还有买荒山的，这就是眼光/这就是胆量和勇气。她叫向六/一个女人，

文学批评

她拿出了这样的胆量和勇气/买荒山，建生态乐园。"

可见，上卷的大多诗篇，凝聚着被人遗忘的乡村声音，真正表达了诗人们对乡村的关怀与关照，无论是乡情，还是乡村变革都化为感人的诗行，唤醒我们沉睡的心灵，这才是真正的乡村抒情和歌唱。

"真情大散文"：乡村的真情写实

当下是"泛散文化"的时代。被称为散文的文体林林总总，但具有真情的散文越来越少，小女子散文、花花公子散文、浣衣妇散文等充斥着大报小刊；而真正关注民生的散文、聚焦百姓的文本似乎变得少见。尤其是占全国70%以上的广大农村成为被文学遗忘的角落——乡村书写被挤压。乡村散文患上了失语症。尽管也出现了一些描写乡村的散文文本，但大多数文本是描绘乡村的田园景象或者是牧歌似的小曲。而真正书写贴近乡村变化与发展的散文，与乡村的现实存在产生了很大的距离，让人感到十分的虚假和空洞，甚至是一些无病呻吟的东西。而该书下卷的"真情大散文"是给人展示乡村真情写实或者乡村真实镜头的文化聚焦，展现了遵义地区广大农村日新月异的变化，表达出了作家的关怀意识。

当下散文曾经出现了虚构和非虚构的争论。大多数人认为，真正的散文是非虚构文本。就我个人而言，我也比较赞同散文的非虚构性。赵丽宏认为："真"是散文的生命。对"真"的理解，我以为是书写事实真实，感情真挚。纵观古今中外的散文佳作，绝大多数文本都具备这两个方面的特质，只有真实和真情才能彻底地打动读者。"真情大散文"里绝大多数的诗篇，属于非虚构的文本，真实而且饱含真情。我认为，这正是这些散文的价值所在。在这些作品里，无论是写乡村变化，还是乡村风情，抑或乡村人物的文本，在很大程度上书写真实，从真实中出发体现作者对乡村的一片真情。

"三农"是关系到中国现代化发展的一个社会问题。随着中国社会的发展，解决"三农"问题成为中国社会进程的重大社会课题，关注"三农"其实就是关注中国经济发展。遵义地区在新农村建设中创建的"富在农家、学在农家、乐在农家、美在农家"等"四在农家"的新农村建设模式，是新农村发展的新生事物，是值得广大作家及文艺工作者讴歌的对象。《迈向新农村：遵义"四在农家"诗歌散文选》正是这一历史语境下应运而生的文化产物，具有较高的社会价值和文本意义。

万华超的《一片片绿意 一簇簇春光》没用多少华丽的语言，比较真实地展示余庆新农村的变化，像一幅乡村的素描。王晓露的《精于播种的农民：张明富》描写农民养殖户张明富养鹌鹑，成立"贵州梦润鹌鹑有限公司"，以公司加农户的模式发展，表现的是一个普通中国农民的思想及行为变化，属于新农村建设中的典型人物。从张明富的身上，我们可以看到新一代农民的精神面貌和人文品质。冉鹏的《金星村的嬗变》书写了遵义市汇川区董公寺镇金星在新农村建设中的变化："一幅精美的新农村图画便呈现在眼前：宽阔平坦的柏油路，阡陌纵横；成片成片的蔬菜地、水果林，错落有致；风格独具的黔北民居，鳞次栉比……"一幅真实的乡村油画就出现在读者眼前。新农村建设给广大农村带来的变化是有目共睹的，在变化的背后凝聚着遵义"军分区"的支持，众人拾柴火焰高。作者们不是单纯写变化，而是从变化中传达出一种信息：军队对新农村建设的关照。

冉正万的《仁德老人》写扫马路的老人的生存状态，《承诺》是对村里图书室的描写，《春梦》写的是一个农村小姑娘的见闻。在我看来，这三幅乡村人物速写很真实，文字里没有半点虚构，渗透着作者的真情。申元初的《诗魂在诗乡漫游》写的是作者在诗乡绥阳的真实感受，严格地说，写的是对其精神文明层面的感受。一个地方的发展乃至繁荣，除了物质文明，精神文明更应该是具体的载体："广场周围的十数根大石柱上，刻着众多绥阳诗人的诗歌作品。我们且只看一首可爱的小诗《朝天椒》，'春天/绽放白色的繁星/秋天/点燃熊熊的火把/丹心向着太阳的笑脸/朝天/浑身散发太阳的味道/——火辣'。""朝天椒"是绥阳著名的辣椒产品，辣而香，劲头十足而味道醇厚，品尝之后，悠长的辣香味正如绥阳绵绵不绝的诗风诗情。物质文明往往是靠文化软实力作为内在支撑的，乡村不但需要物质富裕，而且还要精神富有。吴意的《李连万和他的新农村建设三字经》以实录的方式记载一个普通退休干部发自内心的"新农村三字经"，朴实里饱含着真情，对生产发展、新农村建设到乡村文明等方面进行了歌唱。陈从忠的《载着农民的理想高飞》写的是原遵义县打造的南白—三合—乌江—龙坑新农村建设示范带的内容，从交通、民居、生活方式、精神文明建设等方面进行多层次多角度的描写，表现出了乡村可喜的变化："邓应民管理的'万村书库''农家书屋'归还率达100%。一位村民在读后感中写道：'农家书屋就是好，书中自有黄金屋；农民看了农技书，生产提高粮丰收；学生看了作文书，学习提高知识丰；老年看了养生书，心情愉快练拳功；天天能把书来看，样样事情都精通。'"农村真的变化了，在物质生活水平达到一定的程度后，农民开始有了精神方面的需求。杜兴旭的《农家院里飘"书香"》写老农邓德宽摇身一变成了"果树专家"，乡亲们都说：是农家书屋"哑巴老师"的功劳。可见，科学文化给农民带来了日新月异的变化，促进人们思想观念的转变。作者写出了在后工业化时代乡村思想和技术层面的变化，科技是第一生产力的理念已经渗透乡村，在农村出现了新人新事。李芝惠的

《桃花江畔邓家寨》写的是桃花江畔邓家寨的变化："'田园锦绣似罗衣，盘缠茶顷黛若吉。云隐青山露羞态，雨后琼楼展娇姿。乡路平坦连庄户，瓜果翠香飘四季。桃花江水如细语，叽叽咕咕诉不息。'墙壁上一首首赞美诗，酝酿出浓郁的文化氛围，彰显出高雅的村寨文明，温润着返璞归真的游者情怀。"

乡村作为中国社会进程中的一个缩影，凸显出中国社会的律动。李成旭的《落花屯出了个余兴友》描绘了湄潭县落花屯新一代农民余兴友的山庄。余兴友靠自己的勤劳和智慧，实现了他的人生目标："余兴友目光深邃笃定如铁，含着苦尽甘来的慰藉。而院里一丛三角梅开得正艳，在层叠的绿色中，就像一丛蓬勃的火焰，跳动着将山庄的风情尽情昭示和张扬。"可以看出新一代农民正在崛起，新农村、新农民、新思维正在黔北大地悄然展现。记得在改革开放初期的黔北大地，何士光的小说《乡场上》的冯幺爸作为解放农民的形象出现，揭示了改革开放给农民带来心灵上的变化。庞飞的《荷花深处有人家》描写了文武村改变传统的种植荷花的模式而带来了可喜收入，这是从传统的农业到生态农业的变化，尽管在变革的过程中曾经饱受阵痛，最终却成了农村发展的活教材："'哪家的莲藕种得多，哪家的新房子就先修起来。'王新中的这句话果然没有说错，富裕起来的文武村民，开始'大兴土木'，修建'别墅'。放眼望去，在千亩荷花丛中，一栋栋黔北民居风格的新房子十分醒目，这些房子都是清一色的小青瓦、坡屋顶、雕花窗、石灰粉墙，成了文武村的又一道风景线。村里的几户'农家乐'，也全是这样的房屋，十分整齐。"张榆曼的《一路精彩》是作者在遵义市"四在农家"采风创作活动中的纪行，以日记的表现手法比较客观真实地记录了在这次活动中见到遵义地区广大农村翻天覆地的变化，呈现黔北五彩缤纷的农村生活。胡静的《踏花归来马蹄香》描写的是一个非常优美的黔北山寨湄潭鱼泉的现实景致：

"山腰的那一抹国旗红，给那栋黔北民居涂上了别处没有的亮色，像阳光，暖洋洋地温暖着乍暖还寒的大地。"农民家庭庭院挂国旗，这应该是乡村出现的新鲜事情，表现了农民对国家的感情，预示了思想境界的提升。徐弛的《农民兄长易道强》写的是农民诗人易道强的人生轨迹："易道强，是我们绥阳一个地地道道的农民；易道强，'中国诗乡'——绥阳县风华镇一个舞文弄墨、坚持四十余年文艺创作的泥脚杆文化人，是杜兴权主编的民间报刊《神韵》《百姓瞭望》的主要作者之一！农民除传统的农事以外，他们应该有自己的精神追求。农民见证了农村的发展，他们对农村发生的翻天覆地的变化最有发言权：易道强是勤奋刻苦的，其思想也是与时俱进、敢为人先的。他的《颂三农》，他的'求神无钱命难保，合作医疗才救人'等诗篇诗句，真实地记录和宣传了党的惠民政策，表达了新时代农民接过村干部签发的医疗保险卡、内心深处感谢共产党的动人情景。"唐杰的《"四在农家"光明路》讴歌黔北高原乌江边上的光明村发展历程，对该村的变化进行了全方位的展示，从衣食住行、交通建设、生态文明、乡村管理体制等层面进行考察，真实地反映了光明村的历史性的变化："光明村上空飘扬着淡淡的云彩，阳光随着缕缕轻风洒满光明的山山水水、村寨人家。光明人脸上的笑容似绽放的朵朵金花，是那么灿烂，是那么诱人。"唐生琼的《余庆有个"泥牛黄"》采用写实的表现手法，书写了乡村民间艺人黄泽富的泥塑艺术。黄先荣的《城西有畎田园诗》将笔融入了有"黔北吐鲁番"之称的银江村，描写了它的变化："说它是'世外桃源'，也许过了，但是，说它是一片敦厚殷实的新农村，也许合拍。即使是最淡然处之的人群，到这里也会收获新的希望，享受人生的写意感。"黄明仲的《走进空心面基地新村》写的是西南空心面第一村，即绥阳县洋川镇保林"实心人空心面"基地新村把传统工艺食品做强做大的发展态势以及新观念带来新的发展新的变化："游人观看做面工人生产，仿佛是在观赏一种民间的舞蹈文化。所以，保林空心面新村，已成为乡村旅游的一个亮点，游客到此可亲自参与空心面生产，也可自己煮食面条，其乐无穷。曾经有国家部委领导、专家、诗人、文艺家到绥阳县的空心面基地洋川镇保林村参观后，无不慨叹这就是中华传统饮食文化美的所在。"雷霖的《余庆人》写出余庆人精神风貌的变化："当农村完全变成工厂，当农民完全变成工人，当机器完全占着地田，当乡村不再是乡村，当农民不再是农民……其实，并不是真正的农民追求的真正的乡村，富是富了，身份丢失了。"还有他的《美在遵义之南》写出遵义"四在农家"发生的巨大变化，即从物质到精神层面实实在在的变化。

真挚情感。在上面列举的文本里不仅描写真实，而且表达出作者真实的感情。伍小华的《一字一句迈向新农村》就是例证：

> 跟上去，左邻跟上右舍，前家赶上后户。
> 跟上去，脚跟脚地。必要时，也可以超前。
> 这炊烟赶着炊烟一起到天堂。这鸟语跟着鸟语一起达新居。这芳香跟着馥郁在蝴蝶和蜜蜂的翅膀上找到了落脚点。
> 这心跳赶着心跳的日子啊！
> 这好日子高潮处的一个斩钉截铁的立正——一个虎背熊腰的汉子。
> 一首诗篇半途上的呐喊，一声顶天立地的感叹！

再如肖勤的《风走过，也会停下来》："小城的名字叫湄潭，这个名字与水有关，一条湄江河绕城弯环而过，像小城的眉毛，好看得不行；粼粼波光中，河流依偎在城市的边缘，碧绿色的潭水像小城的眼睛、一眨一眨的，也好看得不行。"杜兴成的《期待》写的是走出山乡的游子对故乡的感情，语言朴实，让人不禁回忆起过去的乡村："那年月，山村的人朴实极了，乡亲们为我能当上兵兴高采烈，纷纷来家里祝贺，并送上贰角钱、伍角钱、壹元钱。当然送得最多的数小队长黄么公罗。"樵野的《红星之光》对红星这个小村庄的抒情，与其说是散文不如说是散文诗："再回首，红星的上空飘起了一个更加精彩的梦。一对放学归家的少儿迎面而来，红艳艳的霞光映在他们稚嫩的小脸上，晚风轻轻地拂过他们甜美的童音，相信红星的春天一定更美！"

可见，《迈向新农村》无论是上卷"华丽新诗篇"还是下卷"真情大散文"，都真实地记录了遵义地区"四在农家"发生的变化，抒发了作家们的真情。在当下的乡村文学创作里，有着较强的现实意义，是贵州乡村书写的一次集体亮相。

一个人心灵的城市

——读杨矿的抒情长诗《三千六百五十行阳光》

  2007年10月在西南大学中国诗学中心召开的重庆中年诗歌写作座谈会上，杨矿先生赠送我他刚出版的抒情长诗《三千六百五十行阳光》，在此之前，我只是在一些媒体上看到介绍他出版了这部大作的消息。此后，我才有幸真正拜读了这部抒写我们重庆的大作，给我带来了审美意义上的震撼。这是一首书写一个城市历史的诗篇，从多方面、多角度立体地表达了诗人的内心世界，表达了他对自己生活的城市的无限景仰之情，讴歌了他心灵里的一座伟大的城市。

  在当下，诗歌最缺少的是社会关怀和生存关怀，不少诗人都是一味地表现自我、张扬个性……或者说表达一些不知所云的东西，甚至有些人在恶搞诗歌，让诗歌的教化功能和审美功能丧失殆尽。我读了杨矿先生《三千六百五十行阳光》之后，我才感到诗歌回到了它的本源。

  《三千六百五十行阳光》是以诗人长期居住的重庆的历史进程为写作载体的，准确地说，是以重庆的历史发展的进程为经，重庆历史上的重大事件为纬，构成了诗歌写作的框架，表达了诗人对自己长期生活的城市的顶礼膜拜。诗人已经在他的后记里表达了自己的写作目的："在2006年盛夏的来临之际，我突发奇想，萌生了这个念头，既不是出自响应什么号召，也不是源于某种需要。只是想为这座城市、为这座城市的十年写一点东西，准确地说是写一首长诗，三千六百五十行。"我们与其说他写的是一座城市，不如说是一座城市对他生命的震撼。"把一首诗歌放进一座城市/这座城市便放声歌唱/把一座城市放进一首诗歌/这首诗歌便茁壮成长。"（第一章《引》）诗的开篇就打动了我。重庆这座具有深刻历史内涵的城市开始转化成了诗人心灵的诗歌，而诗人的诗歌赋予了这一座城市的意义。尽管我们在第一章《引》里看到的是诗人对于重庆十年的一再的叹喟，但是诗人的视野是开阔的："诗歌每一天就是新的/城市每一天就是新的/这没有一天相同的十年/这没有一天不相同的十年……"我想这就是这个城市对诗人心灵的触动，也是他写这部诗歌的现实意义。

《三千六百五十行阳光》这部长诗的第二章《古代（200万年前—1898）》，这两百多万年历史跨度要真正地写好是不容易的，历史事件的取舍，诗歌意象的确立，这不是一般人能够驾驭的。在这一点上，我们的担心仿佛是多余的，杨矿先生没有落入传统诗歌写作的俗套，他没有平铺直叙，而是选取了重庆古代史上有典型意义的诗歌意象，从中抒发自己的感情，我想，这也许就是这一章的成功之处。"一座城市与一首诗歌/从二百万年前/出发/从巫山的烟和雨、云与雾/从巫山的幽和深、险与峻/出发/从直立的化石粗野的石器/从时间的触点和阳光的顶端/从古铜的思想褐黑的感情/从考古锤和放大镜/从教科书和进化论……蕴藏了一座城市与一首诗歌所有的锋利/以及一条江和一匹山的全部重量/这是一次前所未有的出发……"在这些如青铜一般掷地有声的诗句中，我们既看到了诗歌的具象和意象，也读到了重庆古代曲折缓慢的发展史，让我们看到重庆这片地域上灿烂的历史之花。从这个层次上说，这部长诗已经具备了史诗的价值。"从龙骨坡到朝天门/一群人走得很累、很苦/走得大声、走得大气/他们奔波在修长的山野中／他们奔波在狭窄的江河中／携带着身世和遗址……"在这些诗句里，诗人给了我们重庆古代的历史信息，同时也让我们读懂了重庆历史发展的曲折性。

重庆的近代本身就是一部激动人心的史诗，这里的一些重大的历史事件曾经伴随着整个中华民族的生存的律动。《三千六百五十行阳光》的第三章《近代（1898—1949）》就是书写了诗人对重庆近代历史的深刻解读和人生的理想。诗人在这一章是以历史的发展为主要的书写线索的，在这半个世纪的历史图景中，诗人以1898年3月8日英国"利川"号驶入重庆的唐家沱，开始对重庆的侵略这一历史事件作为诗歌的切入点。"1898/寒风在虚脱的3月8日/无力地半蹲在唐家沱/它的上游/十里地　是朝天停靠/繁忙和圣旨码头……那天　软弱的正午/或者晕眩的傍晚　发抖的江面上/驶来了'利川'号/一艘并不只载重七吨/飘扬着大不列颠及北爱尔兰的傲慢/升腾着掠夺与占领浓烟的火轮/带着咸咸的海风/带着浩浩的惊喜/带着滔滔的狂妄……"随着外国侵略者的入侵，诗人的心情也变得非常沉重。诗人并没有一味地书写重庆近代很多历史事件，只是写了英国的入侵和日本对重庆的大轰炸。就是这两个近代重庆史上的典型事件，触发了诗人的诗情，特别是日本对重庆的大轰炸已经成了重庆人民痛苦的记忆。"五年零六个月/九千五百多架次狰狞/二万一千五百多枚恐怖/二万三千六百多条性命/让一座城市生灵涂炭……一场战争/使一座城市经历了/前所未有的辉煌/经历了悲喜交加/痛心疾首之中和之后的/意外壮大和成长……"我们从中读到了诗人的人道主义和悲悯情怀，也读到了诗人的生命关怀和社会关怀。

现代的重庆开始扬眉吐气，重庆这个城市开始走上新生的起点。长诗的第四章《现代（1949—1983）》就是写这一动人场面，我看到，诗人的心灵随着时代的来临而律动："一阵阵枪声和炮声/从长江的南岸最先传出/从空气的顶端最先传出/从1949年的边缘响起/从寒冬的尽处响起/从黑夜的尾部响起/震荡着一座城市/全部的器官和神经/所有的毛孔和细胞……"然后,诗人开始向我们叙述重庆的感人故事,抒发了诗人发自内心的情感。"它们要把自己握在手中/把城市和自己捏在一起/在一望无际的抚摸里/在光彩照人的来回里/握得冰消雪融/捏得温暖如春……"人民成为城市的主人,一种豪迈的心理状态跃然纸上,让我们沉重的心情得到了释放。

应该说改革开放给重庆带来了新生。从1983年开始,重庆被国家列入计划单列城市,这无疑给重庆的发展装上飞翔的翅膀,长诗的第五章《当代(1983—1997)》就是写的重庆这一段历史变革:"当一个国家需要远行/当一座城市需要成熟/历史又一次选择了我们/选择了高昂的山和流淌的水/一个单列的水位/一个综合的高程/用第一次的机会/作第一次的证明……"在这一章里,诗人抒写了重庆单列后的一系列发展和变化,特别是他把三峡工程的修建作为一个歌唱的因子,写出了和全中国人民一样激动的心境:"175米的高度/600公里的全长/1084平方公里面积/393亿立方米容积/把这些数据统统地抛入江中/把这些数据统统地嵌入山中/足以拦蓄起几代人的库存/足以拦蓄起十几亿的增量/拦蓄起一个令世界震惊的水位/拦蓄起一个令天地动容的坐标……一个横空出世的名字/一个惊艳人间的姓氏。"诗人以朴素的语言写出了他对于一个城市的景仰之情。

重庆是在1997年3月14日被第八届全国人民代表大会第五次会议决定设立为直辖市的,诗人把这一天作为一章来写,是因为这是一个改写重庆历史的时刻,是值得我们记住的一个重要时刻。第六章《定格一(1997年3月14日)》:"3月14日/越来越清晰的/1997年/从重庆到北京/你也许有多种选择/譬如某类方式/譬如某份感情/但是不能错过这一年/错过　这一天……让一座曾经双重喜庆的城市/有了一个特别的/与众不同的 生日……"我想也许这就是诗人对于这个伟大日子的理解注释。在诗中，诗人饱含真情实感，没有半点虚情假意，这就是这部长诗打动我们的重要因素，因为诗歌最大的使命就是真情实感的流露。

重庆还有一个值得我们大书特书的日子——1997年6月18日，这是重庆成立直辖市的日子，诗人也将这个让每一个重庆人刻骨铭心的日子用自己的诗行表达得非常淋漓尽致，第七章《定格二（1997年6月18日）》："一个特殊的日子/让这个城市起了一个大早/赶在曙光探头之前/赶在朝霞露脸之前……"这些优美的诗歌意象，把这个让重庆非常骄傲的日子写得五彩缤纷。"一个无限美好的日子/让这座美丽城市/焕发青春和活力/出落得比任何时候/都年轻、漂亮/都精神抖擞、容光焕发……6·18一经确定/就成为一道亮堂的分水岭/一张黑白相间的产床/一根内外相连的脐带/赋予一座城市……"我想一般的读者，用不着读完这一章全部诗行，只要读了这几句质朴感人的诗句，就一定会记住这个历史赋予重庆的时刻，这个让这座城市自豪的时间。应该说，诗歌使命就在这些诗句里完成了，因为它向世界传达了一个伟大城市的一个历史高点的信息，诗歌的元素和城市的变化已经融为一体了。

我们可以在前面提到的诗人的后记里看出，这部长诗主要是写一个城市的十年，那么长诗的第八章《十年（1997—2007）》就是诗人主要的讴歌内容。在这一章里，诗人做到了诗的虚实相间，给我们勾勒出了重庆这十年天翻地覆的变化，触动着我们每一个读者的灵魂，让我们展开广阔的思维空间。"一阵巨大的阵痛/意味着一次剧烈的搓动/意味着四个板块经络贯通……"诗人写重庆的交通、工厂、农村、科技、教育、艺术、河运等各个领域突飞猛进的发展状况，让我们目睹了这个城市全景式的立体发展，我们还有什么理由不为这座城市而自豪。"十度落叶/十度冬眠/它让一座城市/在生长中经历风雨/在成长中见尽世面/由树苗茁壮成长成树木。"我想这几句诗歌应该是诗人的真情流露，写出了他对自己生活的城市的一种赞礼。我们不需要去罗列自己城市的成就，那些有目共睹的历史性的成就岂是我们的诗歌能够表达得了的？诗人通过选择自己心里的诗歌具象，诗化这些城市的发展状态，让我们无限感慨，也让我们的心随着重庆的十年历史进程而震动。

长诗的最后一章是作者融入了自己对城市的畅想，诗人取名为《远方（2007—未来）》，读了这一章的诗歌，我们的心也会随着诗人的表达美好祝愿的诗句而跳动："向着更远的远方/向着2007年/6月19日/时针、分针、秒针的同时跳动/完全重合的钟声/点亮了再度清晰的道路……远方/一幅图画又新又美/一曲奏鸣悦耳动听/一种气息沁人心脾/一股暖流脉脉含情……"诗人内心的城市图景已经展示在我们的眼前，让我们读到了这座城市的未来！至此，一部《三千六百五十行阳光》就完成了，一个人心灵中的城市就和诗歌结下一种深深的感情，"三千六百五十行阳光"已经开始照耀起我们曾经疲惫的心。

我们从这部长诗里，看到了诗人对历史题材的驾驭能力，也看到了诗人广博的科学知识和人文知识，读到了诗人的真诚。同时也让我们感受到了诗人的现实主义创作思想和社会责任感。

心灵的感悟和生命的体验

——读崔梦小雪的诗集《温柔之城》

　　2003年，崔梦小雪君出版了他的第一部诗集《想你》，那是一部让人刻骨铭心的爱情诗集。对理想爱情的追求，成为这部诗集的基本亮色。可以这样说，在他写作爱情诗歌的道路上，体现了一个诗人的人格，从而使他的爱情诗歌显示出独特的诗学魅力与美学价值。我曾给他这部集子写了一篇评论——《真情寻觅》，发表在我们当地报纸的副刊上，向读者推荐我的这位同乡诗人。我们是好朋友兼文友。客观地说，他对诗歌的领悟永远在我之上。很多年前，我们在乌江边的沙滩、黑獭场的茶馆和民办小学的旧木楼上谈论诗歌和文学，有时是整个晚上……后来，为了谋生，我去了外地上学，他也为了生存参加自考，先后取得了法律专业的大学专科、本科文凭，紧接着又参加了司法考试，取得了律师执业资格，在酉阳成了一名出色的律师。他常常担任法律援助，为弱势群体无私奉献。再后来，他去了南方谋生……偶尔回到家乡的小城，我们兄弟俩常常聚在一起，谈得最多的就是文学，当然主要是诗歌。他常说的一句话就是："诗歌养不活我们，但我们必须种植诗歌。"谈到诗歌的时候，我们有时会泪流满面。他是真正的缪斯之子，特别是多次谈到他的长诗《中国农民》，他和我一样是农民的儿子，其创作应该是农民的代言。最近，我读到他即将出版的诗集《温柔之城》，非常激动，这是他在南方的一个重要的收获，也是他在一定的社会语境下的生命体验和心灵感悟，是从他的血液里流出来的真挚诗篇。

诗是心灵的声音，是诗人对人生的感悟。在诗歌张扬自我、漠视生命的当下，崔梦小雪没有陷入人云亦云的境地，关注生存和关注生命成了他的诗学追求。先读他的《穿越时空》："迷途的情撞疼秋天的群山/人在他乡/打工的岁月怀揣感伤/流泪的烛光/把季节轮回的音画照亮……"读了这几句诗歌，我的心潮开始涌动。这是他在异乡打工的生命体验，把他的生活感受转变为自己独特的诗行。"感悟梁祝/横刀夺爱的悲剧/无从评价/出生就是错误/怀念北方/人生的春天找不到出路……"他把自己的诗歌的标题组合成了感人的诗句，其实他的每一首诗歌的标题里都凝聚着他对生活的感受和对诗歌的理性解读。读崔君的诗歌，能给人以心灵的净化，他的不少诗歌情真意切，能撼动人的灵魂。其实读他的《温柔之城》，何尝又不会灵魂颤动。可见长期以来，他一贯追求的是唯美创作倾向。"风从海上来/在心里久久萦回/心便是汹涌的海……"《秋天是受伤的心情》就阐释了他创作的价值取向，"玫瑰的语言更像爱情/真实的虚假掠过指尖/花香缠绵的声音……"

当我读到《自己就是一座宝藏》这首诗时，心里产生了前所未有的触动："父亲是崖上的松/在四季的风中晃动着坚守/母亲是水边的竹/影映一腔慈爱的温柔//而我是故乡/迷失的心痛/流落他乡不知何去何从……"表达了他对故乡的热爱和自己生命的认同。"殊不知/自己就是一座金矿。"人只有真正认识自己，找到自己人生的坐标了，才不会惶惑，才会坚持走自己的道路。如果对生活没有真切体验的人，是写不出这样富有哲理的诗句来的。在他的诗歌里，完全能够找到传统的诗歌功能。"父亲是崖上的松/母亲是水边的竹"就是崔君诗歌里的故乡载体，是写给故乡的一支悠远的歌，像那支萨克斯名曲《回家》时时叩击着我的耳膜，久久不能散去。如《乡望》："白花花的溪水/在山野的柔肠里/千回百转/红殷殷的杜鹃/开遍相思之河两岸//管他儿女情长/还是英雄气短/我赤足的旅行/叩别故乡的土壤//南方/青春的蓝蓝的白云天上/涂满南部的沧桑/十年孤旅/如今怎敢面对/小妹妹的泪流成行//梦中的橄榄树/诱我去流浪/自由的小鸟永远在天空飞翔//回望故乡/锥心的伤痛深彻骨骼/枕着南风找不到归航//乡村父老以及亲情/是流浪人深深痛捂的心况。"读他这首诗歌的时候，我自然而然地想起了余光中的《乡愁》。

作为《温柔之城》，爱情诗歌肯定占了不小的比例。"温柔"在当下的话语里，是爱情的符号，或者说是打开爱情之门的钥匙。写爱情诗是崔梦小雪君的一大优势。爱情是人类永恒的主题，古往今来，不少的名家就是靠爱情题材的作品取胜的。作为一个优秀的诗人，其中肯定不乏爱情诗篇。如《情之路》《伫立春天》《静悟》《因为有你》《片段情迷五首》《重读那些信》《七夕之夜》《一个古老的传说》《问梅》《读不懂你》《夏日情殇》《遥寄》等，单是从他的这些诗歌标题里，就可以看出其中饱含了人世的沧桑和生命的感慨。在他的这些爱情诗歌里，我比较喜欢《重读那些信》："深夜重读你的来信/四壁空寂/回响我怦然的心动/无怨无悔/今生与你相逢……"这就是人生的感受和对美好爱情的回味，从诗歌的字里行间，我们深深地领会了爱情的崇高和美好，虽然也让我们有一些苦涩。"多雨的南方漂泊/你让我常拥亮丽的星空/为情为爱为哭为笑/为幸福和苦难的日子/我都一样坚守//岁月留声独爱斯人/即便美丽的静候……"我们在现实生活中承载了太多的负担，爱情的远去让我们在灵魂的深处充满了对理想爱情的渴望。可以说，崔梦小雪君写出了我们这一代人对于爱情追求的生命体验。如《情之路》："独自一人/形单孤影/拒绝感伤亦拒绝怜悯//不管我来自何处要去何方/绵密的脚印叫作流浪……在红尘漫漫的情路上/我一直是那个/不十分优秀的逃兵//在硝烟弥漫的情场上/我原是那个/极不容易受伤的男人。"一个失恋而又坚强的男人形象跃然纸上，让人会心地微笑。在失去爱情的人之中，也有人不会丧魂落魄，这才合乎生活的原色。《温柔之城》的爱情诗歌明显地表达出对美好爱情的渴望，把痴男怨女的心灵刻画得非常传神，展示了一种理想主义爱情观。事实上，我们已经不可能回到童年时期的纯真无邪，就像我们无法重复我们的生命一样，但是诗人为自己理想的爱情呼唤又将我们带到了人类的古朴纯粹的年月，心中充满了对爱的真诚追求和向往，这也许是一个诗人向我们表明他的终极爱情观。

诗歌的本质是发现，是发现那些被淡忘甚至被漠视的生活状态和社会形态。吕进先生说，优秀的诗歌就是生命意识和使命意识的关怀。由此看来，小雪君的创作成功就是在于对生活和社会的文化关照，他从我们司空见惯的生存形式中发掘出诗歌意象，将其展现在读者的面前。

作为一个法律工作者和诗人，崔梦小雪君已经漂泊在南方。离乡的感觉触发了他诗歌创作的神经，在他的这部《温柔之城》里除了大量爱情诗歌和怀乡诗歌以外，还有不少的"打工诗歌"。在20世纪的八九十年代，他曾经多次南下广东打工，切身的生活体验让他的诗歌创作又扩大领域，增加了他写作题材的厚度与多元化。如《怀念北方》："形式的打工/实质的流浪/乡土的解放鞋/穿透/南方/现代都市的心脏……"这几句看似朴素的诗句描绘了南方平常生存环境里见惯不惊的打工者形象，几多心酸、几多泪水就涌上读者的心头，表达了诗人的生存关怀，再如《打工咏叹》："上班　吃饭　睡觉/睡觉　吃饭　上班/三点一线/从无改变/黑色卡钟怪怪的唇齿/死死咬住我们的命运/打工挣钱/几百元的薪水/出卖我们的自由之身……"在当下让我们最担心的就是人们的麻木不仁。人们拼命地追求物欲，道德沦丧，这不能不说是一个社会问题，真正伟大的诗人是走出小我、关心大我。从这个意义上说，崔梦小雪君的诗歌已经具备了真正的社会价值。

在当下诗歌越写越长的时代，崔梦小雪君仍然坚持他的写作立场，以小见大。他的一首诗歌很少超过三十行的，短小精悍，很少有无病呻吟的诗句，多种表现手法交叉妙用，形成了他一贯的良好诗风及自己的创作路径。这是值得我们肯定的方面。要说不足，就是他的诗歌过于精美，或者说过于纯粹，还需要一点"大气"。我想我这样说也许是多余的，我知道，他的长诗《中国农民》就是属于史诗型的大气之作。

崔梦小雪君的诗集《温柔之城》彻底地抒写了心灵感悟和生命体验，突出了真情、追求了真美，是当下难得的一部现实主义的优秀之作；美化了社会环境，也净化了我们在这个物欲横流的时代的心灵；体现了他的人文主义的精神风采。在此，祝贺他从《温柔之城》里走出来，走向诗歌的更高殿堂！

真情之中见乡愁

——评何强的散文集《一路乡愁》

何强是我的小老乡，著有散文集《一路乡愁》。在当下，文学创作最缺乏的就是真正的乡愁，乡愁作为一种文化晴雨表，开始沦为一个忧伤的话题。纵观当下的散文创作，缺少真正的乡愁与真情。乡愁成了一种纸上文学，沦为一种文化摆设。而何强的散文集《一路乡愁》却是一个乡土人写乡土事，渗透着他对乡土的难以忘怀的感情。

每一代人都有自己的乡愁。何强以自己独特的视角关注家乡，书写乡愁。几年之间，《一路乡愁》成形——由"乡恋""乡情""乡韵""乡亲"四辑组成。单从字面上看，每一辑作品都与乡土有关，散发出浓烈的乡土气息与游子情怀。在后工业化时代，中国的乡村开始逐步走向衰败，一些曾经的文化传统与物事淡出人们的视野。作为作家，就是从这些人们司空见惯的情形之中寻找到自己的创作元素。这无疑是当下传统文学的一种选择。一读何强的《一路乡愁》，就让我的思绪回到了我的家乡，让我感受了故乡的人事和风情，回到了逝去的岁月。

乡恋是每一个人生命中延续的一种血脉，具有明显的地域指向性特征。《一路乡愁》中的《后头沟》《我从一个村庄里穿过》《卖坛罐》等作品激发读者的遐想。特别是《卖坛罐》把家乡当年黄老汉卖坛罐的故事写得栩栩如生，人物形象十分生动："自从黄老汉不卖坛罐后，每年深秋，麻布坨远远近近的人家就只有靠几个塑料桶来腌酸菜、盐菜、渣海椒。时间一长，大家都说没有坛罐腌制出来的好吃，都很怀念黄老汉卖的坛罐。"如《后头沟》："只要故乡在，后头沟儿就会像一道正在愈合而发痒的疤痕，让我忍不住想从心里把它掏出来，狠狠地抓挠一阵。"其中的《村庄里的杀猪匠》反映了一个时期的乡下生活状况，同时也表现一种文化的淡出。作品的写实性比较强，无处不透露出当年生活的真实影像。《毛盖岭》是一幅乡村人物风景画，捕蛇人华叔的生活方式的转变标志了一个时代的结束，同时也暗含了作者的感情："华叔再不捕蛇，再不制二胡了。他除了挂着拐杖在烂田里做活路，就是整日在院坝里叼着毛草烟吧嗒吧嗒地吸。同龄的长立常过来陪他唠嗑，华叔总旁若无人地吐着一圈一圈的烟圈儿。"不难看出，何强自己的乡恋往往是通过作品中的人物表达的，克服了当下乡村散文描写的无病呻吟。

乡情是一杯醇香的美酒，常常在自己的心头发酵。而何强的"乡情"在自己的家乡人事上找到一种寄托，如《捉虱子》《柏香籽儿》《父亲》《请穿上你的名牌》《泡泡糖儿》等作品。作者的优势在于从过去的一些生活中抽取一些细节与片段，进行打量，同时融入了社会的进程：黄毛从一个长虱人变为一个捐助者，这期间不难看到社会的变化与发展。他的《父亲》是一幅素描，但是饱含感情："出生那天，父亲也不在身边，在外面帮人家做活路，回到家里看到呱呱坠地的我，父亲再也不胆怯了，异常高兴。我出生在那年的小寒节气，天气非常冷，可父亲说我出生那天早上太阳刚刚出来，而且很温暖。"这是一个时代的父亲的缩影。《泡泡糖儿》承载一对少年男女的希望与辛酸："我小心翼翼地捧着两颗泡泡糖儿，看着她在远处渐渐地成了一个小黑点。而在她翻过的山头上，突然多出了道鲜艳的彩虹。"显然，作品充满感情，朴素之中饱含苦涩和善意。

"乡韵"是写家乡的风俗人情，同时也蕴含着作者的记忆与思考。往往在当时视而不见的物事，在若干年后会激起你心中的一阵涟漪，如《保爷》中军军的命运与保爷的埋葬，就暗示了一种文化的消失与宿命感。军军去世后被国文埋葬在了"保爷"的旁边。每隔一段时间，国文都会去给他们上香，祷告着："他'保爷'哩，在那边要劝军军多读点书，教育他不接触坏人，不干坏事，要保佑他走正道……"《陪嫁》是对家乡婚俗文化的一种展示："她们当年的陪嫁都静静地安放在房间的某处：驳掉了油漆、布满了灰尘、磨损了轮廓、钻进了蛀虫……它们并未随着岁月的变迁而消沉，反而在那双勤劳巧手的抚摸下，在经年累月面对困苦的挑战中，在对平淡无奇生活认知的岁月里，越发温润、亲和、厚重和质朴。"显而易见，这也是对家乡普通女性生存的回放。作者是用感情在描摹，而且也是用心在创作。《打火》写的是家乡的丧葬习俗，把人生进行考量："在那堵幽深的墙里，姨孃半闭着双眼在朝自己挥手，像在和自己告别，又像是在告诫自己不要去和村长抢那个女人。他看见簇拥在棺材旁边的花圈，像他和女人扯结婚证那天置办的花铺盖，紧紧地压在他头上喘不过气来……"作者把死亡进行一种诗意化的描写，与土家人把死亡看成另外一种"回家"不谋而合。《年味》写一家人团年的生活景象，把传统的文化心理进行现代化的演绎："是啊，现在我们都抱怨过年时没有'年味'，那是因为物质条件丰裕了，娱乐方式也多样化了，反而忽视了近在眼前的亲情。其实，若能陪家人摆摆龙门阵、吃顿饭、谈谈心、散散步……释放内心的疲惫，就能够感受到浓浓的'年味'。虽然我们不能回到那个逝去的年代了，但是我们的心里总是怀念那个时代。"

"乡亲"是写家乡的一群普通人（甚至被人遗忘的人）。如《下得脸》《朝天望》《毛子狗》《银花》《申状元》《书包爷》《村官》等作品，让人读到家乡的各种人生。如《下得脸》描绘了一个乡村赤脚医生的形象："'下得脸'当杀猪匠时养成了职业病，给病人打针时，他老远就把针头钻进病人的屁股墩里，像是要刺穿人家的骨头，人家戏称为他是'打飞针'。"在幽默中表现了一个乡村人的形象。特别是《申状元》以两代人充满希望而又失望这个变化代表乡村文化的坠落："自从申状元死后，龙洞坡寨子就开始没落，甚至一蹶不振了，几年都没出个像模像样的人物。倒是周边其他寨子上每年都要考上好几个大学生，不时还会出个全县高考状元。"《村官》写一个飞扬跋扈的村支书，一个鲜活的乡村人物形象跃然纸上。《毛子狗》写一个家乡大力汉子的不幸遭遇："不久，已知道死因的女人的娘家人赶到，人家认为是毛子狗把女人逼死了，要为家族讨公道。一伙人不由分说，把还在院子里软软地坐着的毛子狗揪到棺材旁，把梆硬了的女人的尸体从棺材里抬出来，五花八门地捆在了毛子狗的背上。"乡村的陋习不免让人心惊胆战，这就是曾经真实的乡村人物的人生路径。作者的思考是真诚的，同时也有一种无奈的同情："处理完女人的后事，毛子狗就悄悄离开了麻布垞。他独自一人去了黑獭堡场上，在一个酒馆旁开了一间小杂铺。他不再当石匠了，而是专门以编花圈为生。他不再认识麻布垞的人，也不主动和旁人打招呼，每天都只默不作声地编着花花绿绿的花圈。"由此可见，作者写乡亲不是简单地写人物，而是通过对人物命运的书写给我们留下一些思考。

　　每个人都有两个家乡，一个是自己生命意义上的家乡，另一个是自己心灵的家乡。人只有将这两者有机结合在一起，才能产生难以忘怀的乡愁，才会为读者带来一种强大的冲击力。冉云飞认为，我们每一个人的故乡都在沉沦。何强的散文集《一路乡愁》从家乡的深处出发，写出了自己难舍难分的"乡恋"与"乡情"，同时也通过"乡韵"与"乡亲"再现了一个乡村的风俗人情，是从心底奏出的一组多声部的家乡交响曲。在物欲横流的当下，让我们的心灵再一次被触动。

乡村话语的诗意表达

——评唐诗的《幸福村庄》

　　唐诗是当下一个以写农村题材为主的诗人。乡村及其物事成了他诗歌创作的主要言说对象。因此唐诗被公认为真正的农民的代言人。乡村的悲欢离合、酸甜苦辣……都牵动着他敏感的创作神经，其诗歌常常随着村庄的变化而律动。我认为，这是他值得我们敬仰和推崇的文化精神，也正是他诗歌写作的意义所在。当下，中国的诗坛出现种种不良症候：诗歌被恶搞，乡村书写被人漠视，大多数的"诗人"都沉浸在自我表现、自我张扬的创作怪圈之中。而唐诗以纯正的乡村诗歌，匡正着边缘化的诗歌，这不能不说是有其真正的社会价值和文化意义。

　　最近读到他的《幸福村庄》，让人明显地感受到，唐诗在"村庄"里的"幸福"和村庄里的文化思考。在后工业化的时代，乡村除了需要物质领域的关注外，在精神层面也引起社会的考量。当人们逐渐迷失在物质世界中，乡村作为一块净土，可能是诗人心灵的栖息地。关注乡村、思考乡村、歌唱乡村成了唐诗诗歌里多声部的协奏曲，成为他诗歌里的主要亮色。

　　文学是人学，诗歌创作也不例外。当乡村成为人们久远记忆的时候，唐诗的"乡村人物"给了人们视觉和思想的强烈冲击，给人疲惫的心灵带来感动。土家族青年诗人再仲景认为："能够打动人的诗歌就是好诗。"从这个标准上来说，唐诗的诗歌是真正的好诗。如《父亲有好多种病》读后，一个饱经沧桑的老人形象就矗立在我们的面前，让人产生心灵的震撼："父亲，您身上有好多种病/一想到这里/我的泪水就不知不觉地淌了出来。父亲，您的身上/有红高粱发烧的颜色，有水稻灌浆的胀感/有屋后风中老核桃的咳嗽……当我/看到您发青的脸庞，我感到，遍体的石头都在疼痛/父亲，您身上有松树常患不愈的关节炎……"诗行里流露出唐诗的真情实感，这样的诗歌才是真正的诗歌。"父亲，现在，我正流着泪/为您写这首诗，我的笔下的字，一粒比一粒沉/一个比一个重，像小时候，您在老家弯曲的山道上/背着夕阳和柴火，一步一步地回家……"诗人不但是对父亲表面形象进行简单的文字描述，而且在此基础上抒发了真情。其对父亲的感恩之情跃然纸上，一咏三叹，大有艾青的《大堰河，我的保姆》似的抒情格调。在当下，这种真正抒情的诗歌已经不多见了。唐诗除了写父亲外，他的《母亲》也是非常感人的，表达了对一个逝去母亲的缅怀之情："母亲，您走了……端起您用过的杯子，而今它/盛满我盈盈的泪水。您曾用霞光/为我缝补书包，用鸡蛋为我攒积学费……"一个农村普通的劳动母亲的形象立体地展现在读者面前，将母爱表达得淋漓尽致，让人读后难以忘怀。诗歌通过几个质朴的细节让人回到乡村的物资匮乏年代，一个含辛茹苦的母亲对儿子的希望从朴素的话语中流露出来，闪烁着人性的光辉。读唐诗的诗歌总是让人的心灵产生一种深深的触动。评论家谢有顺认为："文学的日趋贫乏和苍白，是最为致命的原因，就是文学完全成了纸上的文学，它和生活现场、大地的细节、故土的记忆丧失了基本的联系。"唐诗的诗歌与乡土有着天然的联系，诗歌如泥土般厚重，让人感受到他和村庄里的人物的真挚情感。唐诗乡村诗歌里的现场感、责任感等交融在一起，形成巨大的诗歌磁场，吸引着读者的目光。

　　"乡村人物"里不仅写到了父亲和母亲，而且写到"插秧人""牧羊人""养蜂人""犁田人""张寡妇""王三爷""张二叔""山妹""大哥"等乡村的普通劳动者。他不是单纯地勾勒一些"乡村人物"形象，而是从这些乡村人物的生存状态里，表达自己的关怀意识。如《张寡妇》："那天你真的不该关门就出去了，不然村里人/是看不见床下那双草鞋的。从此，女人/怕亲近你，男人怕娶你。你的板凳结一层冰……"寡妇被世俗传统观念逼得自杀，结束了其苦难的生命。诗人从这些被人漠视而卑微的人物的生活状况里，捕捉到了一个普通女性的不幸人生。"你知不知道，你死后，村里的人还是怕你/把你埋在离村子很远很远的地方……终于，有一天，他们相约着，为你/不安的墓地立了一块石碑，上面刻着/几个碗大的粗字：美丽的张寡妇，我们爱你……"村庄人们对死去张寡妇的认同，表现了一个地域文化的嬗变，从这些乡村人物的身上体现了人性的苏醒。诗人之所以是诗人，是因为他比普通人多一些发现，比普通人多一些人文关怀。

当乡村构成唐诗诗歌的主要因子时，他才会真正成为乡土的儿子，其诗歌才会真正具有厚重的历史感和现实穿透力，在诗歌的道路上成为瞩目的文化坐标。法国文艺理论家丹纳的《艺术哲学》认为，乡土在文学艺术上有很大的作用。用现在的话讲，就是地域对文学艺术创作有重要作用。很多作家的成名作，或者说终身的主题，一般都是从故乡开始的。唐诗在对故土的不停打量和耕耘中，呈现出了自身的文化亮色，他的诗歌创作有着独特的价值。乡土成就了唐诗，唐诗照亮了乡土。唐诗写的乡村的物事，是从不同的角度对自己乡土进行不同的人文打量。《插麦穗的花瓶》表现出了一种乡村生活的情趣："今天，我要一扫鲜艳，把麦穗插进花瓶/我要陶质的花瓶，与它所供之物相称。我要/让眼中的幸福，都呈泥色。"平常的诗句里包含了深刻的生命意蕴。"麦穗上有镰刀形的阳光，麦穗中有饱含的情歌/麦香悠悠，整个花瓶像一个站立的村庄。"读他的这首诗歌的时候，让人想起海子诗歌里的"麦地"。但是又不是雷同的麦地，唐诗有自己的"麦地"。吕进先生认为："离开农民，离开农村，就没有诗人唐诗。"一语中的，唐诗的诗歌像乡村的河流在农村里源源不断地流淌，形成了乡村的一大风景。在诗歌《幸福村庄》里，他把自己"幸福的村庄"描绘成了自己心目中的天堂："你是幸福村庄，喜气洋洋/满面红光。你的名字叫核桃村，幸福/如同核桃，在风中欢乐……"在唐诗的诗歌表述里，核桃村是他生命的故乡，多次出现在他的诗歌文本里，这是我们应该关注的一种创作倾向。《菜地花开》《母亲的村庄》《酒是父亲的灯盏》《我的山村》《十五的夜晚》等都是书写村庄物事的诗歌。不难发现，乡村的物事承载着他永远也无法割舍的乡土情怀。

故土是一个人最早的生命源地和生活空间，是一个人最初的心灵之乡，同时也是一个诗人生命的起点和文化归宿。比如《漱溪河的早晨》《小村黄昏》《山村遐想》等这些诗歌对此进行了最好的诠释。请看《五月的镰刀》："五月的镰刀，比四月忙些，比六月香些/它们大汗淋漓，感到黄灿灿的麦子/爱情已经成熟，他们先用清水和月光磨亮自己……""五月的镰刀"被赋予了诗人对生命的思考。吕进先生在《唐诗的村庄》里说道："献给农村的诗是诗人唐诗的强项，这些诗内化程度也比较高，诗篇经过了生命的关怀和提炼的升华，具有比较高的诗歌素质。"我以为，乡村是唐诗诗歌的起点，也是他诗歌的高点，乡村成就了唐诗，唐诗又是乡村永恒的歌唱者。唐诗乡村话语尽管没有离奇的语言和新奇的形式，但这是他写给自己故乡的诗。诗歌的责任就是表达诗人的观点，表达诗人的内心世界，传递诗人的内心情感。唐诗的诗歌里有他热爱自己家乡的明显特征。比如《核桃村纪事》里一系列的诗歌，核桃村是唐诗认定的家乡，尽管他已经离开了自己的故乡，但是他的心仍然和这片土地跳动着。从《回家》《唐三爷》《梦中的核桃村》《童年的记忆》等，就可以窥探出诗人与自己乡土的天然联系。"我觉得我还在回家，还在沿着思念的支流/皱纹的支流和泪水的支流回家……"从这几句充满着真挚情感的诗歌里我们完全可以领略到家对诗人的诱惑力，以及诗人永远也无法消退的家乡情结。

核桃村一而再、再而三地出现在他的诗歌里，这肯定不是偶然的，而是诗人的"村庄"凸显，是一种特殊的乡村话语意念。

唐诗在自己的乡村话语里渗透着他诗歌的精神指向，从乡村话语里探究生命的价值，表达自己强健的声音，唱出了让人瞩目的"村庄歌谣"。他在"幸福村庄"里幸福着，或许这仅仅是他"幸福"的起点，寻找"村庄幸福"才是他的终极目标。

人生的心灵感悟

——读土家族作家笑崇钟的散文集《永远的完美》

土家族作家笑崇钟是一个多面手：写诗、写散文、写电视剧本，曾经出版了诗集《爱河之洲》《无言的爱》等，著有《黔江妹子》等，最近又出版散文集《永远的完美》。读罢他的这本满带油墨香的大作，我的心灵被深深触动。作品包含了丰富的人生感悟，具有明显的生命意识，是近年不可多得的一部散文佳作。

散文集《永远的完美》分为"生命印记""心灵之花""绝代芳华""纯美记忆""快乐旅程""感悟人生"六辑。每一辑构成了一个相对独立的系统，表达出作家的文化认同，形成一支相对独立又相互联系的心曲。散文是一种最常见也是最难写的文体，真正写好散文，需要真心、真情、真性，如一个散文家缺少这些写作前提，那么他的写作走不长远。而笑崇钟的散文在题材和精神方面，洋溢着生命气息、人文品质，反映出他强烈而自觉的心灵追求。

"生命印记"表现出作家的生命意识。吕进先生认为，优秀的文学作品总是生命意识与生存意识的完美结合。《思念的痛》克服了无病呻吟的写作模式，真挚地喊出了"有爱就有热望，有你就有幸福，尽管也有思念的痛"。其实，每一个人都有过爱恋的年龄，在一定的时期里都留下过爱的印迹。《今生的依恋》《只要你让我爱》《如果有来世》《相伴》等作品，透露出了人生中爱的踪迹，如泣如诉，让人感怀自己曾经的岁月，产生一种怀旧，甚至伤感的感情。朱自清认为，散文一定要抒写真情，散文是抒情的艺术。"生命印记"中大多数作品都抒发了真情实感，让人的心灵随之感动。

"心灵之花"写的是作家在人生历程中的心灵之花的绽放，透露出作者的精神面貌，作品把情感与景物融为一体，或者说是物我一体。其中有写水的《水韵》、有面对桃花的《桃花的遐思》、有歌唱绿叶的《绿叶之歌》、有漫步在黄昏之下的《黄昏情思》、有翘首仰望长江的《长江抒怀》、有流连于月下的《月下漫步》等篇什，题材之广泛，让人目不暇接。在一般作者的书写过程中，心灵的话语总是一些卿卿我我的文字，而笑崇钟总是把自己的心放置在某种载体之中，从自己的心灵出发，找到心灵的出口，将心灵之花绽放。如《黄昏情思》："风儿有情，伸出无形的手臂把我搂住……正如花有凋零才有盛开，爱情也需要更新与升华。"只有经历过岁月洗礼的人，才会有这样深刻的人生体验。特别是《梦中的落叶》表达出作者对生命的豁达态度："只有生命的更替，生命才会更加勃发，才会更显意义。人有时生在一种梦境里，梦境中往往会产生一种生命的表达。"《梦见"人天导师"》就是人生的释梦，而且表现出一种生命境界："我明白，众生通过努力与磨炼，创造完美的人格，即如佛一样的至善圆满。"作家要有至善至美的心灵，才会盛开这样的心灵之花。一般说来，散文的关键在于令读者愉悦，令读者得到启迪，才能引人入胜，才会有足够的吸引力。笑崇钟的心灵之声之所以能够感动读者，是因为他的作品里饱含了真情实感。具有真情实感的散文作品才会走得很远，才会有一定的文本价值，才会引起读者的关注。

"绝代芳华"一辑是书写名人与历史文化人物的作品，从他们的生命历程中感悟人生的价值或者意义，具有当下"大散文"的写作模式，是一种文化散文的写作探索，表现了作者的文字驾驭能力与审美情趣，同时也具有一定的文化认同与生命归属感。其中的《永远的完美》书写了一代才女林徽因的人生轨迹，作品的字里行间传达出作家对林徽因的学识及人格的敬仰之情。"永远的完美"其实就是作者对林徽因的生命的写照，同时也凸显出作家的心灵绝唱："人们爱花，因为她是爱与美的象征，在自然界中，花开花落，四季无常，岁月更迭花非花。而花中之花的林徽因，却是人们心中永不凋败的完美之花。"《永远的大师》是凭吊弘一大师（李叔同）的感慨之作，叙述弘一大师的生命轨迹，从中得到人生的启示："弘一大师'悲欣交集'的一生，与其时代有关……他那独特的人格魅力，丝毫不肯苟且的人生态度，'救护国家'的火热心肠，对生命无限热爱与悲悯的情怀，不能不令人肃然起敬。"作品之中有作者的人生感叹，有作者对弘一大师的深切的理解与怀念。作者在《永远的夜莺》中记叙了著名歌唱家朱逢博对自己的生命历程的影响，表达了对一代歌唱家的崇敬之情，从创作到歌唱、做人等层面进行了心灵的全方位分析，由衷发出了自己心中的喟叹："朱老师不愧为用灵魂歌唱的女神，宛如一个美丽的传说。一首歌影响了一个时代，一个人也影响了一个时代精神的追求。"一如在作者的心底打上了一个不能磨灭的文化烙印。《永远的传奇》则是书写唐朝慧能大师孜孜以求地研究佛学的人物形象，表现了另外一种人生态度。尽管已经过去了一千多年，慧能大师一直是中国佛教史上的传奇人物，他为佛学的传播呕心沥血，克服重重困难，终成善果。作者对此发出了自己的感叹："慧能大师崇高的人格魅力，令人敬仰。他那伟大而传奇的一生，证明了一个真理：人生最大的敌人就是自己……人的凶吉祸福、成败荣辱完全取决于自己的行为的善恶和努力与否，在人之上莫言一个操纵我们生死成败的神，因为人是自己的主人、自己的主宰。"

"纯美记忆"一辑则写的是作家生命中的一些难以忘怀的记忆。散文是将人们的日常生活转化为文学艺术，散文形象主要是一种写实性意象，既逼真又直接。李广田认为，诗人可以夸张，夸张了还令人不感到夸张，散文则常常是老实朴素，令人感到日用家常。如《小雨中的回忆》是写在清明小雨之中对自己奶奶的回忆，童年的记忆定格在几个平常的画面，像一幅水墨丹青，同时把儿时细碎的生活写出一种诗意，对老祖母的情愫蕴含其间。《泪光里的母亲》是对一个乡下母亲的精神的书写，母性的光辉照耀着人间的冷暖。在一个特殊的年代，母亲坚韧不拔的精神与伟大无私的爱，给儿子的成长起到了潜移默化的影响。母亲的善良、坚韧、乐观和宽厚等品格，成为作者

永远无法忘记的生命影像："母亲是真正从生命力感知到生命如歌的人，她常常说，人生是一首唱不尽的歌。所以再苦也有歌，再苦也要唱歌。"《寄往天堂的思念》是作者对逝去数年的八妹的怀念，表达了对一个生命短暂的感叹，同时也对一个短暂人生的礼赞。平凡的语言中有一种久久不散的哀痛。《远去的山妹子》则是对一段远去岁月里的甜美爱情的回忆，为一个乡下普通女孩不幸早逝而唱的一首无比哀伤的歌谣，表达出生命中的某些遗憾。人生就是这样，生命无常，总会失去一些东西。特别是读到山妹子留给作者的"遗物"时，总是有一种揪心的感觉："我双手接过那贵重的礼物，紧紧地贴在胸口上，哽咽得说不出话。读着山妹子的遗物，如读一封封莫言寄出的信笺，如读一片片海洋似的语言，世界仿佛是两片温柔的嘴唇，只因为爱而潮湿！她把这一世的真情给了我，下一世的装在信封里，离去前由天堂寄往尘世。"字字句句透露出作者的真情，让人感动。《童年拾趣》是对童年生活情趣的美好回忆，一个童年时天真无忧的生活场景拉近了与读者的距离、充满现场感。《梦之光环》回忆童年时代与阿娇带着小伙伴看电影的趣事以及读书看报的生命历程，一个时代的精神让人流连忘返，给作品打上时代的印迹，具有一种文化意义。长期以来，文学界一直主张散文的真情写作，反对那些矫情的伪写作。笑崇钟的散文写作就

是从真情出发，表达自己内心的感动。

　　"快乐旅程"是一辑作者游览祖国美好河山的游记性散文，立足于山水、感怀于真情。仁者乐山，智者乐水。山川美景常常引发人们对生命的感悟。《敦煌神韵》就是写的作者在游览敦煌之后的感慨，以及其感悟到的人生真谛："敦煌，一个永不缺乏传奇的神秘世界。不知大漠落日的长河见证了多少人来人往、过客匆匆，可荣辱盛衰的兴亡故事已随风飘逝。戈壁古道风尘淹没了多少风起云涌、时代变迁，却淹没不了敦煌的风雨沧桑与璀璨绚丽。"《青海寻梦》则以青海民歌《在那遥远的地方》为楔子，引出对辽阔草原的歌唱，所见所感，无不流露出一种对祖国大好河山的热爱之情。余光中认为，一位作家若能写景出色，叙事之功已经半在其中，只要再能因景生情，随事起感，抒情便能奏功。写散文得有点诗人的本领、小说家的才能。而笑崇钟恰恰具有这种书写的本领，他的游记散文大气而不缺乏情感，超出一般游记作品的浮光掠影似的外在表达形式，而是从一些平常的细节出发，对青海大地的各种景致进行颂扬。《秋游武陵山》是描写作家对故乡美景的感受。作者引经据典，感慨万千，由衷地赞美："武陵山，你总是云雾幻化无穷，诗意盎然。真是：墨客足迹烟雨里，灿烂诗魂奇山中。"还有《百里画廊官渡峡》《雨中仰头山》《小南海秋韵》等作品是作者对故乡山水的书写，从中表现出一种热爱家乡的自豪之情，同时也凸显着作家的精神向度。《圣地西藏》《印象神农寨》《草堂诗魂》等作品写西藏、神农寨及成都杜甫草堂，西藏的神秘、神农寨的瑰丽、杜甫草堂的文化根脉相传等内在的思想元素在作品的字里行间水乳交融，构成一种心灵文化图片：游中有感，游中有景，情景交融，像一首首朴素的抒情诗。

　　"感悟人生"一辑作品则是作家在人生历程中的点滴感悟，点点滴滴见真情。人们常常说，幸福只在自己的心里。笑崇钟的散文《感悟幸福》就是最好的诠释："人生不可能事事完美，样样精彩；只有知足，才会幸福。"有人说，作品常常就是现实生活的表现。笑崇钟的散文创作表明：他总是在自己的作品中表达独特而带有鲜明个性和强烈主观色彩的审美感受、审美创造。他的散文处处不忘有个我，使散文烙上鲜明的个性色彩。如《人生的选择与经营》《大境界》《永远感恩》《快乐的心态》《学会放下》《与书为伴》《生命如舟》《学会低调》等作品，基本是作者人生经验中的大彻大悟的感受，正因为作者已经经历了一段人生之路，才会有这样的精辟感悟。《心之主》《爱之歌》《幸福之歌》《修身》《拥抱大自然》《拥抱快乐》《学会宽容》《随缘》等作品，更是参透人生的真谛。如《学会宽容》："予人玫瑰，手留余香。凡事放开，宽以待人。无论是朋友还是仇人，都赠予甜美的微笑，人生路上定会开满芬芳的鲜花。"比如《修身》："人活着，最需要的或许是良好的心态和闲适的心情，常人追求物质生活，贤人追求精神生活，圣人追求灵魂生活。"看来，作者已经深刻理解人生，理所当然地形成了一种精神追求的价值取向。只有真正懂得感悟人生的人，才会有这样的思维境界，其作品才具有发人深省的力量。

《永远的完美》是一部以真心、真情、真性写作的散文作品集，表达了作家人生几十年的心灵感悟，涉及题材比较广泛，内容丰富，同时具有深刻的文化意蕴，从中可以看到作者的生活阅历与精神境界，同时也明显地表达了作家长期的创作追求：自然有致，而无矜持的痕迹。作者叙事自然，感情真实饱满，从平凡的物事之中，寻找一种让人感悟与思考的意象与图景，朴实之中显见真情，力图追求写作的知性与感性的有效结合。散文的知性应该是智慧的自然洋溢。而笑崇钟具备了这种写作的基本功，他的作品总是追求一种生命的容量与写作的自然，值得推崇与借鉴。

后工业化时代的生态书写

——读刘毅长篇小说《欲壑》

刘毅是一位现实主义作家，其大多创作关注现实与底层。如曾经引起文坛关注的"三官"系列小说，在读者中产生了广泛影响。最近创作的长篇小说《欲壑》另辟蹊径，透视了中国当下工业建设中的生态失衡，书写了后工业化时代的生态状况，凸显了一个作家的社会良知。

《欲壑》体现了作家不凡的观察力和生活穿透力，表达了作家对中国当下发展进程中的生态关照。《欲壑》之"生态"明显包括三个方面：一是自然生态。在工业化时代，某些地方片面地强调"招商引资"，把一些产能过剩的企业和重污染企业引进来，忽视对环境生态的影响，造成重大的生存隐患，足以让几代人，甚至十几代人付出昂贵的代价。二是官场生态。当下，某些官员为了突出政绩，不顾一切地发展工业，甚至形成自己的利益链，危害社会的发展。三是商场生态。某些商人的欲望无限膨胀，破坏了市场道德。工业化进程中的自然生态破坏，其恶果的背后，一定有潜在的市场生态失衡。作家力图揭示其中的关系：根本而言，就是人的欲望的恶性膨胀。这些欲望，如果没有得到自觉性和制度的遏制，势必泛滥成灾，前"腐"后继。一旦形成了这样的"欲壑"，将会出现社会的"生态"灾难。

《欲壑》以永久化工公司的铬渣污染为原点，辐射地方官场、商场和民间等不同的社会层面，多层次刻画社会生态和自然生态图景。工业化成为当下不可逆转的社会现象，各地都在全民招商，连黔西北落后的县级市瓜州也不例外。对此，作家有一段生动的描述："这些年，后发赶超，全民招商，成了瓜州一股风潮，轰轰烈烈。在市机关招商引资动员大会上，市长杨兵大张旗鼓地疾呼：不管什么单位，都要全力投入招商引资，筑巢引凤；不管什么人，只要能招商，我们就要力挺；不管是谁，为瓜州赚到实打实的看得见摸得着的银子，我们就要重奖。奖得他心花怒放，奖得让人眼馋。""永久化工有限公司，就是乘这股招商引资的强劲东风，走进杨兵视野的。"小说中，造成铬渣污染的永久化工公司，就是当地政府招商引资的产物。

《欲壑》围绕永久化工公司的复工与关停，展开官场、商场与民间有声和无声的多重较量，从而构成瓜州社会生态的"三重奏"。

一

《欲壑》在官场主要塑造瓜州市市长杨兵、常务副市长张家才和环保局局长任杰等形象。杨兵属于"空降"官员，因为有深厚的背景，自我意识膨胀，为人颇为强势，连市委书记都不放在眼里。他十分注重政绩工程，不惜牺牲当地群众的生命："杨兵之所以从省城空降瓜州，在于有地委书记李子奇这块阔大平坦的停机坪。""身为市长，抓经济，保增长，是他的首要任务，一句话，GDP是'账面成绩'，看得见，摸得着。只有把GDP搞上去，才能促发展，保民生，保稳定，保就业。与此同时，自己的仕途，也才有更大的上升空间。"当永久化工铬渣污染被曝光，引起社会关注的时候，他想的是如何千方百计保护永久化工，而没考虑当地群众的生活。杨兵和永久化工有利益交集，被该公司绑架，受到该公司高层的威胁，为保住自己的利益和位置，不惜动用自己的权力为该公司复工："永久化工铬渣污染突然暴发，确实打破了杨兵惯常的平静，甚至让他感到一种隐隐约约的危机，正向自己慢慢逼近。"

常务副市长张家才是从草根成长起来的官员，一方面处心积虑地考虑自己的升迁，同时又面临外来官员的挤压，处于不得势的尴尬地位。"杨兵未空降瓜州之前，张家才已经当了两年常务副市长，正眼巴巴地盯着市长宝座，意欲换届时扳正。为此，他可没少费心思，也没少使劲。谁知，正当他满怀憧憬，志在必得的当儿，杨兵一个跟斗，从半空中扎了下来，打乱了他的如意算盘。"另一方面，他自我发展欲望落空之后，还能保持自己在官场上的节操，显然具有多面性。因为他出身草根，知道自己的职位来之不易，所以注重自律。平常对杨兵的招商引资行为敢怒而不敢言，但在关键时刻，却挺身而出，表达自己的观点，敢于担当。小说中，作家有这样一段描写："张家才'啪'地将报告扔在面前的办公桌上，站起身来，仿佛杨兵就站在对面，义愤填膺地指着他的鼻子说，你也太不地道了吧，只顾自己的羊卵子，不顾别人的羊性命。为了构建政绩大厦，污染这么严重的项目，你也要上呀！过几年，你拍拍屁股走人，我们这些土生土长的瓜州人，可要活人啊。是的，瓜州是穷，是需要发展，眼下，这个项目的经济效益是不错，可这种自绝后路的做法，若干年后，也许我们今天赚到的银子，远远修复不了瓜州的生态环境呢。"作家通过人物的语言，勾勒出一个正直、有远见的草根干部的形象。他代表当地官员，具有一定的乡土情怀。

小说《欲壑》着重塑造环保局局长任杰的形象，他以前做过县长秘书和县政府办公室主任，因该县长的官场失意，也跟着倒霉，被安排担任残联理事长，后来杨兵担任市长之后，他才被安排担任环保局局长。他作为一个官员是称职的，他担任环保局局长有偶然性，但敢于说真话，表现出一个普通官员的良知。他认为这些企业产生效益的同时，会污染生态环境，乃至危及生命安全："得不偿失。世界上许多东西，也许可以重来，唯有生命，是不可能复制的。""环保局局长这个角色，在领导们的棋盘上，并不是车马炮，时常是爹不疼、妈不爱，在狭缝中过日子。"作为一个当地土著，铬渣污染事件之后，任杰亲临污染现场，给老百姓做工作，千方百计寻找补救措施。当杨兵在市政府会议上力主永久化工重新开工时，他没有随波逐流，以一个环保局局长的责任和良知，发表自己的见解，主张关停永久化工："我认真想了想，如果讲真话，负责任的话，有良心的话，不外乎三个办法。其一，继续停产整顿，经验收合格后，恢复生产；其二，搬迁，这也是转弯塘村多年来的强烈要求；其三，从长远着想，为子孙后代计，关停。任杰故意停顿下来，喝了口茶，继续说，就这三个办法来看，后两个办法，比第一个好。最后一个办法，最好，一劳永逸，也合乎当下保护生态环境的要求。"一个不畏强势的底层环保官员的形象跃然纸上。由于他有所作为，最后晋升地区环保局副局长。

由此可见，当下的生态正在向着正能量回归。

二

《欲壑》勾勒了李永久、张大山、刘帮平、周薇等商界人物形象，他们一同构成了当地的商业生态。李永久是中国当下某些商人的缩影，他钻制度的空子，靠制度漏洞获取资本，在商海中，左右逢源，颇有心计，同时目空一切，常常为了自己的利益，不择手段，强取豪夺。"李永久来瓜州有些年头了，尊为'财神'。去年换届，还荣任市人大常委会委员。在瓜州，知名度不是一般高，就是书记、市长见了，也得面带三分笑，忙不迭地问候握手。""办企业这么多年，李永久自然知道停产整顿意味着什么。某种意义上说，这是永久化工的一个转折点，是他李永久的一个坎。转得过来，迈得过去，不管是公司，还是他自己，都会是一片艳阳天。"穷途末路之际，李永久甚至使用"美人计"，策划录制不雅视频，设计"绑架"市长杨兵，以期成为他转危为安的一个筹码。

不法商人张大山、刘帮平原本是山寨农民，进城后，靠投机钻营挖到了第一桶金，他们利用人际关系，不择手段地为自己谋利益，根本没有道德可言，这是中国工业化时代最为可怕的投机取巧之流，金钱是他们唯一的追求。在运输铬渣废料的过程中弄虚作假，结果造成了当地生态污染，殃及百姓，可以说是赤裸裸的犯罪行为。

女性人物周薇是商场上一个可怕的饕餮者，又是牺牲者。周薇为了利益，不惜对李永久奉献出自己的身体，以赢得老板的欢心，成为老板的玩物。同时又是一个悲剧人物。一段招聘会上的答辩，表现出她扭曲的内心世界："假如我有幸成为贵公司员工，公司的利益就是我的利益。当两者发生冲突，甚至需要牺牲自我利益时，我将以公司利益为重，毫无疑义地牺牲自己的个人利益，服从公司的整体利益。"她从到永久化工公司起，直至最后都没觉醒，伙同李永久设计"绑架"杨兵，充当"美人计"的女主角。

三

"桑树坪"是非法倾倒铬渣的重灾区，这里原本是一个山清水秀的小乡村。"本来'桑树坪'距瓜州永久化工公司30余公里，距运输合同所指定的邻县威力燃料有限公司50多公里。"不法商人张大山、刘帮平为了省事、省钱，便不管不顾地将剧毒铬渣非法倾倒在半道的桑树坪乡境内。那满坡满岭的铬渣，造成城区水源污染，出现了前所未有的生态灾难。

永久化工所在地转弯塘村，一些村民染上不治之症，有的家破人亡，酿成可怕的悲剧。为了维护村民的生存权益，老支书吴尔金作为一个基层共产党人，带领村民到各级上访。

尽管最后问题得到解决，但给乡村造成的生态灾难和给村民造成的心理阴影，却难以修补。

作家书写后工业化时代发展的问题，表现了其创作的出发点：既要金山银山，也要绿水青山；宁要绿水青山，不要金山银山；保住绿水青山，就有金山银山。作家书写生态忧虑，其实是社会发展的忧虑。因为发展经济与保护环境，是社会发展进程中必须统筹的两方面，如何做到和谐发展，是人类共同面临的问题。作家只能从自己的思考出发，给社会提出问题。而解决问题，终归是靠具有话语权的领导者：

> 市委、市政府一班人，终于统一认识，为了瓜州可持续发展，为给子孙后代留下一片蓝天，一捧沃土，一条清澈的河流，就算眼前勒紧裤腰带，饿几天肚子，也要一劳永逸地将污染严重、后患无穷的永久化工关闭，而不是整顿后，再恢复生产。

《欲壑》着重表现后工业化时代社会发展中的"生态"：生态的恶化，其实就是人性恶化。当下官场与商场某些人的欲望日益膨胀，导致了恶性循环的社会生态和自然生态，进而波及人类生存。作家从自然生态、商场生态到官场生态，进行全方位的思考，实乃一部不可多得的关注生态环保的长篇力作。

　　总而言之，《欲壑》讲述的不仅仅是铬渣污染的故事，其背后令人深思的"三个生态"，无疑是作家创作的主旨所在。

生命感动在高原上

——读牧之的散文诗集《魂系高原》

牧之本名韦光榜，是一位具有丰富创作成果的布依族作家，而且也是创作的多面手，在散文与诗歌领域颇具成就。他的作品大多是以贵州高原为写作载体，表达他对这片土地的一往情深，凸显一种高原赤子的博大情怀。最近读到他的散文诗集《魂系高原》，让我读到他对高原文化与生命的探索，产生了一种强大的震撼力，让我想到苏格兰诗人罗伯特·彭斯的《我的心呀在高原》中的精神动力与思想的回归。而牧之心中的高原——贵州高原，是他生命的栖息地。作为高原之子，他力图表现自己生命之中的那一抹永恒的感动。

牧之的《魂系高原》总有一种对生命的思考。生命意识使他的作品闪耀着人性的光芒。《生命骚动的潮汐》《生命的独语》《生命的渡口》《生命的畅想》等作品就是佐证。

老牛拉着破车，还在谷中艰难地爬向崖头。

你殷红的无桅之船闯过灰蓝出没的礁域。

身后是沉船遗骸惊悸的呼叹。

——《生命骚动的潮汐》

"老牛拉破车""艰难地爬向崖头""殷红的无桅之船闯过灰蓝出没的礁域"等意象预示生命的艰辛，同时也显示了一定的哲理。可以说这是一个诗人对生活的感悟与体会，表达出诗人的生命价值取向。生命在诗人的作品不断出现，这就不难理解了。如《生命的独语》：

    岁月在候鸟的啼鸣中打了一个趔趄，便撞碎了黑崖倒悬的沧桑。

    黑暗涌过来了，你持长杖在田埂寻找父亲丢失的那把弯镰。

    老父亲蹲在田埂闷吸喇叭烟。

    生命的意象不是单一的外在表现形式，而是意识复合性内在思考状态。诗人应该是一个不折不扣的思想家，其作品闪耀着人性的光芒。如《生命的渡口》《生命的畅想》等作品具有这方面的文化特质，形成了一个思考人生的场域："遥望天际。我心中的生命之舟在浪尖遇见了久候的故人，我听见了自己的心跳与那片梦中升起的海潮一道扬起了智勇的生命之帆，让心灵深处的潮起潮落泛起漫天的彩霞，变成汪汪的月亮诱惑海边的女子，以热泪伴随着呼唤叩响我的心房。"可见，牧之总是用多种意象交织表现一种生命意蕴，从而表达人生的真谛。生命相对于整个自然界而言永远是个体，而自然界总是由无数生命个体构成的，诗人仿佛就是从个体生命的体验中寻找生命内涵。同时他没有把散文诗写成散文化，或者像某些散文诗人的无病呻吟，而是通过对生命的思考，寻找到自己的精神坐标。如《魂系沙漠》就是这样的典型作品，作者把沙漠当成生命中的某种存在或象征，象征着生命的某一历史时段，从沙漠中探寻生命的意义：

    古老的夕阳跌在风化的碑石，你站在遥远的地平线寻那没有缆绳的沙漠。

古楼兰的残壁断垣为你筑一道严实的栅栏。

你仰起昂奋的头颅用利刃刺进突兀的血管与漫漫灼热的黄沙抗争。

头顶有睁红双眼的秃鹰盘旋。

你拖着黑血之躯在沙漠旋舞悲壮。

狂风归于宁静。

箫声如泣。

诗人明白，在大自然面前，人类只有不断地跋涉，才会到达自己的归宿。在沙漠之中，人们只不过是匆匆过客。但要思考怎样活着才有意义，这就是诗人的使命意识。诗人是人类的思想家，诗人的价值在于对生命与社会的思考。如《永恒的期待》：

忘川之水大片涌上我的心岸，等待湛蓝的信鸽匆匆飞临。

这时，痛苦的孤独在泛滥，旷野的枯枝燃得噼里啪啦。

世界开始龟裂，白风和黑风汹涌着撕扯。我们脚后布满浑浊的泡沫。

溺死的鸟儿下沉，众鸟悲泣而去。

你临窗的瘦影挟着落寂的黄昏，带一身伤痕一腔温柔。

我喘息的闸门喧哗而出，焦灼的心岸依然在摇曳翠绿的棕榈盼你。

在诗人的一些思考生命的作品中，不难发现诗人内心期待抵达生命的本真。其实，生命的意义就在于"出发"与"抵达"。有时候，出发也是一种壮美，也是一种意义。抵达是诗人内心的终极目标。

高原作为牧之的生命母体，形成了他作品中强烈的地域文化色彩。"高原"这个词是牧之作品中出现最为频繁的词汇。高原是牧之的生命家园，他从自己的家园出发，然后又回望自己的家园。我认为，牧之的高原情怀就是他的生命情怀。《高原断想》《高原魂》《魂系高原》等作品，无不包含着高原之子的赤子情怀，表达了诗人对高原刻骨铭心的热爱与感恩。

群雁在高原逶迤而逝，盈血的夕阳下便有洪峰浑沉的沸滚在拓荒者前方的荆丛里埋伏。

峰顶的巨岩溢满了山里那首爬山的歌谣。

回眸便是残雾漫漫……

星光点燃了高原浑黄的寂寞，茫茫的古林牵着沉重等待山风狂起。

祖先的遥愿在山岩缝隙的古榆树里长出了嫩绿点点。

沧桑的流年便遥远而成朦胧的山峦。

垒满乱石的黄土坡上男人们骚乱的冲动随着狂想奔进乌云孕育洪荒。

旋转的星座在浸血的指尖里静静地燃烧，黄昏的倒影便孤独在旷野里弹奏惆怅的吉他。

高原在牧之的诗歌里不仅仅是一种精神的文化代码，而且是一个生命的皈依。高原构成他不屈不挠的心灵世界，以跳跃似的意象多重组合，表现出诗人复杂的内心世界，一幅流动的高原画面喷薄欲出：

高原的太阳在任性地诱惑你雄性的骚动，旷野丛生的生命被重重地灼痛神经。

你沉重的脚印从高原的山道出发，心的呼唤便在高原河里旋起了蓝色的诱惑。

远方天涯，啸风狂起。

你牵着盈血的夕阳，踏响了高原沉寂的铜鼓。

一柱柱黑色的火焰便在高原旋起血色的悸动。

月色昏黄。

你的瞳仁暗蓝迷蒙地映出了高原河里闯滩的高原人。

他呐喊的声音含着不屈的泪水。

我曾在很多篇文本中一再表达自己的观点，一个优秀的作家总是具有自己故土的情怀。很多作家（诗人）的创作都是从自己的故乡开始，而有的作家（诗人）终身的主题没有离开过自己的故乡，形成了一个挥之不去的故乡情结。从牧之的散文诗集《魂系高原》的作品里看，他似乎也有这种创作倾向，他总是绕不开自己的故土。其实在我看来，他作品的高原与故乡应该是一个概念，只是范畴不同而已。故乡有自己成长的故乡即生命的故乡，同时也有心灵的故乡。心灵的故乡是作家（诗人）心灵栖息的理想境地，往往是一种可望而不可即的精神家园。如《走进家园》《远离家园》《向往家园》《梦回故乡》等作品，就是明显的带有家园意识的文学作品。家园作为故乡的代名词，在他的作品中不断地出现，表明诗人是一个热爱自己家乡的人。只有在骨子里热爱自己乡土的作家才具有这样的生命高地。诗人在家园里并不是浮光掠影、走马观花似的歌吟，而是深入家园的文化内部思索，把历史与现实融为一体，形成多声部的家园组曲。如《走进家园》：

燃烧的黄昏包围村庄。

你攥住那把磨了又磨的弯镰，想象家园的五谷在荆棘的黄土坡上疯长。

村庄走进麦子的身体。

岁月永远如水。

你的梦里有黑血滴沥，沿古老的家园在麦粒之下变成石头和羊。

面对篱笆。

你堆积的麦垛温暖地覆盖岁月和村庄。

你挥动锄头倾听那首骚动的布依族情歌。

神农氏举起星辰向村口走来。

闪电与白骨们便在瞬间铸造了家园悲壮的风景。

家园是作家（诗人）生命的港湾。不少人离开了家园之后，在梦中常常出现家园景象。那里是自己生命的根，是自己生命的归宿地。牧之的《梦回故乡》表达了诗人的精神回归：

我在思念故乡的旅途上抚摸岁月的皱纹，故乡的风吹拂我攀爬的灵魂，故乡的水泅渡我骚动的心绪，故乡的云为我撑起一片片绿荫。

我梦见了那双诗人的手，昨夜又伸进了我的梦里，让我诗意地歇息故乡的老屋，把思念故乡的灵魂之门打开，让孤烟落日、碣石沧海、二泉映月都在我梦回故乡的梦中灿烂红尘。

不难看出，牧之的《魂系高原》，不仅仅是一部地域性散文诗集，同时也是一部诗人心灵世界的感悟之作。诗人除了有描写生命、高原、故乡的作品之外，还有一系列表达情感的作品。抒情是诗歌的生命，在当下处于叙事的年代，牧之仍然坚守着诗歌的使命——抒情，不能不说是一道风景。《感情的潮汐》

《爱的跋涉》《爱的潮汐》《独坐黄昏》《孤独的思念》《流泪的季节》《马别河的心绪》等就是属于这类作品。有爱的诗人才是真正的诗人，如果一个诗人没有自己的爱，那是不完美的诗歌创作。如《流泪的季节》，像一把小提琴在夜深人静里独奏：

> 挂在树梢的月儿瘦了，我相思的泪绵绵不止。
> 幽幽的小径里，响起了你心潮的涛声。
> 两堆等待篝火在瞳仁里燃起了躁动的信号。
> 默默地，你不说一句话，悄悄地将羞涩的心跳邮给了树梢上的瘦月……
> 心潮在十五的断桥涨了，我们相对而坐。
> 对岸霓虹的光晕里藏着待猜的谜。

《永恒的期待》也是一首意境优美的散文诗，萦绕在读者的心头，久久不会散去。可以看到牧之是用心灵在写作，使诗歌的意象与自己的情感水乳交融，像一支用单簧管演奏的"小夜曲"，激荡人心：

> 眼泪流尽。
> 时间在夏夜唱不出歌。
> 蓦然间我们往昔的声音在湿漉的苔痕深处滑远。
> 心，便流浪在苍茫的宇宙，不再期待一个绵亘的梦境。
> 你涉过落满碎石的河滩，绿野岑寂。
> 我想寻一个暴雨夜晚，海边独坐，听潮水呼啸而来震裂心壁。
> 海风暴来了，惊不走你发际间筑巢的鸟雀，我的心却成了空巢。
> 兀鹰尖利的目光从九天之上射出，笑靥与漩涡同是一

种诱惑。

爱的潮汐，悸涌漫漫。

总之，牧之的散文诗集《魂系高原》是一部充满着生命、高原、故土与感情的作品，立足高原，放眼生命，回望家园，饱蘸感情，一同构成了散文诗的宏大场域，在贵州高原上响亮地吹出生命的"四重奏"。

20世纪80年代知识分子的凄美爱情
——读土家族作家孙因、瑜珊的中篇小说《迟到的爱情》

　　土家族作家孙因是重庆少数民族新文学的缔造者之一。他与瑜珊合作创作的中篇小说《迟到的爱情》成为他20世纪80年代的代表作，在广大读者中引起了不小的反响。根据孙因的《苦涩的创作生涯》回忆，《迟到的爱情》最初名叫《茫茫天涯路》，当时受《文艺生活》主编黄剑锋约稿而寄去搪塞，想不到却一炮打响，被《文艺生活》发表并获《文艺生活》首届中篇小说奖。同时被《传奇文学选刊》转载（改名《奇特的姻缘》），春风文艺出版社出版的《言情小说选萃》序言的编者按是这样评价的："《奇特的姻缘》……作品同凄惶的生活暗影，感受到了男女主人公崇高的道德情操，净化着人们的灵魂。最后两人双双出走，泪洒乡关，重路人生旅途，更引起人们阵阵的酸楚，慨叹人生不尽如人意。作品融汇着复杂的人生感受，笔调也有情趣。"同时入选《羊皮的风：重庆市少数民族优秀文学作品选》等多种选本，让不少读者记住了这篇具有生活底色的作品。

　　《迟到的爱情》的题材取自作者孙因和瑜珊二人的真实生活片段，在读者中产生较大影响。"这部作品属于自传体小说，却绝对不是纪实文学。主人公马竹和龙梅只是影射我和道悭的苦涩生活。因是用心血写的，比较真实感人。"小说描写了20世纪80年代初边城剧作家马竹与演员龙梅这对普通知识分子的凄美爱情。刘卓先生在文学评论专著中将《奇特的姻缘》定为"理想的文学格局"作品；而《土家族文学史》对《奇特的姻缘》的评语为："小说细致地描写了这两个（指主人公马竹和龙梅）迭受打击，遭遇坎坷，年龄外表不那么般配，一丑一美、一老一少的男女主人公从相识到相爱的过程，并通过他们的工作难以妥善安排这个重要环节，反映了当前落实政策的种种掣肘和矛盾，提示了文艺团体改革的步履之维艰。小说以马竹第一人称的口吻进行叙述，构思奇妙，手法新颖，情节跌宕起伏，语言通俗流畅。马竹与龙梅最后双双离开边城，去寻找能够实现他们艺术理想和抱负的地方，虽显得有些牵强，但悲剧悬念的处理不但可以引起读者的深思，而且有净化心灵和振聋发聩的积极作用。"可见，不少评论家对《奇特的姻缘》进行了比较客观而中肯的评论与定位，凸显了评论家的批评操守。

小说由"辛酸的幸福""迟来的爱情""开口告人难""千里迎新娘""蜜月的沉醉""奔向天涯海角"六部分组成。每部分可以看成一个独立的文学单元，但又是构成整部小说的基本元素。六大板块构成马竹和龙梅人生与爱情的多重奏，演示了一个时代一对知识分子的悲喜人生。小说主人公马竹是一个著名的剧作家，龙梅是一个有名的京剧演员，按照常理，他们的结合应该是幸福的。但是"辛酸的幸福"里的一段话让人吃惊："功夫不负有心人，吹风机尚未买，头发已在她的手中变得服服帖帖，伸伸展展。于是我们手挽手，照了一张结婚照。面对照片，我惊讶不已：头发溜光，风度翩翩，唉唉，我原来并不丑。"他们的婚姻就这样开始了，不免让人感到十分寒酸。在那种特殊的环境下，只有如此。"也算是洞房花烛夜吧，她是一个善于布置房间的人，将书房兼卧室——我的斗室彻底整治一番，挂几张梅竹条幅，写字台上插满了两束月季，燃起了一对花烛——边城的特产，她好奇地买了来，顿时，烛影摇红。"马竹是一个历经生活苦难而又有些自卑的剧作家，而龙梅是一个心灵手巧而又对生活充满幻想的演员。现实主义与理想主义碰撞而产生的爱情火花具有一种现实而浪漫的色彩。在以往的岁月中，马竹曾有过一段爱情，但那个特殊年代的摧残导致爱情无端夭折。

　　我平静地说：二十年前，是非颠倒的年代，我负气流亡边疆。三年之后，终于被押回原籍，才惊闻妻子——一个善良的女人，被斗成残废，抄了家，且扬言我早已畏罪自杀。她被迫于生计，含泪改了嫁。一个愁云惨雾的早晨，监狱的看守"哐当"开了大锁，带我来到一个大门口，啊，一个衣衫破旧的女人向我扑来，撕裂人心的呼叫：马竹！紧紧地抱住我的脚，呼天抢地地哭嚎。任看守吓唬、推拉，她扑地不起，死不放手；怀中的几个熟鸡蛋滚落地上，踩碎了，看守气得在她的手中踹了一脚，强拉我进铁门。我回头，泪眼蒙眬中，只见她双手扳住铁栅栏，头撞击着铁条，疯狂地呼叫：放了他！他没有罪！他没有罪！

　　一个特殊年代的爱情悲剧让人感到撕心裂肺的痛，有多少家庭发生了与马竹一样的悲剧。小说通过男女主人公的对话，让人震撼，达到一种悲剧化的艺术效果：

　　龙梅早已泪流满面："后来呢？"
　　"她疯了，时哭，时笑，时唱，时跳。几个月之后，我被押到矿山劳改，她赶过来了，整日夜在岗哨门口跳唱呼喊：马竹，马竹！她不吃不喝。我心如刀绞。不敢也不能见她，更无法安慰她……"

"太，太惨了！"龙梅泣不成声了。

　　"一个风雪之夜，她倒在积雪之中……我再也不顾监
规，冲出牢门，扑倒在她的尸体上……"

　　爱情悲剧的真情书写，给作品增添了较为强烈的艺术感染
力。孙因在《苦涩的创作生涯》中多次谈到他的前妻二姐，同
时在他的小说《疯女人》中也有所表现。不难看出，这是孙因
亲身经历的文学表达。在日常生活中，很多难以忘怀的往事是
一种刻骨铭心的精神依恋。正因为孙因有生活苦难与经历，才
使他的作品具有一种生命震撼力。在小说中，男主人公的爱情
悲剧也感动了女主人公，使他们更加珍惜新的爱情生活。男主
人公因妻子的悲惨遭遇而在一夜之间就患上了青光眼，其实这
也是孙因自我生活的一种真实的写照。他自己认为这是一部自
传体的小说，其中肯定有很多与自己生活有关的元素，或者说
自己生活中的某些缩影。小说掺杂他个体的生活历程，把马竹
的人生悲剧进行了艺术性的放大。作品借用龙梅对这一爱情悲
剧的评价，表现了龙梅对马竹爱得执着，人与人之间的温情得
到凸显。

　　"马竹，你太可怜了！忘掉过去吧，我要用炽热的情爱，使
你的右眼复明；我要用我的虔诚感动上天！"看似短短的几句
话，表现了女主人公的爱情观。

　　小说第二部分"迟来的爱情"是以回忆的表现手法，书写
马竹与龙梅之间爱情火花的绽放。小说中柏青是一个热心的老
大姐，同时也是马竹与龙梅爱情的牵线人。龙梅喜欢马竹的剧
本，从喜欢剧本走入马竹的生活，本身就有一些奇特：先从请
教开始，然后逐步地进入马竹的生活视野。小说克服了传统平
铺直叙的写作模式，采取多种表达方式，使作品的书写具有艺
术表现的多元性，同时也使作品的表达方式产生了多重性的

效果。

小说女主人公龙梅也是一个生活的不幸者。她与马竹有着同样的生活际遇，小说通过柏青叙述《女伶泪》中的主人公的不幸遭遇，来暗示龙梅的苦难人生。

《女伶泪》中的主人公是一个闻名 N 市的美人，她的玉容装饰过众多的橱窗，十六岁便以唱作俱佳博得了领导与观众的称赞，从此被剧团视为掌上明珠。省市领导、外宾莅临，都指名要看她的演出。她经常到市委书记家里做客，一起照相，和市委书记夫人同榻、游泳。可是寡妇门前是非多，尽管她冷若冰霜，每晚卸妆之后，仍有一帮流氓无赖，挑逗她，中伤她。正当她孤独、害怕，需要温暖的时候，一个小头头挺身而出，甘当她的保护者，深夜提枪送她回家。几年如一日，终于博得了她的欢心，决意将自己的终身托付给他。谁料人心险恶，这位"侠肝义胆"的保护者，竟是有妇之夫。可惜迟了……被遗弃的前妻向法院起诉。案情轰动了 N 市，她遭到了舆论的谴责，声誉一落千丈，气得年迈的双亲一病不起，幼小的爱女遭到白眼，啊啊，茫茫天涯路，何处是归宿？她流干了眼泪，在一个雷声隆隆的黑夜，默默地向波涛汹涌的大江走去。

正是由于马竹和龙梅都有不幸的遭遇，才使他们产生同病相怜的感觉，心心相通，才有可能走在一起。

小说第三部分"开口告人难"，写的是男主人公马竹"患病"之际，柏青大姐给他传递"爱"的信息。一封"龙梅已经决定启程……"的电报让主人公马竹产生了爱的困惑与希望。"电报在手中像一团火，《女伶泪》的主人公，命运相同的龙梅啊，你将给我带来的是幸福还是灾难？是爱情的美酒还是人生的苦歌？不管结局如何，我确信婚姻、家庭、事业、祖国总是息息相关的，决计为你的到来奔走呼号一番，争取领导的怜悯。"事实上，作为戏剧家的马竹，在现实面前十分无奈，作为一个文化部门的临时工，尽管自己在戏剧创作方面很有成就，可在一些领导的眼里，也许什么都不是。他难免发自内心地感叹："哎，难哪，在一般人的心目中，我是一个冷淡而孤独的人；其实，多年的监狱生活，养成了我眼帘低垂的习惯，寡言而自卑。我自愧不如陶渊明的清高，对目前三十元的生活费，差强人意的创作条件，也已感恩戴德，人间天上了。更没有'采菊东篱下，悠然见南山'的条件，为了龙梅，也为艺术，我只能忍气吞声，求得妥善安置。"显然，马竹作为一个知识分子，在现实受挫后，已经开始向世俗妥协，他无助的心情在小说中得到具体的体现。马竹最终只好去求助老局长。小说真实地描写了一个普通文艺工作者的心态，他在局长的面前总开不了口。老局长的形象也十分逼真，待人热情，同时也说一些空泛的场面话，看看马竹与老局长的对话：

> "哦，《天国女儿》改好了吗？"
> "暂时定稿。地区正在拨专款，由江城剧团演出。"
> "好，好，你连立两功。噢，《金榜题名时》的奖金给你了吗？二十块，本来是奖励三十，人太多，亏了你，噢，工作上有什么困难，直接找我，噢！"

小说对话让人想到孙因的《苦涩的创作生涯》里的某些细节，他的剧本《洞房花烛夜》获奖，使其成为"唐僧肉"。小说很有自传的味道，凸显小说人物的真实。

> 老局长的热情，反而使我难以启齿，年过半百，老将至矣，名不成，利不就，身在册簿之外，锅煮高价之米，衣只两件，被仅一床，羞死人！可是捏着手中的书信电报在呼喊：速来N市！速来N市！龙梅的苦笑，终于使我鼓

足了勇气，把书信、电报送至老局长的面前。

"老局长，我……"

老局长眯着眼，仔细地看了一遍，哈哈大笑："哎呀，老马，好，创作、爱情双丰收……到N市，几时走？叫秘书开一个介绍信，噢！"

小说塑造了一个比较正派的领导干部形象，老局长由于自己的个性，升迁比较缓慢。但他在马竹的生活中是一个关键性的人物，当"文革"结束之后，他为马竹的工作奔走呼号，让马竹在剧团当上了临时工。而现在，马竹请老局长出面帮忙解决龙梅的工作，老局长也爽快地答应。但究竟能否解决问题，读者肯定要打几个问号。小说以"蒙太奇"的表现手法，嫁接老局长在一个会议上的发言，他为马竹落实工作而呼喊，终于引起市长的关注。

小说通过对主人公心态的描写，凸显了中国知识分子因社会压迫而产生的卑微心态。中国知识分子长期不能挺起自己的脊梁，成为中国社会的一种通病。中国的官本位文化让知识分子面临着双重的压迫，知识分子逐渐被奴化：

我顺从地站起来，红着脸，有些腼腆。看见市长、书记争先恐后地站起来了，礼堂里两百多双惊奇、友好、同情的眼光射向我。市长做了一个邀请的手势："马竹同志，请到前面来！"我只好穿过几道藤沙，来到前排，市长、书记挨个儿和我握手，几乎异口同声地说："我们的工作没有做好，你委屈了！"

我感动得热泪盈眶，连说："感谢党的关怀！"

小说于此处迎来了转机，马竹的处境得到了关注，看起来前途已是一片光明。

老局长很满意今天的效果，拉我坐下，说："马上写个报告，我亲自交给市长！"

还说什么呢？三十元生活费的困难即将改变，我也要和千千万万人一样有一个"铁饭碗"，龙梅啊，也许是你的好运吧？一天乌云散了，一切烦恼消除了，金光灿烂的通道，在眼前展开，延伸。我走出礼堂，几乎是小跑，赶到邮电局，向N市发了报。

小说第四部分"千里迎新娘"描写马竹怀着憧憬到N市迎龙梅的过程，他得到了龙梅一家人的热情接待与祝福，于是产生飘飘然的感觉。马竹与龙梅回到边城，去拜会老局长与剧团的书记、团长等领导，得到的都是大好音讯，让这对遭受人生苦难的男女品尝了短暂的幸福：

这天晚上，我们拜访了边城剧团的书记、团长，一路顺风，都愿意开"绿灯"。回到斗室，龙梅突然疯狂地投入我的怀抱，热泪盈眶地惊呼叫："马竹，我的好马竹！"

突如其来的举动，使我手脚无措了，一股股暖流注进了我的全身，刹那间，用道学家的格言、孔孟之道的规箴筑起的防线崩溃了，幸福的甘露流入了我干涸多年的心田。我的头，迎着那张仰起的、美丽而期待的脸，垂下去，垂下去，闭上了幸福的眼睛……

诗意描写凸显了摆脱苦难、重获爱情的兴奋之情，让人感受真切。

第五部分"蜜月的沉醉"描写曾经的一对苦难人，在重组之后如胶似漆的爱情生活片段，有一种喜事连连的感觉。马竹去江城修改剧本《天国女儿》，在江城也受到礼遇；龙梅的工作由于唐专员的过问，似乎也有了转机：

> "她在哪个剧团？"唐专员问。
>
> "N市剧团。由于各种习惯势力的压抑，少有登台了。最近随马竹到边城剧团，据说还没有落实政策……"
>
> "好，欢迎，我向边城打个招呼，尽快解决。"
>
> 许大姐淡然一笑："老唐，光打招呼恐怕不行哟，领导多少，都是你研究研究，他考虑考虑，常常一拖就是几年哟！"
>
> 唐专员苦笑道："这个么，请老大姐相信，党风正在转变……"

一个现实的社会问题从许大姐与唐专员的对话中显露出来。落实知识分子政策的问题常受到敷衍塞责，拖拖拉拉，得不到解决。这显然是一种通病，连有话语权的唐专员都只能苦笑。许大姐一语中的，击中了要害，从中可以看到文化院团改革的艰难。马竹与龙梅的遭遇，表现的是一个时代背景下知识分子可悲的命运：

> "老马，我含泪读完你的剧本，看演出就更难受了。"唐专员轻声地说。
>
> "专员很爱文艺？"
>
> "半瓶醋，学生时代我演过《屈原》《升官图》，后来参军，万里转战，平时瞎忙，什么都荒疏了。"他惋惜，叹了一口气，突然问，"你的工作单位是剧团？还是文化局？"
>
> "我没有正式工作！"一缕凄苦之情掠过心头。

"没有正式工作?"他大为吃惊,"怎么回事?"

"临时在文化局创作室,每月生活费三十元,买高价粮……"我顺便把从五十年代开始创作的苦难遭遇,简略地告诉了他,没有丝毫的怨恨之情,"专员,说真的,我能有现在的创作条件,已经满意了。不过,虚名可恶,既害了自己又害了他人,龙梅因读我的剧本,不远千里跑到边城,满以为当作家的夫人……"我心酸,再也说不下去了。

唐专员大动感情,紧握我的手:"我太官僚主义了,马竹同志,请你暂时委屈几天,我将去边城,和你们市领导研究研究……"

小说通过马竹与唐专员的对话演绎出一个普通知识分子的处境,在当时的情况下,知识分子找到自己创作的栖息地实在不易。

第六部分"奔向天涯海角"属于小说的高潮部分,我们看到了一些官僚主义堂而皇之的托词,让人真切地感受到对用人制度的无奈。尽管马竹为边城争得荣誉,但对他与龙梅的工作落实毫无作用,这从马竹与老局长的对话可见一斑:

"哈哈,老马,又为边城争了荣誉,不简单。两个月不见,新娘子,胖啦,当心,演员胖了不好啊!"老局长依然诙谐风趣,逗得龙梅也笑了:"胖了就演胖大嫂呗!"
……
"老局长,龙梅的事?"
我和龙梅惊讶地望着他。老局长照写字台猛击一拳,瘦削的脸气得青白了:"堕落,糟蹋艺术,演员都是一些鸡鸭贩子!"
……

老局长点了点头，不无感慨地说："老马，你是搞创作的，书生气太重了，办事难哪，僧多粥少，有些人借口国家困难，不重视人才，当面开写空头支票，具体落实，唉，只听雷声不下雨，难啦！"

马竹与龙梅工作的事情在一些冠冕堂皇的话语之下流产。至此，读者已可以预感到男女主人公命运的走向。他们很难主宰自己的命运。尽管有人说，人生的命运掌握在自己的手里，但现实常与此相悖。尽管当时已是改革开始时期，人们的思维仍受传统思维禁锢。

像无形的鞭子抽打着我的心灵，累累旧伤又添了一道新的血痕。记得一个哲学家说过：小逆之后必有小顺，大逆之后必有大顺。马竹啊，你经过的数不清的"大逆""小逆"。可是，"大顺"在哪里？"小顺"又在哪里？

马竹内心世界的一系列独自拷问，让读者十分揪心。

"马老师，电话！"值班员高声喊。

我走进电话室，抓起耳机，传来老局长的牢骚："老马，刚才找了市长，你的工作问题，他说已经向主管部门打了招呼。嗨，饱人不知饿人饥，有实权的人事局和劳动局，都推说没有指标……"

"重视知识，重视人才"成为口号，而在真正落实知识分子政策时，却又是另外一种情形，让人震惊与愤慨。小说没有回避这个现实。在孙因《苦涩的创作生涯》中也谈到他自己落实政策时的辛酸与无奈，与他作品中的故事有异曲同工之感。显然是孙因在"消费"自己的生活，如果没有亲身体验，也写不出这样感人至深的作品。可以这样说，虽然那个时代给孙因的人生留下难以忘怀的创伤，但那些让人难以忍受的生活又成就了孙因的文学创作。每一个人的生活中都充满着真切的辩证法。

小说《迟到的爱情》注重情感描写。情感写作是文学创作的一大要务。如果一篇作品没有情感流露，那是一种文字的堆砌。小说中写马竹清明节到梅溪场祭祀亡妻的细节，从中可以看出人性的美好，让作品"锦上添花"。那些朴素的乡亲面孔和言语与官场的套话与大话形成一种鲜明对比。

在乡亲们的心目中，我是一个奇怪的了不起的人物，我的灾难，我的幸福，我的作品，多年来一直是他们茶余饭后的谈资，有的曾为我的遭遇而叹息，洒下同情之泪。今天，居然还带着一个年轻貌美的老婆回来了，不简单！

"好心有好报，听说他的剧上了电视，得了两千块奖金！"

乡村风景描写与乡亲们友好的语言，为小说营造了一种舒缓的气氛，与小说主人公的内心世界形成了一种巨大反差，更让读者从中体味到人情冷暖。

"龙梅解开花束，在墓前插了一个象征性的花圈，作了三个长揖，声音低沉地叨念：'姐姐，安息吧，我也是一个受苦受难的女人，请放心，我一定照看好马竹，他太苦了……'"龙梅在坟前的誓言，让一个知识女性的形象高大起来，将他们之间的爱情更进一步地升华。小说中的这一细节让作品更加丰满。"龙梅，别胡思乱想，大难不死，必然长寿，我们都要活到一百岁无疾而终！"这是一对普通而不幸的知识分子的心灵憧憬。

他们两人的工作未果，心理开始发生变化，推动着小说高潮的迭起。何去何从？分别成了他们人生的无奈选择。

"龙梅，你走吧，回N市去吧，趁那边的工作还未脱钩……"我百般无奈，只好这样安慰她。

"明天就走！"她大声地说，下床收拾行囊。

当龙梅收拾行囊的同时，小说采用"蒙太奇"的表现形式，马竹眼前出现了一些美好幻觉，这是一种温馨之后的怅然。一对夫妻连简单的生存都不能维持的时候，也就谈不上幸福。

"马竹，剩下的十斤粮票，五块钱在枕下。"

"嗯……"

"天气热了，要两天换一次衣服。"

"嗯……"

"早晨要梳头——回N市，我一定要给你买架小吹风机来。"

"嗯……"

"眼睛每天要用——浓——茶——洗！"

"……"

"每天换一次手绢，不要用手揉眼睛。"

"……"

"你要去看望疯子姐姐的坟，替我问候一声——马竹，我死后，别忘了也在我的坟前栽两棵针叶杉……"

作品中的一系列"嗯"字表现出马竹的无奈心境，给人一种痛不欲生的感觉，此时"无声胜有声"。

"马竹，一起走吧！我养活你，晚上在台上跑龙套，白天在街头卖唱，累死也心甘情愿……马竹，走吧，我的好马竹！"

　　我们紧紧相抱，良久，捧起她的泪脸，呜咽道："走，梅，我们走！天涯何处无芳草……"

　　一对曾经历经苦难的伉俪决定远走他乡，走时给老局长留下了一张字字似泪的字条。这是一种无声的反抗，让一对知识分子的真实内心世界得到完全表达，也让人们看到知识分子挺起的脊梁。爱情终于让他们的精神回归，爱情能够医治好他们生命的苦难与伤痛。

　　"浓雾稀薄了，凤凰山顶，红日喷薄而出。发车的铃声聚起，客车驶出了车站。别了，生我养我的边城！我闭上了眼睛，滚出一串泪珠。龙梅神情沮丧地把头靠在我的肩上，她太疲乏了，需要养精蓄锐，才有力气走上新的人生旅途。我昏昏沉沉，似梦非梦，决意把命运交给客车了，任凭它载着我的躯壳，奔向天涯海角。"男女主人公决计离开边城，心里有一种迷茫：路在哪里？小说主人公的命运将走向何方？事实上，这就是作者创作技巧的高明之处。一部优秀作品的成功在于对其人物命运的把握与书写能引起读者的关注与共鸣。而《迟到的爱情》就是通过对人物命运的书写，让读者从中体味到在某种社会背景下，一些普通知识分子生存的艰辛与苦难。与其说是书写苦难，不如说是作家关怀意识的表达。

灵与肉的拷问

——评土家族作家孙因的长篇小说《新潮女作家》

20世纪80年代到90年代，受到西方各种文艺思潮的影响，中国社会出现各种文化思潮，文学艺术创作领域也出现各种流派。中国文坛鹦鹉学舌，与中国传统文化的价值观若即若离。在这种文化背景下，被称为重庆少数民族新文学缔造者的土家族作家孙因创作长篇小说《新潮女作家》，反映当时文学创作群体中的一些文化现象。

小说主人公文玫是一个很有才华的文学女青年，由于受当时自由化思潮的影响，抛夫离子到省城。才貌双全的文玫在《未名作家》发表了一篇小说，立即震动文坛，成为一颗升起的新星。从此，她决心走一条辉煌的道路。也结识了"白马王子"左克，并投入了他的怀抱。然而"新浪潮"之后，一切发生了变化，左克又有了新的意中人，文玫在事业与爱情，开始了新的彷徨、期待……作品表现了"新潮作家"把偏激当新潮的心路历程。

小说分为十个部分，标题让人耳目一新："一点芭蕉一点愁""二月晓睡昏昏然""三分春色二分愁，更一番风雨""四月南风大麦黄，枣花未落桐叶长""五更千里梦，残月一城鸡""六合虽广兮，受之应""七八个星天外，两三点雨山前""八千里路云和月""九疑云杳断魂啼，相思血""十年一觉扬州梦"。

曾在一个时期，西方文艺现象仿佛成为改革开放时期文学发展过程中不可避免的文化趋势，部分作家已经陷入无法自拔的境地。而孙因却有自己对文学创作的取向判断，他想从自己的作品中揭示这个比较现实的社会问题。

小说主人公文玫是一个中学教师，创作了一篇中篇小说《女神》，其内容是塑造一个敢于冲破家庭牢笼、蔑视世俗偏见，撕破传统道德的虚伪，勇于冲锋陷阵的开放型女性——不要家庭，随意更换丈夫，用情欲推动事业。小说的构思十分大胆。当时出现的"性开放"思想侵蚀了不少的文学青年。

由于文玫思想新潮，与自己当公务员的丈夫在思想上形成巨大差异。文玫的丈夫白金雁，开始在官场崭露头角之时，已经具有中国传统官员的某些习气。白金雁跻身官场，耳濡目染，习惯了官话官腔，颐指气使。初时，她屈从了几次，后来就严词拒绝。出于夫妻的感情，不止一次劝他：

> "金雁，政治是残酷的，适可而止吧！"
> 他搂住她："玫，谁不想出人头地，教书是读书人的末路，调县委机关吧！"

可见，夫妇两人的价值观存在巨大反差，一个想要在官场有作为，另一个追求的是人的精神与个性解放，他们俩像在一个车道上逆向而行的两辆车。

文玫爱好文学，发表在省里《未名作家》上的处女作《离异》，有她自身的影子。小说塑造了一个开放型的女教师，冲破贤妻良母的道德桎梏，毅然与把妻子当私有财产的丈夫离异。因发表这篇作品，长期生活在小县城的文学青年文玫眼界大开，并认识了一位叫左克的青年作家，两个人相见恨晚。那个风流倜傥的左克，仿佛成为她精神上的导师。而金雁也明显地感到《离异》的主人公就是文玫的化身，他也对爱妻产生了逆反心理，夫妻之间开始出现裂痕。

文玫的行为方式具有20世纪80年代某些文学青年的特点。20世纪80年代初始，中国文坛进入"寻根文学"时期，不少作家打着"寻根文学"旗号，寻找中华民族长期存在的劣根性。当时以韩少功为代表的"寻根作家"在中国文坛颇有名气，受到不少评论家的追捧。而有些作家所谓"寻根"就是盲目追风，根本不理解"寻根"的真实内涵，往往东施效颦。加上当时"弗洛伊德"进入中国，在学术界产生前所未有的"弗洛伊德热"，文学青年言必谈"弗洛伊德"，"弗洛伊德"成为文学青年时髦的象征。无论是在社会学、文学、哲学等领域，"弗洛伊德"成为人们必修的一门功课。而小说主人公文玫就是其中的一分子。她已经沉湎于人性的解放之中，对现实生活产生了强烈的逆反心理。而小说中的金雁却是一个时代的官迷，他与文玫的婚姻，就是他上升所利用的"敲门砖"。其既具有中国传统官场人物的共性，也有他的独特个性。作为一个追求个性解放、人格独立的新潮女性当然对传统的婚姻家庭十分反感，逐渐对丈夫产生厌恶，为她出走家庭埋下伏笔。"左克的一封信再次打破了文玫心里的不平静，她把左克当成了精神的教主：'啊，老师，世界上只有你……'她喃喃地对照片叨念：'左老师，我真想飞到你的身边，聆听你的教诲，你的风范，你的气魄。你的一颦一笑……'"文玫的行为仿佛着魔一般，文学也是一把"双刃剑"，文学能够净化人的心灵世界，同时也能蛊惑人的心灵。

如果说山峡笔会是文玫与左克的开始，那么兰草笔会又使他们的感情进一步升温。兰草笔会得到几个富翁的赞助，在左克带领之下，大家观赏着兰草园，三十几个青年作家中，最引人注目的是来自武山的青年女作家文玫，在左克的眼中，文玫不亚于维纳斯，可谓"万绿丛中一点红"。左克的吹捧让文玫昏昏然。表面上是男女之间的交往，实际上，有一张温柔的网已经向文玫张开。当文玫与左克再次见面之时，有一种冲动的欲念产生。左克坐在沙发上，打量着正在开箱取文稿的文玫，想起了《贵妃出浴》那幅画，也想起了白居易的诗句……显然，左克并非正人君子，而是一个放荡不羁的花花公子。他对文玫的吹捧另有目的，如左克在评论文玫的《女神》时，就有发自内心的挑逗："情欲将主宰世界，大胆的构思，立论新奇，预祝成功！"同时一种"弗洛伊德"的潜意识已经在左克的心里出现："左克手抚文稿，像抚摸近在咫尺的美人的酥胸，舒畅、熨帖。"这些潜意识的描写，自然流畅。"左克面对文玫的美，感到心闷，窒息，笑道：'我正在抽时间大改《第三次浪潮》，第二次工业革命改变世界的进程，习惯抱残守缺的中国人，将用文学这支号角去唤醒他们的重新思考，传统文学正在崩溃，当务之急是给妖气十足的通俗文学以迎头痛击！文玫，现代意识的作家，任重道远啊！'"左克的几句话，让20世纪80年代某些文学青年的狂妄心理暴露无遗。

小说中，梅大姐是一个比较传统的文学工作者，长期在文化工作领域担任重要职务，属于中国文坛的传统代表，同时也是一个扶植新人的真正文学工作者，左克的发迹与梅大姐有很大关系。左克是一个有一定才华的青年作家，但又是一个十分自负的狂妄之徒，在自己的创作有一定成就之后，目空一切。"左克是她培养出来的第三代青年作家。在西双版纳时，因在《荒原》上发表两篇小说，被梅溪看中，选拔到市作协来，几年之内，又发表了几十篇作品，担任了市作协的常务理事、《未名作家》的主编，在现代派文学青年中颇有威望，他的新作《第三次浪潮》，猛烈地抨击了传统文学的卫道者，正是针对梅大姐。左克不知天高地厚，被西方现代派冲昏了头脑，声称中国文学的出路在西方。"从左克的所作所为中，可以看出中国20

世纪80年代部分狂妄自大文学青年的影子。

文玫在梅大姐面前大谈自己的文学抱负，完全与20世纪80年代的某些文学女青年一脉相承：以西化为时髦，以外国文学思潮为向导。比如文玫对梅大姐大谈自己的《女神》，也谈左导师灌输的新思潮，象征主义、表现主义、未来主义、超现实主义、意识流、存在主义、荒诞派、黑色幽默等，而且是表现得一知半解，让人感到可笑与不可理喻。类似的文学青年在中国20世纪80年代比比皆是，而孙因就是从这些文化现象中找到自己的创作因子，表达出他对一个时代的关注与思考。

　　文玫在左克的引导下，开始由作品表现发展逐渐过渡到自己的生活行为："中国传统道德对青年男女的束缚，已到达无以复加的地步！"左克感慨万千，"西方世界的性解放运动早已进入高潮，美国大学生们正在倡导群婚，纽约街头公开出售弗洛伊德的头像，背景是男性的生殖器……"

　　"啊！"文玫脸红心跳，"这，是真的吗？"

　　左克一本正经地点头："小文，思想解放不应停留在口头上，你的作品的传统味还很浓啊！"他注意到，丽人的脖子也红了，便适可而止。

在文玫人生突变的过程中，左克是一个彻头彻尾的推手，起到推波助澜的作用，让一个涉世不深的文学青年开始走入人生的死胡同。

　　导师的一番言论，使她茅塞顿开，她喜欢欣赏裸体画，武山书房的《雅典娜和三女神》，半裸的缪斯，曾使她产生联想，如果在文学作品中，按照弗洛伊德的性冲动理论和导师的见解，塑造的全是半裸和全裸的人物，写他们的情欲、性恋，在裸体中求刺激，群婚后又自杀，将对读者产生什么样的影响？裸体真的美吗？弗洛伊德的理论在文玫的生活中有了某种体验，让她想入非非。

左克笔会开幕式上的表现，连他的妻子江虹也感到厌恶，瓜子脸上浮出一丝讥讽的笑："满嘴的奇谈怪论，企图标新立异，迟早会翻跟斗！"

而文玫却认为左克与江虹之间缺乏理解。左克醉酒之后的表现，让文玫产生几许怜悯："今天不太愉快，新浪潮文学和传统文学交锋中，他陷于孤军奋战，借酒消愁，佯醉于市，作为一个学生，一个追随他的女兵，正应该体贴他，安慰他，也许他正是为了寻求支持，才躲进她的卧室。"而左克心中另有目的，在文玫面前大打悲情牌，达到自己占有文玫的目的。"玫玫，我苦哇，讴歌爱情的人十之八九被爱情嘲弄，江虹是一只母老虎，仗着是市长的千金，何曾有半点女性的温柔……"而他在得逞时的表情，就表现出了一个文学骗子的嘴脸，文玫用付出身体的代价换取她的《女神》即将发表。

所谓的文学笔会就是一些文友的聚会，他们大多是各地文学刊物的主编、新浪潮文学社团的头头、作家，一个个雄心勃勃，以文学界的闯将自居。此刻，他和一个戴鸭舌帽、琇琅架近视眼镜的刀条脸汉子碰杯了，这个穿牛仔裤、紧身衣，精瘦得像晾衣杆的文友叫春帆。别看他貌不惊人，却是海滨市大型文学刊物《南国》的主编。他的新浪潮文学代表作《复苏》震动文坛：一个嫁了五个男人的女强人，改革开放的浪潮把她推上了总经理的宝座，起伏跌宕，情丝缕缕，恋波迭起，不仅在国内风行，还远销港澳、东南亚，名播海内外，与左克交谊甚厚。其实他与左克是一丘之貉，逢场作戏之徒。

"文玫，欢迎到海滨做客。"

她甜笑："谢谢，久慕春老师大名……"

春帆哈哈大笑："当今是阴盛阳衰的时代，青年女作家的作品风靡一时，只要字里行间透露出倾向西方的香艳气息，我愿以敝刊的显著地位优先刊登，并鼎力向海外推荐！左克，来劝劝你这位高足吧！"

小说中左克与江虹的结合是一个时代的产物。左克出生在一个工人家庭，根红苗正，而江虹则是"反革命家属"。他们在西双版纳当知青时认识，左克千方百计占有了江虹。后来二人之间开始产生了生活的鸿沟。左克选择文学，写出《武斗》《妈妈，我饿》《怎么办》等十几篇作品。他依靠江虹的关系调到市作协，后来又以西双版纳生活为题材的长篇小说《旱蚂蟥》引起文坛关注。左克在文学创作上取得成就之后，对江虹产生了厌恶，甚至报复她。

他不再是以工代干的可怜虫，在市文代会被选进了主席团，当了市作协常务理事。不久他又主办了《未名作家》，鼓吹"新浪潮文学"，颇有号召力，省内外志同道合的文友们，公推他为"盟主"。他踌躇满志……

左克随着自己身份的改变，爱情观也发生了天翻地覆的变化，导致他心理变态。"观念要更新，情侣也要更新"的人生观念让他的行为方式在所谓的"文学体验"中屡屡实施。江虹作为一个过来人，她非常清楚左克的所作所为，她想要保护文玫。因为她从丈夫的邪恶的眼光里看到了曾经在西双版纳的左克。公开的社交场合，他顾及作家、主编的脸面，不太露骨；阴暗角落里，却大肆向男女青年倡导性解放，主张西方式的两性关系，多次和女作者、女演员幽会。

江虹作为一个具有良知的女性，在左克离家之后，她把文玫接到自己家中，置于她的保护之下。可当江虹上班之后，左克回家中与文玫幽会，他还为自己的行为找到十足的理由："她爱过我吗？一次也不主动，摆小姐的架子，哼，新一代的男女已向'性解放'跑步，她还一副道学家的面孔……"从左克的行为中可以看到20世纪80年代的部分所谓作家的生活影子，他们表面打着文学的幌子，却干着违背道德的下流之事。左克无疑就是一个典型的代表，文学女青年文玫却成为左克的殉道者。一方面她的身体被左克占有，另一方面其精神也被左克所左右，小说刻画得入木三分：

> 她无颜走出卧室，颓然落座沙发，捂住脸哭了，左克走进她，俯下身子安慰她：
>
> "玫玫，别怕……"
>
> 文玫抬起眼，呸了一声："滚开！你毁了我，你不是人！"
>
> 左克赔笑："何苦用封建道德来束缚自己？互相爱慕，男女之间的友谊，不就是舞池、林荫、卧室吗？何况……"
>
> 而当文玫与左克发生争吵的时候，女主人江虹却回家了，她没有吵闹，而是抛给左克一张离婚申请书。此时，左克又开始告饶，请求江虹原谅他，而江虹作为一个女性，再也没有放弃维护自己的权利："解脱吧，一分钟也不能等了！我们有过人生的恩怨，但没有刻骨仇恨，犯不着兴师动众，大动干戈，好说好散吧！我顾全你的脸面，请不必藕断丝连……"

江虹是十分理性的女人，但人性的本能仍让她十分痛苦。原来她将文玫接到家里是为了置于自己的保护之下，相反却害了文玫。江虹作为一个女性，外表虽然冷淡而内心世界向善，作品显然是把江虹作为一个传统的女性来塑造，表明人的本性尚在。

文玫是一个典型被"西方生活方式"吸引的青年女作者，虽然她被左克欺骗仍没觉醒。当她与丈夫婚姻出现裂痕，她却又到蓉城去寻找左克，当得知左克在滨海又与齐小菲鬼混，于是她回到蓉城跳河自杀。文玫自杀被救后，在梅大姐与江虹的关心之下，终于认清所谓的"新浪潮文学"的本质，最后使她的创作脱胎换骨，写出长篇小说《文魔》对"新浪潮文学"进行批判，表达了一个青年女作家的成熟。

作家写文玫创作的转变过程，同时也写左克痴迷于"新浪潮文学"，把女人当成自己文学激情的试验品，被齐小菲毒打却投入齐小菲怀抱，又被齐小菲戏弄，同春帆一道与齐小菲合作创办新浪潮出版社，最后因齐小菲撤资，他宏伟的计划彻底破产，无奈选择自杀。作品最后通过他的日记揭示他最后的生命历程。一个本来有才华的青年作家片面追求西方两性关系而最终自取灭亡。作家的目的是告诉人们，中国文学的创作走全盘西化道路付出的代价十分沉重。

另外，小说描写了20世纪80年代中后期中国文坛的全像：一些所谓"新潮作家"开始追求"性解放"。游平就是这种思潮的推动者，作为一个首都的青年评论家，一个善于看风使舵的文学理论骗子，在作家之间充当文学的掮客，到处贩卖西化的理论观点，这样的人物很具有代表性。而如前所述，小说中的老作家梅大姐是一个有良知的传统作家，具有广博的胸怀，始终保持善心，尽管左克诋毁她的创作成就，但是仍然扶持左克。而江虹既是一个受害者也是一个新时期的觉醒者。江虹是一个具有理性意识的女性，她与左克的离婚，使她彻底解放，让她又对未来充满了希望。在左克自杀之后，还放弃前嫌，到滨海去看望。人性的善良显而易见。齐小菲是一个香港阔小姐，因为痛恨男人玩弄女性，自己开始玩弄男人。自作聪明的左克成为她的牺牲品。但她又良心未泯，得知左克自杀之后，又到滨海去看望悼念，还出资为左克修建纪念碑。她是一个性格比较复杂的女性，具有多重性格。而白金雁受文玫父亲武山老县委书记的影响，在官场如鱼得水，步步高升。在文玫出走后，金屋藏娇。当文玫回家，他又结了婚，而且对象还是一个民族学院毕业的大学生。不少投机取巧的人为跻身官场，千方百计利用"资源"，金雁就是这样的典型代表。

小说书写了20世纪80年代经济转型时期的中国文坛某种躁动不安的状态，把各色人等放置在历史语境中进行心灵的拷问。一些作家除考虑自己的地位之外，还要为自己掘到第一桶金，作品中的《南国》主编春帆就是这样一个典型案例：

"春帆简单地告诉她，他和左克决定创办新浪潮出版社，必须拥有自己的印刷厂，《南国》和《未名作家》近两年赚了钱，不足两百万，只能建厂房，尚需引进先进的印刷设备，才能和国内外出版界竞争，预料不出五年，新浪潮出版社将成为世界上第一流的出版社。"可见，"新浪潮作家"已有自己的长远规划，而且在付诸实践。

同时在意识形态领域也出现不同的价值倾向。梅大姐就对此有比较深刻的认识，对当下的生活产生了一种忧虑。在当时外来文化的冲击之下，一些人显然把外来的糟粕，甚至把在西方早已过时的东西捧为瑰宝，凸显了中国文化的某种劣根性。这是一个十分危险的文化信号，一个没有文化内涵的民族是十分悲哀的民族。如果我们国家的民族文化由于被外来文化挤压而完全丧失，那么国家民族的精神将永远丧失，成为无根的民族与国家。作为一个少数民族作家的孙因，显然看到了这个问题的严峻性。他以自己的作品揭示了这个令人深思的社会问题。

《新潮女作家》是一部书写新潮女作家人生轨迹的长篇小说，叙述了文玫这个边远山区的文学女青年受到"文学新浪潮"蛊惑而走上"性解放"西方写作的模式，从理论到亲身体验最后遭到人生打击而产生人生的伤痕的过程。文玫既是"新浪潮文学"的实践者，同时也是受害者，片面追求所谓"新浪潮文学"让她身心受到摧残。在她看清"新浪潮文学"的本质之后幡然醒悟，最终与"新浪潮文学"决裂，走上正确的文学创作道路。文玫创作精神的回归，一方面是对"新浪潮文学"的反讽与批判，同时也是创作与人生的飞跃的开始，另一方面也表现了人性的复归、精神价值的复原。而左克的人生告诉我们，作为一个作家，应该忠实社会生活，要从中国国情出发，站在普通民众的立场，其创作才会被社会认同。

《新潮女作家》是孙因对中国当代文学创作领域的反思与批判，具有浓郁的时代气息与文化精神，是一个作家心灵的文化坚守与表达，具有一定的现实批判意义。

"红色写作"的"意识流"

——读土家族作家孙因的《老红军》

"红色写作"一度成为新中国成立初期的创作主流，在当时的政治语境下，文学为政治服务的色彩浓厚，而且是主流创作的一种有效选择。当时中国刚完成社会主义的"三大改造"，全国人民开始向往社会主义的生活，反映社会生活与历史语境成为文学界创作的主导。作为刚刚走上文学创作道路不久的重庆少数民族新文学的缔造者孙因显然也不能脱俗，也加入当时中国文坛的"大合唱"。

在当时中国当代文坛上，采用"意识流"的创作形态书写"红色文学"实属少见。

《老红军》也是孙因写的第一部"红色题材小说"。作家所处武陵山区的秀山，曾是红二六军团战斗过的老革命根据地，一些红军传说与故事在这片土地流传甚广，孙因从这些故事中，找到了他创作的素材与写作的突破口：把当年的红军故事与现实紧密联系在一起，构成他创作中的主格调。小说叙述了老红军徐明调到他曾经战斗过的革命老区当县长，寻找战友时巧遇战友儿子小新的故事。作品通过一老一少的对话，老红军对那战斗的峥嵘岁月的回忆，反映了第二次国内战争时期的军民鱼水情。同时，小说也有一个光明的尾巴，最后两个老战友相聚，一种真挚的红军战友情跃然纸上。

《老红军》还记叙了地主长工邓大胆由一个具有血海深仇的

农民到一个坚定的革命战士的历程，展现了红色年代的可歌可泣的革命情谊，以及描写了邓大胆老婆为了掩护红军徐明而牺牲的场景。这展现了军民鱼水情，超出当时政治语境下人物脸谱化的模式，也克服了当时文学作品平铺直叙的弊病。

1957年12月，孙因在四川省文联主办的《草地》发表短篇小说《老红军》，当年被《草地》评为优秀作品，应该是中国当代文学史上最早的具有西方"意识流"形态写作探索的作品之一。意识流小说是20世纪初兴起于西方，在现代哲学特别是现代心理学的基础上产生的小说类作品。叙事在时间上常常是过去、现在、将来交叉或重叠。《老红军》与西方意识流小说创作有惊人的相似，结构是"现在—过去—现在"的线索模式。小说大部分内容就是从老红军徐明的回忆中展开——把长期封存在徐明心中的往事全盘托出，把当年战场的场景重新置于老红军的脑海，达到一种震撼人心的效果。

《老红军》是孙因创新手法的一次实践，而且达到了基本纯熟的地步。这种写法，在二十几年后才产生，比如王蒙在1979年至1980年才采用这种表现手法，相继发表了《布礼》《夜的眼》《风筝飘带》《蝴蝶》《春之声》《海的梦》这一组被称为"集束手榴弹"的六篇中短篇小说，"王蒙的这六篇小说连同他以后创作的意识流小说重新开始并加速了已中断多年的意识流文学东方化的过程，使之以全新的面貌与格调出现在古老的东方大地"。孙因早在20世纪50年代就开始采用这种表现手法创作小说，但在当时没有引起评论界与读者的广泛关注。

小说中老红军徐明的形象塑造得比较成功，克服了当时流行的英雄人物"单线条"的写作模式。徐明虽然是一个功勋卓著的老红军，但是没有按照当时高大全的模式塑造人物，而是刻画出了一个有血有肉的人物形象。小说采用了无巧不成书的传统结构，通过一老一少的对话，层层深入，最后把小说的谜底揭开。

蓬发青年还是惊讶地看着烟嘴。"这青年是谁呢？"老书记始终想不起来，只好从口中取下烟嘴，送到青年眼前，笑了笑，问："老弟，喜欢这烟嘴吗？"

蓬发青年蓦地脸红了，不自然地笑着，答话也吞吞吐吐的："不，我只是看看，我爸爸也有一只，一样的雕着龙凤花纹，赤金嘴子，像极了。那是贺龙将军给他的奖品。"

烟嘴作为小说创作的一个楔子，把本来素不相识的一老一少联系在一起。

老书记紧紧拉住小新的手，立刻陷入了深深的回忆之中。乘客们的喧闹、女广播员尖脆的声音、车轮的狂吼、汽笛的长鸣，初时还在耳边嗡嗡响，继而愈响愈小，终于悄然了。他的心已经飞向了二十三年前的岩门岭：老朋友的遭遇、血的友谊、天翻地覆的斗争，像电影一般一幕幕从心头掠过；最动人的是，亲手从他母亲血泊中抱起的小新，已经大学毕业了。

《老红军》给人传递了一种红色情结，描写了第二次国内战争时期的武陵山区付出生命与鲜血的惨烈场景，表现了革命战士的不屈不挠，体现了一种崇高的精神境界。

敌人在黄妹娥的脖子上架上一把明晃晃的鬼头大刀，逼她向寨堡喊话。妹娥毫不惧怕，一面奶孩子，一面挺起胸脯，昂起头，大声喊道：

"小新他爸，同志们，别相信他们的鬼话，红军就要来——"

　　敌人举起刀，狠狠地劈黄妹娥一刀背。她跌倒了。孩子哇哇的哭声传进寨堡，像尖刀刺痛每个人的心。

　　小说的描写与孙因前期作品相比，进步明显。细节处理也炉火纯青，从心理描写到场景的描写都韵味十足。在白描的背后，有一种让人细细体味的人文情怀。从邓大胆的身上，让人看到武陵山汉子粗犷豪迈的精神风貌。

　　小说通过老红军徐明讲述了武陵山区不为人知的红色故事，凸显作者匠心独运的写作技巧。将徐明的几个回忆的片段巧妙地交织，故事的流动与情感的流动进行有效嫁接，作品始终呈现一种红色的色调。

　　《老红军》作为孙因"红色写作"的一种新的尝试：小说的主线具有"意识流"的写作元素，同时也具有多种表现手法，从单一的叙述手法之中剥离出来，形成了一种写作多元基调。在当时以现实主义表现手法为主要特征的年代，一个偏远山区的文学青年却用全新的表现手法来构筑自己的作品，应该是值得肯定的。只要是具有创新思维，无论成功还是失败，都值得敬佩。

"红色写作"中的英雄主义情结

——论土家族作家孙因的革命题材小说

"红色写作"曾是新中国成立后的一个时代的主流文学创作。但从20世纪80年代中期开始，中国各种文学思潮风起云涌，文学作品中的"拜金主义"泛滥，不少人开始诟病"红色写作"，以"反主流"写作摒弃传统的英雄主义文学书写。英雄时代成为一种过去时态。土家族作家孙因没有随波逐流，仍然书写革命英雄，20世纪90年代他创作的英雄题材小说《风头大姐》《豪门红女》《红色女囚》等作品就是典型例证，表达了一个作家强烈的社会责任感与英雄主义情结。

《风头大姐》是孙因从20世纪80年代就开始构思的一部作品。"早在1983年，我就开始写《风头大姐》了。直到1995年，读了湖南文史专集《南昌起义前的贺龙》，其中有关于风头大姐贺英的资料令人感动。之后又读了不少介绍贺英的文章，这位叱咤风云的巾帼英雄逐渐在脑子里活了起来。因此，写好《风头大姐》，以慰前辈女英雄的在天之灵。"从酝酿到创作历经十二年的《风头大姐》，刊发于《今古传奇》1996年第4期卷首。尽管被通俗文学刊物刊发，也不能掩盖其作品的社会价值。作品的社会价值，关键在于它对社会的影响。在一个人们消解英雄的时代，书写英雄，弘扬英雄主义的精神，就需要作家的立场与勇气。《风头大姐》在人们开始解构英雄的时代创作与发表，就具有一种普遍的社会意义。"这部作品因为酝酿的时间久，取舍得当，写得很顺畅，风头大姐的形象比较丰满，可读性强，读者反响不错。"1996年9月至12月，《杭州日报》连载《风头大姐》，这是一个地方党报长时间、大篇幅转载一篇通俗文学作品，其意义不言自明。《传奇文学选刊》于1996年第11期到1997年第1期连续三期连载《风头大姐》，每期以4万字的篇幅刊发，为《传奇文学选刊》创办以来首次破例。同时刊发庄众先生《可敬可贺的风头大姐》的评论："通过令人过目难忘的史实，传奇绚丽的文风，塑造起革命先烈的光辉形象，一种伟大的人格力量冲撞着我们的情感心弦。""通读全篇，情节跌宕，虚实相间，情武结合，悬念环生，奇招不断，高潮迭起，教人欲罢不能。"读者是对作品最好的诠释。重庆《黔江日报》从1997年8月2日到1998年1月2日连载全文。据不完全统计，《风头大姐》的读者数以千万计。可想而知，这部长篇小说在读者中产生的巨大影响。

《风头大姐》以现实主义的表现手法，从《关于贺英同志生平》（批复）引入贺香姑这位没有军衔的女将军的人生历程。作品选择贺香姑人生历程中具有典型意义的事迹来书写，凸显贺香姑不朽的革命业绩。贺香姑首先是一个人，与普通人一样具有家庭、爱情，有喜怒哀乐，有正义，也有决策失败的时候。风头大姐贺英，又叫香姑，是一个胆大心细的女性，同时也具有女中豪杰的气概。如作品中与陈太生的较量中就有一股英姿飒爽之气："香姑这才劈胸揪住他：'好姑奶奶饶你一条狗命，回去少开烂条，告诉陈少生，不准他鱼肉乡里，去吧！'"

小说书写充满诗情画意与革命浪漫主义："二更时分，风头大姐贺香姑和满姑二十余人，离开了拴马桩林子，向卧牛冲进发。圆了又缺的月亮从云层里钻了出来，远山近岭，朦胧一片，五月的夜风分外凉爽，马车道两侧的树丛里，闹更雀叽叽喳喳……"小说通过自然环境描写与情境营造，表达作品人物的内心世界。

风头大姐的英雄气魄在作品中展示得淋漓尽致。"香姑发现不远处的草丛中有响动，随手掷出一枚铜钱镖，只听哎哟一声……"这个细节表现风头大姐武艺精湛。还有陈太生相逼风头大姐的细节，再一次出现了铜镖。铜镖作为风头大姐的一大绝活，具有强大的杀伤力："陈太生如痴如醉地诉说着，张开双臂，向香姑扑过来。香姑骂了一声：好一头色狼！左手一扬，一枚铜镖飞出，正中他的左眼，鲜血长流，惨叫声未绝……"风头大姐作为一个革命战争年代的英雄，在她的身上体现出一种不屈不挠的精神特质，一个普通而传奇的女英雄的人生得到展现。贺香姑作为一个女性，具有一般女性的特点，同时也有自己独特的思考。当向奎被敌人俘虏后重回游击队驻地的时候，她就产生了怀疑："香姑久久地审视着向奎，忆及分道扬镳的一幕，心里很不是滋味，而且这么巧，又是在驻马坡遇到他，防人之心不可无。她跳下马，紧盯向奎的脸，多么熟悉的一张脸，拜把兄弟，妹夫，同生死共患难，调戏她时淫笑，可是，却又十分陌生，似乎从记忆中抹掉了这张丑恶的脸……"

小说中贺英的丈夫谷虎、妹夫向奎、姑子谷凤等人形象也塑造得比较丰满。如谷虎的勇敢，谷凤的顾全大局、大义灭亲。谷凤在小说中也是一个革命女英雄形象。她长期形影不离地跟在风头大姐身边，知道丈夫叛变而又回到游击队驻地时，她的心里十分坚决："人怕伤心，树怕剥皮，谷凤熟悉向奎的脾气，江山易改本性难移，劝大姐不要收留这个忘恩负义的人。"小说中描写的一个曾以卖唱为生的女性——"小钢炮"也具有人格的双重性。她一方面为了生存，不惜出卖自己的身体；另一方面，又将自己了解的情报冒险送给曾救过她命的香姑。小说主要从人性角度进行书写，知恩图报的传统文化精神得到传承。

孙因的小说历来注重采用中国传统小说的写作技巧，以故事表现作品的人物形象，用传奇的笔调书写不同时期英雄人物的精神向度。《风头大姐》没有为英雄而写英雄，跳出了长期以来传奇小说中只见故事不见人物的传统写作泥塘。风头大姐是人不是神，在对敌斗争中也有自负的一面，如在太平镇时与矮子老鲨的战斗中完全失策，特别是安排向奎夺谷口，其实就是一种用人的失策，明知向奎有叛变的迹象，但是又重用他，本身就有一些不可思议。因此，香姑的一个决策失误就导致游击队的失败，连她自己也没有逃出厄运。当战局对游击队十分不利时，香姑仍然没有放弃向奎。本来游击队已经将矮子老鲨打到了山穷水尽的时候，香姑却在追击陈叫骡的过程中，被她击中的矮子老鲨打了一梭子子弹，一代女英雄就这样死于矮子老鲨的枪下。"她把手伸向谷凤，企图为她拭泪，可是，握了几十年刀枪的手终于没有抬起来，叱咤风云的一代巾帼英雄伏在马鞍上了，再也直不起腰来纵马驰骋了，永远，永远……"风头大姐从一个乡村女子走上革命道路，最后为革命牺牲。正如庄众先生在《可敬可贺的风头大姐》中所说："风头大姐是英雄，但她同样是人，而且是光彩照人的女子。她又有着丰厚的感情，自有难以道尽的喜怒哀乐。比翼折翅，伴侣孤零，更何况痛泪淹心。面对风头大姐的标志，一些淫恶之人也在想入非非。然而等待他们的却是风头大姐勇猛机智构架而起的绞架。风头大姐在情感的漩涡中拼搏，读者也从中品味到人生的漫漫旅途。"

　　向奎是一个红军的叛徒，敌人为引诱他投降，给了他一个少校营长的委任状，这时作者把向奎的举动写得入木三分："向奎惊愕地站起，两眼盯着委任状，恍若梦中，多年来当官的梦，在他看来，游击队不正规，当队长算不了官，红军的团长、营长也不值钱，总是在山沟里转，谈不上享受，眼前的变化太突然了……"在对于他的内心描写中，向奎人生的取向昭然若揭。当向奎面临处决的时候又是另一种面孔："向奎除了嚎叫，已失去了反抗能力，但是他仍不死心，昂起血糊糊的头，吼道：'贺香姑，我死了你也跑不了，赏我两颗子弹吧！'"小说扬弃传统小说那样人物脸谱化的写法，完整形象地写出了向奎善于投机取巧而奸诈，最后走上叛变革命的生命历程。作家总是用精短的语言，表达不同的人生道路与归宿。

曾被评论界称为《红岩》姐妹篇的《豪门红女》，也是孙因一部书写革命女英雄的长篇小说。作品以共产党员、军阀杨森的侄女杨汉秀为书写对象。关于《豪门红女》的创作，孙因在《苦涩的创作生涯》中说："临近解放，杨森迫于蒋介石的压力，逮捕了杨汉秀，1949年12月28日杀害于金刚坡，离江姐就义仅十四天。论职位，论资格，论贡献，比江姐高出许多，也曾进过渣滓洞，可是小说《红岩》中没有她的形象，不公平的原因众所周知，她是大军阀宠爱的侄女，阶级斗争的年代，谁敢冒天下之大不韪。"杨汉秀作为一个曾为革命作出牺牲的女英雄，由于历史等方面的原因，没有得到应有的历史认同与文学彰显。孙因作为一个具有良知与正义感的作家，毫不犹豫地承担起表现被历史湮没的女英雄的责任，目的是告诫世人，太平盛世，人们不应该忘记重庆解放史上叱咤风云的女英雄。《豪门红女》从1992年开始写作，最先寄给《中华传奇》，一年之后，改寄《今古传奇》，1994年7月《今古传奇》主编李传锋亲笔回信孙因：

孙因先生：

您好！我很激动地读完了您的《豪门红女》，是您十年创作的结晶，这个作品是我所读到的您的作品最成功的一部。不知是否为真人真事，但作为作品是成功的，杨汉秀这个共产党员的形象令人感动。这部小说是《红岩》的姐妹篇。虽然行文中时有赘笔，但瑕不掩瑜，我们决定刊发。

希望您明年再给我们一部这样的作品，十万字左右。秀山是个好地方，您的创作将获得更大的丰收。如有机会，欢迎来武汉一游。

李传锋

1994年7月6日

李传锋先生对孙因先生的褒奖，一方面是对孙因《豪门红女》创作的肯定，另一方面也是对孙因创作的大力支持。《豪门红女》刊发于《今古传奇》1995年第3期卷首。一些电视台的影视中心给他来信想改编成电视剧。《四川农村日报》从1995年8月15日起开始连载。同时，被解放军艺术学院戏剧系买断了改编权。这些文学现象表明，《豪门红女》作为一部通俗长篇小说，其文学价值超越了一般意义上的文学作品。

《豪门红女》写杨森侄女杨汉秀在新中国成立前夕，回到重庆建立兵站，支持重庆解放的英雄事迹。作品开头为杨汉秀从汉口码头回到重庆的路程中，与恋人梁英在轮船上遇到军统特务头子颜齐而巧妙应对，在码头遇到杨森部下李良琪，险象环生中化险为夷。三天之后，杨汉秀到达重庆，小说中再现重庆当时的历史场景："山城用喧嚣声欢迎远客，朝天门码头人群熙攘，数百步石阶像雄伟的天梯，无数抬滑竿的苦力，肩扛扁担绳索的挑夫，迎接亲友的男女，排列在岸边，肃立着等待民主轮抛锚。趸船上军警们荷枪实弹，如临大敌，封锁了出口，数十军警一跃而入，刺刀闪着寒光，咋呼着，开始搜查。"从小说开始的基调就已暗示，迎接杨汉秀的也许是血雨腥风的日子。

杨汉秀化名为吴铭，与重庆地下党联系，到广安组织兵变，在重庆为游击队成立兵站等，无一不表现了杨汉秀的智慧。她与梁英这对经过了战火考验的恋人，为了新中国的成立，立下了"新中国不成立我们就不结婚"的誓言，表现了革命者的坚定信念。

　　杨汉秀一到重庆就住进杨森家，以大小姐身份搞地下工作。小说没将杨森这个反面人物脸谱化，当杨汉秀与杨森见面之时，杨森虽然有责怪自己的侄女十年没有音讯，但亲情让他也有热泪，幻想如果杨汉秀是男子，还要委任她当军官。杨汉秀带着特殊使命——朱德的亲笔信策反杨森：

　　　　"一张贫嘴，朱伯伯好吧？"
　　　　"身体倒好，只是老了一些。临走时，朱伯伯交给我一封信，嘱咐我一定交给大伯！"
　　　　"写些啥子？"

　　朱德写信给杨森劝他弃暗投明，杨森看完信后心里十分矛盾。一个久经沙场的军阀，一方面要为自己的利益考虑，另一方面也要考虑自己与朱德曾经的交情，在这两者之间权衡利弊。杨森并不是凶神恶煞，也具有普通人的亲情。杨汉秀从小就在他身边长大，他内心爱自己的侄女。十年前杨汉秀刚收到大学录取通知书就背着他去了延安。当时他大发雷霆打了三姨太的耳光，枪毙了三个失职的卫士。可见，杨汉秀在他心中的位置。杨森知道侄女此行的目的，他一方面要保护自己的侄女，一方面要在党国面前周旋。同时，伯父侄女之间互相较量，彼此都想把对方拉到自己的阵营："风风雨雨十年，终于归来了，他一眼看出秀娃子不是当年天真烂漫的少女，而且知道她负有特殊使命。可是，他不愿破坏相逢的天伦之乐，决心用慈爱去唤醒这只迷途的羔羊。"小说回顾杨森的军旅生活，几十年宦海沉浮，最后当上重庆市市长，表现了他内心的矛盾。当年杨森在朱德、陈毅的鼓动之下，打击英国侵略者……而后来他参与攻打红军，是一个矛盾而又复杂的多面人物。杨森知道自己侄女是共产党，为了保护杨汉秀，还专门为杨汉秀的归来举办舞会。

　　他要把秀娃子推进官场的社交界，让军政名流知道，秀娃子是他杨森的大小姐，不可能戴红帽子。然后物色一位体面的女婿，据三姨太说，和他同行的是王灵官的侄儿王英，是真是假？如果属实，倒可以考虑……总之，要她成为豪门小姐，不能再马无笼头再野了。他自己很自信，可以指挥千军万马，秀娃子也会听话的。

杨森是有名的耗子精，历经各种风风雨雨，具有翻手为云覆手为雨的本事。他的一生中干过三件大事，一是开放女禁，二是和朱德的友谊，三是痛击英国军舰使他的头上罩上了反帝的光环。杨汉秀却用他当年打英国军舰的行为来激发他的爱国斗志。表面上跳舞，实际也是见缝插针地给自己伯父杨森做统战工作。一方面共产党侄女在做工作，另一方面国民党的高层也在拉拢杨森，千方百计撤散杨森部队，把他绑上内战战车。"南京急电"让杨森陷入进退两难的境地。

　　蒋经国的召见让杨森进退两难，把杨森逼上绝路。杨森内心想保护自己的侄女，但为了自己的地位和利益——当重庆卫戍司令，他放弃了亲情，牺牲自己曾喜爱的侄女而"大义灭亲"。作品以小梅的视角透视杨森："小梅早已知道，正是这位疼爱大小姐的卫戍总司令，出于不可告人的目的，下令抓了自己的侄女，她恨不得当面揭露他，暂时忍了，必须千方百计地救出大小姐，马上就要解放了，难道杨森还要反动到底？"

　　杨汉秀对杨森大夫人刘谷芳做起统战工作，从八路军抗日谈起，逐渐引导到现实的时局，同时也给杨森的三姨太做工作，争取外围的支持，表现出一个地下工作人员的机智。杨汉秀到广安的涵虚山庄，利用汪姑为自己建立兵站作掩护。

汪姑想起杨森，问："你大伯呢？"

杨汉秀深沉地说："他么，摆在他面前的只有两条路，一条是跟蒋介石走到底，自取灭亡，一条是向人们靠拢，停止作恶！"

杨汉秀决定要回自己的田产与嫁妆购买军火用于华蓥山游击队的发展。杨汉秀这一举动，表现了一个共产党员大公无私的精神境界。

"大哥大嫂，妹子回来，是想收回我三千石田和十年的佃银……"

两口子大惊失色，土摩登先"哎哟"一声："秀妹子，这是从何说起？你在外十年，早已发了财，还在乎这点田产？"

她软硬兼施，用枪逼着自己大哥交出自己的田产。特务头子颜齐早就盯上杨汉秀，多次表面向杨森汇报情况，实际上是探杨森的口气。

颜齐面无表情："据卑职所知，大小姐去了广安！"

"你们一直盯她的梢？"

"大小姐在广安演了全武行，逼她的大哥交十万块钱！"

"我知道，她要的陪嫁钱。"

"不过……"

颜齐作为一个老特务头子，早就盯上了杨汉秀，查到冒牌的王英就是华蓥山游击队政委，在杨森面前旁敲侧击，目的是要杨汉秀坐牢。杨森借给侄女八万嫁妆钱来买军火。杨汉秀以自己的嫁妆钱换取当上校督导官，以打消杨森的顾虑。以上校督导官的名义到处督查，实际上是为她从事地下工作取得一个合法的外衣，把梁英化装成为参谋长，打着收编地方武装的名义组织自己的力量。劝说和利用李良琪组织队伍，也救了杨森的副官丁洪。利用一切可以利用的力量为解放做工作。

"鳄鱼泪"写杨汉秀被抓，颜齐软硬兼施，企图以"识时务者为俊杰"的某些共产党叛徒的事例引诱杨汉秀。杨汉秀面对敌人的威逼利诱，表现出一个共产党人的英雄气概与大无畏的精神。

杨汉秀虽出身豪门，但她为自己的理想信念放弃优越的生活，为革命事业牺牲了自己宝贵的生命。因她的出身问题，长期被历史遮蔽。而孙因作为一个有社会责任感与良知的作家，为被历史湮没的女英雄作传，表达对默默无闻英雄的崇敬。

《红色女囚》是孙因叙述老革命家秦德君在解放战争胜利前夕在上海从事革命活动等英雄事迹的一部中篇小说。小说虽只写秦德君一个时期的英雄事迹，但"一滴水能反映大海""窥一斑就能见全貌"，以小见大地反映了一个革命女英雄传奇而惊心动魄的人生。

秦德君是一个真实存在过的革命英雄。秦德君（1905.8—1999.1），彝族，重庆忠县人。她以明末抗清英雄秦良玉为榜样，参加五四运动，从事妇女解放工作，在抗日战争中请缨杀敌。1923年入党，长期从事革命活动，曾任西安市妇女协会主席、西安市党部常委兼妇女部部长。1931年任国民革命军第21军司令部参议官、第7战区司令部参议官。新中国成立后任教育部参事，后任全国政协委员。

小说分为"与交际花周旋""在特务的巢穴里""千钧一发""铁骨丹心""画虎画皮难画骨""死刑判决书""生死搏斗""尾声"等部分，表现了一个女革命家的机智与勇敢，谱写了一曲英雄主义的赞歌。

秦德君一到上海就被女特务头子金蝉盯上。金蝉是一个伪装进步的女交际花，企图从秦德君口中套出当时地下党上海市委书记胡君健的有关信息，而作为一个具有长期地下经验的女革命家，秦德君非常谨慎，与金蝉周旋，巧妙地依靠地下党的帮助脱险。当她得知敌人已经知道部分国民党军队的投诚计划之后，千方百计地通知地下党作好万全准备。

……总之，金蝉是一个特务，她已经陷入了魔窟。

秦德君感到一股辣味刺入气管，窒息，不能动，喊不出，如同万把刀宰喉咙和胸口搅动，同时，特务们还用皮鞋尖猛踢她的筋骨，每一脚都似乎踢在心肺上，心裂了，肺碎了，脑袋迷糊了，当女特务用锥子锥她的脚心时，痛得她拼命挣扎，长凳倒了！

金蝉出面软硬兼施，企图引诱秦德君暴露地下党的机密，但是秦德君每次都是义正词严地拒绝。小说中有一段秦德君与金蝉的对话，可见一斑：

"告诉我，他们住哪条街，详细的门牌号码，我去找他。"

"他行踪不定，你不是君健的好朋友吗？一定会找到他，请他转告组织，我不会向敌人吐露一个字。"

"秦大姐不愧是老革命，很了不起！"

明知金蝉是特务，秦德君仍从容周旋，好从与金蝉的谈话中，了解敌人的动向。秦德君与金蝉的对话，其实就是一场看不见的战斗，彼此的心理较量。而狡猾的敌人在逮捕张权将军之后，企图以此为诱饵，让秦德君屈服。但秦德君却机智应付，让敌人一无所获：

> 毛森大喜："我知道胡小姐是老将军的故交，才请来相
见！"张权怒视着秦德君："这位胡女士是否神经错乱了？"
秦德君感叹："老将军贵人多忘事，中缅腊戍会战，你率领
战车部队击毁日寇坦克数十辆，打了大胜仗，载誉回到重
庆，我们东方文化协会组织了慰问队，瞻仰了将军的风
采。"张权松了口气："烂谷子陈芝麻，谁记得，当时张小
姐、李小姐多的是，我张某无意周旋，对不起胡小姐了！"

敌人的设局被秦德君识破，敌人仍然不甘心，多次让金蝉
威逼利诱，但都成为泡影。当金蝉以张权的死威胁秦德君，秦
德君用罐头瓶子砸向金蝉这一细节，表现出一个革命家的正气：

> "女特务！"凤尾鱼罐头从秦德君的手中飞出，击中了
金蝉的额角，她尖叫一声，血，顺着她搽满脂粉的脸淌
下来。

敌人对她进行肉体与精神的摧残，特别是在刑讯室的行为，
超出了一般的酷刑。

> 于是，特务们拖的拖，扯的扯，把她按倒在老虎凳上，
动用重刑之后又灌辣椒水，头发被扯着，嘴被捂着，她的
呼吸越来越微弱，进入了昏迷状态，特务们的吼声远去了，
似乎从地狱里迸出一缕声音："不能再灌了，快翘辫子了！"

敌人的严刑拷打对一个久经考验的共产党人无济于事。虽
然秦德君被判了死刑，在死牢里，她仍然与敌人进行斗争，与

狱友丁德华一道打死国民党军统特务金蝉，最后虎口脱险。作者把一个革命者的传奇经历写得活灵活现。小说中既有战斗书写，也有情感书写，把一个革命者的人物形象塑造得非常丰满。小说中的其他人物如郭春涛、胡兰畦等虽然着墨不多，但各有特色。反面人物金蝉、毛森、姚恺等的描写，也都是从人物本身出发，作家摒弃了"革命文学"中对反面人物的脸谱式书写。

《红色女囚》是一部革命题材的纪实小说，作品没像报告文学加新闻形式简单书写，而是进行了适当的想象虚构，写活了一个曾被人遗忘的女革命家形象，艺术地表现革命女性秦德君在上海解放前夕的艰难岁月与革命人生。同时也延续着孙因文学创作优势中的传奇笔调。

村庄的个人守望与书写

——读侗族诗人姚瑶的诗集《守望人间最小的村庄》

姚瑶是贵州近年来比较活跃的少数民族诗人之一。其创作成就有目共睹，著有诗集《疼痛》《芦笙吹响的地方》《烛照苗乡》《纯粹西江》（合著）等多部，曾获第三届尹珍诗歌奖创作奖、第三届贵州省少数民族文学创作"金贵奖"新人奖、第二十八届鲁藜诗歌奖一等奖等，在创作路上越走越远。纵观姚瑶的诗歌创作，大多作品立足民族与地域，从自己长期生活的土地出发，向世界展示黔东南大地上各民族生存的文化图景与他自己的个人思考。最近读到他的诗集《守望人间最小的村庄》，让我深刻地感受到他在守望自己土地上渐行渐远的乡愁。

姚瑶诗集《守望人间最小的村庄》克服了人云亦云的乡村诗歌写作套路，他从自己长期生活的乡村内部出发，表达对乡村的一种精神守望与内心的无奈、痛楚。"人间最小的村庄"，是他诗歌的一个无法割舍的书写喻体，"最小的村庄"就是他心里的村庄，或者也可以说是他心中的一种精神守望与挥之不去的乡愁。

《守望人间最小的村庄》分为"守望人间最小的村庄""无限放大我的乡情""故乡，瘦成一粒米"三辑，单从诗人为每一辑的命名，就可以看出他的良苦用心。村庄、乡情、故乡分别构成每一辑诗歌的主格调。由此可以看出诗人的创作路径，即从村庄开始寻找自己的乡情，然后回望自己的故乡。长期生活在村庄，如果以居住者的身份打量家乡，或许觉得这就是一种平淡无奇的居住场所；人一旦离开自己曾经出生或者生活过的村庄，蓦然回首，或许这里就会成为一个刻骨铭心的精神寄托之处。人只有在离开之后才会真正品出家乡的味道。在很多诗人、作家的创作历程中都可以证明这个观点的正确性。海格德尔说："诗人的天职是还乡，还乡使故土成为亲近本源之处。接近故乡就是接近万乐之源。故乡最玄奥、最美丽之处恰恰在于这种对本源的接近，决非其他。所以，唯有在故乡才可亲近本源，这乃是命中注定的。"沈从文离开湘西之后，回望湘西，就找到了他的创作灵感，他的《湘西》《湘行散记》就是他离开湘西多年之后对自己故乡的书写。事实上，姚瑶也离开过曾经生活的村庄，虽然没有沈从文离开家乡那么远的距离，但也是一种离开。海格德尔还认为："还乡就是返回与本源的接近。但是，唯有这样的人方可还乡，他早已而且许久以来一直在他乡流浪，备尝漫游的艰辛，现在又归根反本。因为他在异乡异地已经领悟到求索之物的本性，因而还乡时得以有足够丰富的阅历。"一个从小在村庄长大的人，一旦离开自己出生的村庄，就像失去根的植物，产生一种漂泊的感觉。回望自己生命之根存在的地方，童年的往事、家乡人们的生存景况等常常萦绕心头。作为诗人，这或许就是家乡精神守望的原动力或者灵感。从这个层面上来说，姚瑶的诗歌一方面来源于他的村庄生活经验，另一方面来源于他对"村庄"的一种精神注解。有一位文学理论家丹纳这样说过，作家或者诗人的创作一般都是从自己的故乡开始，甚至有一些作家（诗人）的创作终身以故乡为主题。从姚瑶的诗歌创作实践中，我们不难看出，他的诗歌大多数属于乡村与自己生活的土地的，创作实践印证了那位文学理论家所持的观点。

　　或许，姚瑶笔下的小小村庄，就是他生活的故乡，也是他心灵的故乡。在姚瑶的笔下，两种意义的故乡相辅相成，共同形成了他笔下的"人间最小的村庄"。或许"人间最小的村庄"

是他诗歌中的一个让人隐隐作痛的具象，也是被人忽略而遗忘的一个村庄。在喧嚣的时代，人的精神回望或守望是一种令人景仰的崇高境界。或许姚瑶《守望人间最小的村庄》创作的意义就在于此。正如海德格尔所言："诗人重言诗意的安居是'在这块大地上'的安居……诗并不飞翔凌越大地之上以逃避大地的羁绊，盘旋其上。正是诗，首次将人带回大地，使人属于这大地，并因此使他安居。"因此"人间最小的村庄"是姚瑶诗歌的策源地，同时也是他诗歌的故乡。

一、"人间最小的村庄"的精神守望

这个不为人知的"人间最小的村庄"在姚瑶的诗歌与心里永远占据着十分特殊的地位，是姚瑶笔下的理想之地。在《春风，在一夜间抵达》中，作者书写了村庄的春意盎然的景象，承载着其理想："忽如一夜春风来，千树万树梨花开/梨花以磅礴之势，包围了/巴掌一样大小的村庄/这是美好的兆头，枝上的几只喜鹊/已经把春天叫醒，喜庆的声音。"春回大地、欣欣向荣的自然景观扑面而来，让人十分陶醉。接下来，诗人把乡村的脱贫攻坚与春天的景色融为一体，让人感受到人间烟火与村庄的翻天覆地："炊烟飘过山梁，一缕缕/梨花如万盏灯火/照亮人间的每个角落。"在这样的村庄里生活，应该是一种难得的人间幸福，诗人的笔也随之激动，形成一个乡村的磁场："春风，在一夜间抵达/磅礴的梨花地/唢呐声响起/村庄的一对新人/举行了盛大的婚礼。"村庄的新人举行婚礼，预示着村庄后继有人，或许说是一种美好生活的开始。

从姚瑶的一系列回望故乡的诗歌中，可以看出他与"人间最小的村庄"有着天然的联系，村庄的细微律动都饱含着深情。《祖林和他的羊正走过春天》表现村庄里一个叫祖林的人赶着羊儿拍照发微信的生活状态，体现了村庄里人们的精神文化生活的革命性变化，蕴含着时代给村庄里的普通人的生活带来了巨大的变化："他笑得像个弥勒/他在圭研的山沟里，拍下身边的几只羊/连续发微信朋友圈/我给他点赞，更多的人在点赞/成群的羊正在和他走过春天/发出了咩咩的叫声。"这就是村庄里普通人们悠然自得的生活，诗人就是从这些细微之处发现他们生活的嬗变。诗歌的创作就是一种生活发现。在当下，诗歌创作出现一种通病，就是一味地书写一些生活的过程，像用一台照相机拍下一些生活琐事，没有从本质上深入生活的内部，寻找触发自己灵感的东西。而姚瑶已经克服了这一类型的"轻写作"，他从村庄的内部出发，深入村庄的每一个部位或者角落，抒发自己潜藏已久的情感。他的多数诗歌创作可谓情深意切，让人难以忘怀。

诗歌的本质就是运用超常化的语言，书写诗人的情感："一只调皮的小羊，闯进取景框/它用湿漉漉的舌头/舔着春天。""舔着春天"这就是诗歌中的超常意象，也是诗人从放羊人平常生活中的一种惊人发现，是对村庄生活的某种诗意呈现。

姚瑶的诗歌中多次出现"圭研"这个名字，这里的一草一木都有他的记忆，有他诗歌的因子。如《圭研，从来不只是我简历上的一个字符》："我无数次回乡，回到圭研/活生生像个局外人/春风不度，一副不欢迎的样子/村口的老黄狗朝我吠声不断//我的父兄，把身子交给土地/他们想在黄泥土里，找到活下去的理由/一辈子活得卑微/让我心疼不止。"《圭研记》饱含着诗人的思想情感，让人感受到圭研就是诗人精神层面的村庄，拿一位大诗人的话来说，就是对这片土地爱得深沉："对于浩渺的宇宙，你太小了/对于我，你却是辽阔的/我可以不存在，但你一直在那里/我一直在地图上寻找/更加缩小版的你/然后放大，放大，再放大/写下你的名字：圭研/这两个汉字快把天空撑破。"读这首诗歌的时候，我就在想，这个"圭研"应该属于姚瑶生命中的村庄，这里的一草一木都属于诗人心中的意象，是诗人挥之不去、难以割舍的生命源头。写给"圭研"，其实就是写自己心中这片热恋的土地，写自己魂牵梦萦的故乡："为故乡立传，多少年了/你成了我文字中的绝大部分/比邮票还小的两个汉字/藏有天地/伟大的爱，举足轻重/阳光到，我的春天就到了/有笑声，我的世界就歌舞升平//此刻，离你数百公里/无论如何变老，我还是存在的/在圭研面前，我才是真实的自己/那里的山、那里的水，才是我的/每一声鸡鸣，每一声犬吠/都能在我心里荡漾。""圭研"之于姚瑶，有一些近乎陶渊明的桃花源，属于他心中的精神故乡，如果不是一个热爱故乡的人，他就不会一而再、再而三地书写自己生命的故乡，让自己的精神还乡。如《去圭研》："圭研，在你眼里/不值一提。它的名不见经传/干瘦的、善意的两个汉字/却在我的简历中/出现无数遍。"诚然，"圭研"是姚瑶诗歌中多次出现的一个意象，其中的奥妙只有诗人自己才十分清楚。作为读者，我们只是一种心理揣摩。在姚瑶的诗歌中，"圭研"的频率出现得让人产生种种遐想，无论是何种遐想，我们都可以发现这样的一个问题，这里有他的生命之根、诗歌的创作之源，他人生的血脉应该是从这里开始的。他的《守望人间最小的村庄》就是最好的诠释："村庄小得不能再小了/小得在地图上根本无法标注/小得像一粒尘埃/风稍大点，就吹跑了//这个叫圭研的小村庄/从我出生那一刻起/我就把这两个方块汉字/镂刻在我身上，陪我/浪迹天涯，成了胎记成了伤疤。""成了胎记成了伤疤"，是指成为诗人无法忘记的精神或者生命印迹。

传统的农耕时代已经接近尾声，村庄里传统农事的工具已经成了一种摆设，或者是一种永久的纪念。在这样的背景下，诗人打量着村庄的物事，回望村庄远去的岁月。如《悬于墙上的犁》："没有牛陪伴的犁/异常孤独，一具具犁/被犁田机器取而代之后/悬挂于墙壁之上，成了文物/像祖父的遗像，高高在上/朴素如一尊不朽的佛。"在姚瑶这一辑诗歌中，我比较偏爱《大雪过后》，这首诗写得情景交融，在这"人间最小的村庄"里是一种难得的风景："大雪过后，竹子内心坚硬/一片片竹叶，恍若飞翔的翅膀/翅膀之上，挂满露珠/像感恩的泪水。"这几句诗歌不仅描绘村庄的风景，其中还具有一定的哲学思考。好的诗歌应该具有一定的哲学意义，让读者不单是感受意境美，同时受到一种思考的熏陶，读到哲学的思想，这或许是诗歌的最高境界。

在姚瑶"守望人间最小的村庄"中的不少篇什是写村庄变化的，属于时代背景下的诗歌写作，这样的诗歌需要诗人的智慧，考验诗人对政策理解的水平，同时也需要诗人具备驾驭题材的能力，如果诗人不具备这些能力，就可能写成政治口号诗歌，损害诗歌的意境。在这个方面，姚瑶相对来说是处理得比较好的，如《时光之锁》《入村》《天空蔚蓝》《修行》等作品，基本上都是与乡村脱贫攻坚有关的题材，但把乡村的工作写得富有诗意。其中的《修行》可见一斑："你躲在一簇簇菊花后面/翻开日记本，文字密密麻麻/你在梳理建档立卡户/每一个汉字的背后/都是一颗跳动的心脏/和一根点燃的火柴。"这是书写一个乡村脱贫攻坚驻村干部的生活，把平常比较枯燥的生活写得很有诗情画意，同时也写出一个驻村干部的内心世界。如《写不完的村庄》："村庄的孤独、破旧/无序、失落，所有汉字/尽情舞蹈，成为诗歌意象/春天，也许在明天/就来临。"诗人对村庄充满希望，春天的来临预示着这里美好日子的开始，具有一种象征意义。每一个从村庄走出来的人都会对自己曾经生活过的村庄寄予一种希望和祝福。或者可以这样说，人间最小的村庄的守望，就是姚瑶对自己故乡的期许。

二、村庄情愫的无限放大

如果说"守望人间最小的村庄"是姚瑶对自己故乡的一种

精神守望，那么"无限放大我的乡情"这一辑诗歌则是从他心底流露出来的对故乡的无限情感，故乡是他无法割舍的精神依托。在我看来，"无限放大"就是一种心情寄予，是诗人长期放逐心灵的精神皈依。如《无限放大我的乡情》："村庄虽小，旷野却辽阔/一只小蚂蚁，被太阳晒得赤黑/晃动触角，细腰上背负拇指大的蚁卵/小心翼翼在稻草丛里奔忙/修筑自己伟大的宫殿//我爱这人间的景象/并在文字里无限放大/它们的每一次呼吸/都有我的气息/故乡山沟的一根藤蔓/在我的身体里蔓延几十年/不起眼，却不可或缺。"乡情已经深入诗人的生命的骨髓里，或者说与其血脉已经融为一体，不再是单纯的口头表达，而是生命中的一个组成部分，这样的乡情让人刻骨铭心。姚瑶的诗歌是属于黔东南这片土地上的一种心灵注释，像一支悠远的山乡箫笛在大山里的回音，无时无刻不在诗人心中流淌，如《时间停留在此刻》："时间停留，万籁俱静/大山中只剩下我的吟唱/及一颗噗噗跳动的心。"不难看出，诗人的心与自己的故乡的旋律永远连接在一起。当下不少诗人对故乡的书写是停留在形式上的"纸上书写"，而他自己的心灵没有真正地还乡，让人感觉到其诗歌情感无限放大，让人读到的是一种虚情假意。而姚瑶的乡情诗歌却是让人明显地感受他是一个从骨子里热爱故乡的人，故乡每一个细微的部位或者细节都成为他难以舍弃的精神家园，让他的精神流向故乡的田间地头，成为一首首歌谣。如《野草蔓延》："大部分时间，我与这些野草对视/我需要一个春天的时间/来收拾野火烧不尽的残局//我把它们整齐地收进我的诗里/阻止它们漫无目的，杂乱无章/可是，我怎么也无法/阻止它们在深秋绵长的咳嗽/和一个冬天的疼痛。"诗人把故乡的野草作为自己的一种书写对象，给野草赋予其他的含义，让人内心深深地被触痛。或许，从故乡的野草中，可以体味到诗人的悲悯情怀。故乡是只有离开之后，才可以品出其味道，诗人的乡情随着时间的推移而越来越浓烈。面对故乡，有多少的话儿无以言表。如《晚点的列车驶过我的心坎》："列车驶过我的心坎/我莫名地颤抖。稻花香了/稻花又香了，命运如汽笛声/此起彼伏，下一站醒来/能否安详地回到/我指甲一样大小的村庄？"其实这就是作者对故乡的思念与回望。一个具有乡情的人，即使他去了远方，他的精神永远也没有离开自己的故乡，如《去远方》："如果不走出村庄，远方/只在巴掌那么大/我们视线所触及的地方/很难想象，天空会有一只苍鹰/飞过。"如《故乡的河床》："每一滴水，都有它的故乡/每一个人，都在茫然尘世中/寻找生命的水源//一张发黄的旧照片，满是旧时光/我在寻找比童年更尖锐的荒芜/还是，一直颓废的心情/有多少枯死的河床，就有/多少找不到故乡的人。"故乡的河床是诗人书写乡情的一个突出的意象，也是诗人产生乡情的源头，有多少无法回乡的人在怀念自己故乡的河床？诗人的指向不言而喻，给读者留下较大的想象空间。诗人还从乡村里最常见的物件中寻找久违的乡情，如《长满铜锈的铜锣》中凝聚了诗人对自己故乡的回望："时间太久。这具破旧的铜锣/置于床下，布满了灰尘/夜深人静，有人手提马灯/从村西走到村东，铜锣声/一声快过一声/打更者瘦长的影子/折断在破旧的墙壁上。""破旧的铜锣"见证了一个村庄的历史与文化演变，在故乡的土地形成一种精神内涵，渗透着乡村的日月星辰、人间烟火，成为一个无法忘记的时代记忆："我一直认为，打更者会带走这些声响/这一具长满铜锈的铜锣，泛着青色/在烟火暗淡时，却发出了声响/夹杂着从月亮滴下的露水/被风吹过墙根带着呼哨的烟火/以及一只夜莺的鸣叫/都在这个极度虚胖的夜里/进入我虚无的世界。"姚瑶在无限放大的乡情中，建构着一个与故乡命运与共的精神家园，像一支永远吟唱在诗人心中的歌谣，弥漫在村庄的田间土角，形成家乡一年四季的图景。无论是春天还是秋天，夏天还是冬天，村庄里各种自然生长的植物，都成为诗人款款流动的乡情，如《一株向日葵转动我所有的梦想》："残垣断壁处，无数野草蔓延/一株向日葵，长在废弃的墙脚/不知是哪一天，哪一只飞鸟衔来的种子/丢弃在这里，一同到来的/还有无数无名的小草/这一株向日葵，竟然长得蓬勃/金黄的脸盘/疯狂转动我的梦想。"以一株长在废弃墙脚的向日葵作为故乡生命力的象征，体现了一个村庄蓬勃发展的景象，给诗人留下了梦想，梦想的背后，就是一种生命张力。与其说是诗人的生命张力，不如说是乡情在诗人内心世界的无垠的扩张。或者说，是乡情在诗人的生命视野的无限放大。

154

三、乡愁文化的另一种注释

如果说"无限放大我的乡情"是诗人的精神指向，是诗人精神回乡的文化代码，那么"故乡，瘦成一粒米"这一辑就是诗人对故乡文化的自我注释，或者是诗人在一个时代的乡愁，构成诗人对故乡永远的心灵注释，比如各种乡村生锈的农具，形成诗人对故乡敬畏或者顶礼膜拜的精神归宿。如《总有些事物让我敬畏》："在圭研，总有些事物让我敬畏/比如一头健硕的耕牛/若有所思，抬头望着天空/发出沉重的响鼻/突然前脚弯曲跪下/像斩断的一截木桩，重重的/压下去，再熟悉不过的场景了/它多么希望我跨上去/这个姿势，让我措手不及/童年的牧笛，被我丢失/声音喑哑。"可见诗人因对故乡的敬畏而产生精神回望，这就是一种无法摆脱的乡愁，因为故乡在诗人的心中是难以舍弃的生命存在，无论故乡如何变化，都像诗人生命的影子，永远相伴，不离不弃。如《故乡，瘦成一粒米》中"一粒米"这形象而又别致的意象构成诗人的故土情怀与乡愁："这些年，故乡越来越瘦/瘦成一粒米，藏在我血管里/剥离的谷壳，刺一样/刺痛我不饱满的内心/一粒米，藏有人世间所有的卑微//小溪干涸，我越来越瘦的身子/无法承受，野草疯长的速度/和负重。我为一粒瘦小的米粒/流泪，我多么希望/我流下的泪水/可以让小溪有所潮湿/再度充盈起来。""一粒米"是粮食也是很小的单位，具有双重的意义。这是对故乡在社会大潮里显得渺小的一种心灵痛楚，这是一首写故乡的历史悼词与对其未来的祝福，蕴含了诗人的精神向度。在日渐城市化的今天，城市在无限地扩大，而村庄在无限地缩小，或者瘦小。

　　诗人对自己的家乡总有一种不舍。在现实生活中，甚至有一些难以表达的精神焦虑。在内心世界产生了对自己曾经赖以生存的村庄写"志"的想法，这也成为诗人唯一的文化选择。如《村庄志》："不知道要揉碎多少光阴/才能找到前世的自己//依山而建的木楼/在云雾间忽隐忽现/我把躯体囚禁在此/突兀的石头里面/仿佛藏了一辈子的心事//在山中打磨时光/在石头上镂刻汉字/还给村庄最后一座石碑/记录村庄的荣辱史/一颗颗粗粝的方块字/散落在夕阳下/熠熠生辉，成了我/另一种意义上的食粮。""村庄志"背后潜藏着诗人的一厢情愿，是一个诗人在瞬息万变的时代能够做的一件对自己家乡的善事，或许这就是诗人创作的一种初衷。同时记录村庄人们生活的真实因子，形成自己书写的文化通感，如《老人比影子还瘦》："圭研，生养我的村庄/很少出现在我的书面表达/它像垂暮的老人，比影子还瘦/风大一点，就能吹跑/年轻人早忘了它的名字。"村庄在历史不经意间，或许将被人遗忘，成为一道远去的风景，而在诗人的心中，却是一道无法治愈的精神伤痕：在简历上写下："圭研/这种情况少之又少/我患了乡愁病的诗歌/偶尔出现'圭研'字眼/也是少之又少//圭研，这两个方块汉字/像两枚伤心的土豆/更多留在老一辈人的记忆里/村庄的事无巨细/我也很少无从谈起/像过多土地荒芜/野草遮掩村道。"或许，在时代的面前，一个曾经叫"圭研"的村庄会从人们的视野逐渐消失，成为一种过去，而在诗人的作品里却是一抹永恒的存在，永驻在诗人的灵魂深处与文字世界里："偌大的村庄，一寸一寸的消瘦/故乡的老人，比影子还瘦/风大一点，就能吹跑。"对于日渐"消瘦"的村庄，诗人有一腔沉痛，而为逐渐消退的村庄写出一个时代的祭词，这是诗人的一种责任。如《一曲侗歌响起》："你的心那么小/忧伤却那么多//一曲悠扬的侗歌/像门前的溪水/缓缓从心坎上流淌而过/——天籁之音/来自侗寨干净的村庄//筚路蓝缕。侗族用浪漫的歌声/洗去一路艰难、贫穷/洗去侗寨最原始的阵痛//再苦涩的生活/也要唱出优美的歌声/再偏远的地方/也要成为心中的故乡。"或许"侗歌"能够治疗诗人的心病，因为这属于诗人心中的歌谣，有自己的故乡。

有一位学者这样说过，我们每一个人的故乡都在沉沦。是的，在时代发展与社会变革的语境下，很多人的故乡已经回不去了，其中缘由不难理解。在这种文化背景下，诗人只能够为故乡做一点力所能及的事情，就是对故乡的怀念与书写。因为故乡是你一辈子书写的文化源头与精神的支撑。一些来自故乡的声音也让你感到格外亲切，在平常比较繁杂的声音里，有一种扩散的精神维度，如《打银声》："鼓楼上，一轮月亮升起/像刚刚抛光的银器//夜也镀上银色，那一夜/女人的骨仿佛也镀上了银//叮叮当当……比女人还柔软的银/在风情园某个银饰店，被瘦弱的男人/小心翼翼敲打，他把银锭/打成月亮想要的样子/出嫁的银妆，一只手镯/就能锁住女人的心//打银声，不紧不慢让我想起久违的新娘。""打银声"与"新娘"嫁接，让人回想起村庄的婚礼或者某种民俗，这也是一种精神返乡，或者乡愁的呈现。《遥远的打铁声》："遥远的打铁声传来/在我驻守的村子，打铁声/充满期待，仿佛等着/那个脸色铁青的人/在暮色中，向我慢慢走来。"诗人将声音与民俗结合，表达对故乡的文化追忆或者回想。《芦笙吹响》："村子里的芦笙/不知吹了几个世纪/它和每天升起的太阳一样/古老而弥新//每一个音符/激越、迟钝、哀怨、叹息/把我心底的脆弱/一声声，吹奏出来//突然有一天，我回到故乡/在生养我的村庄/倾听芦笙吹奏，听着听着/我凄然泪下。"这是诗人内心的真实写照，芦笙作为一个乡村文化的符号，镌刻在深处，让人动情，从某种层面上说，这就是一种看得见的"乡愁"。"给我出走最大的勇气/也以最大的勇气接纳我/故乡，我的胞衣之地/也留有葬我半生的荒山/芦笙吹奏，鞭炮响起/庆生和丧礼，都报以悠扬//笙音奏响，在每一个/日出而作日落而息的故乡/古老而弥新。"诗人的乡愁与故乡的一草一木、故乡的民俗风情与生活图景融为一体，形成一个宏大的音响，像在村庄里突然响起的芦笙让人感到亲切与流连忘返。《炊烟》："炊烟总是最先抵达/我远远就听到了鸡鸣犬吠/芒筒和芦笙已经奏响/一幅欢乐的画面/该是天底下最祥和的景象//我无数次把炊烟写入诗里/它占据了辽阔的版面/炊烟里住着朴素的故乡。""炊烟"里的故乡，充满着人间烟火，在诗人的作品中占有"辽阔版面"，可见故乡在诗人心中有着不可或缺的位置。这是诗人对故乡生存状态的一种诗意注释。朴素中吐露真情，真情中返回故乡："看着袅袅炊烟，思绪万千/江山是主，人是客/要用多大的心胸才能装下/这简单的人间烟火。"诚然，姚瑶笔下的故乡，一贯浸透着他心中对故乡的敬畏，饱含着一往情深，是一部"村庄志"，表达了他对自己曾经生活的土地与那里的人们的敬重。姚瑶的诗像是飘荡在侗乡的歌声，回响在属于自己的村庄里，然后向世界扩散，让人们为之动容。

姚瑶的诗集《守望人间最小的村庄》表达了他对故乡村庄的个人守望与一片赤子之情。无疑，姚瑶"守望人间最小的村庄"，为自己的故土树碑立传，是一部他作为一个诗人守望自己故乡的心灵史与来自他对自己故乡的一种虔诚感恩。

诗歌，纳雍的地域文化符号
——评《纳雍跨世纪新诗精选》

一个没有诗歌出现的地域，是一个悲哀的地域。因为一个地域最初的文学是诗歌，诗歌反映了一个地域的文化与文明程度。根据这个观点推断，不少的地域应该是非常悲哀的。而且有些地方，对诗甚至产生了前所未有的敌意，写诗的人成了"另类"。不知道这是地域的不幸，还是诗歌或者诗人的悲哀。被人们称为"贵州诗乡"的纳雍，并没因当下市场经济的冲击，而使诗歌淡出人们的视野。相反，诗作为一种文化因子，在这片土地上不断健康成长，成了一个地域的文化象征。最近读到《纳雍跨世纪新诗精选》，让我对"贵州诗乡"纳雍有了更深层次的了解。《纳雍跨世纪新诗精选》推出一个地域23名诗人的诗歌，从另一方面表现了一个地域诗歌的繁荣，同时不难看出一个地域多元诗歌并存的创作态势。

纳雍，其实我并不熟悉，开始只是听我的学生说过，我所教中文系的学生中有不少是毕节纳雍的，他们常常向我介绍其家乡如何美好，那里的文化如何之深厚，称其是贵州的"诗歌之乡"，让我的脑海里滋生出纳雍的地理概念。而真正了解纳雍，却是在我读罢《2010纳雍跨世纪新诗大展》之后，对我以前的孤陋寡闻而产生自嘲。"诗乡"名副其实，诗歌羽化成了纳雍的文化符号。吕进先生说，诗歌是文学的精华，是表现一个地方文化与文明的标尺。《2010纳雍跨世纪新诗大展》正是说明了这个问题。在这个大展的前言里说："纳雍的好诗人很多，纳雍的好诗歌很多，但版面一限，仅推出了17人的诗歌！"让我们只能从少量的海水中去看大海。在这次大展里，仅仅只是让我们看到了三个年龄段诗人的作品："60后""70后"和"80后"诗人的作品。但是每个年龄段的诗人都有自己的创作特色和倾向，用不同的书写方式反映特定年龄阶段的文化认同，让人窥探到新世纪纳雍诗歌的全貌："60后"是主打，"70后"是中坚，"80后"是希望。不同年代的诗人共同经营着这片土地上的诗歌，彰显一个地域文学的繁荣。

在大展里，"60后"的诗人占了12人，分别是段扬、陈绍陟、居一、空空、田庆中、西篱、睁眠、姜方、罗俊荣、王家洋、平镛、龚红梅等，形成了强势的诗人阵容。可见，"60后"，是纳雍诗人的主体，是纳雍最有实力的诗人群体。吕进先生曾经在近年的一次华文诗歌论坛上断言：中国诗坛已经进入了"60后"的时代，因为这些诗人已经成了中国诗坛的中坚力量。从展出的纳雍诗人和诗歌文本中可以看出，纳雍也不例外。段扬的诗歌应该属于新格律诗的范畴，传统的诗歌美学贯穿在他的诗歌创作中，有些"现代《诗经》"的味道。如《你猜不到那是我》："在你经过的路旁/我愿变成小花的一朵/让你欣赏它的美丽/却猜不到那是我//在遐想的夜晚/我愿变成流星一颗/让你赞赏它的美丽/却猜不到那是我……"从中可以看出一种古典的美。在他的《延续美丽》《想我的时候》等篇什里都体现着这一创作倾向。陈绍陟的诗歌有一种地域文化的精神气韵，地域书写中带着强烈的现代符号。比如《西部大书》就是佐证："荒漠。季风。狼。是否一只大鹰/高悬于天？灼热自翼而退，如海潮/凉风吟成蛇体/漫如晚雪，行人归宿……"新奇的诗歌意象，表现出诗人的想象能力。组诗《还乡》表现了作者的家园意识，该组诗里的《就是这条山路》触动了诗人的创作神经："这条山路，父亲已经陌生了/尽管这条山路上仍然吹着三十年前的南风——那么/父亲，我们就顺着这条杜鹃花林走/一路倾听山泉的声音吧。"山路作为诗歌的具象同时又是诗歌的意象。很多从山路走出来的人，当他们离开山路的时候，山路已经从他们的视野中逐渐地淡去。而陈绍陟却没有忘记自己走过的山路，从中展示出一种浓浓的怀乡情结。还有书写贵州当地民族的《穿青人》表现出一种对民族的关怀意识。《土人》给读者传达了穿青人刀耕火种的生命历程，描绘了一个民族的不屈的历史进程，有一定民族史诗的创作倾向。居一是一位具有地域创作理念的诗人，他的诗歌包含了两个方面的内容，一部分是写乡土的诗歌，另一部分是写自己远离故土的生存状态的。一个是过去时，一个是现在时，或者统称为过去现在时。前者有《水西的忧伤》《向一粒苦荞跪拜》《致父亲》等，特别是《致父亲》："写了一辈子的诗词发现/你是一首不讲究格律的古韵/只剩下尾联两句。垂垂老矣/就像瀑布摔到悬崖底下/才从梦中醒来……"少年不知愁滋味，长大才知父母恩。这种传统的文化思想延续在他的诗歌里。后者有《深圳情绪》（1—6号作品）、《小小的肉体》《听雪》《曾经准备自杀》等，优秀的诗歌往往是和生存状态联系在一起的。空空的诗歌主要表现生命的情绪和思考，比如《八月还乡》《一种精神》《落日》《南方》《人之高原》《追忆死亡》等。《落日》里把情绪表达得淋漓尽致："在一片小小玻璃上/我看见了英雄的眼睛/仿佛一块青春琥珀/在时间中闪闪发光。"同时展示诗人的英雄情结。田庆中的诗歌自然朴实，其中还不乏空灵美，如《重返贵阳》《在总溪河》《月亮》《冬夜》《空酒瓶》等，以《空酒瓶》为例证："我手中有一只空酒瓶/空酒瓶装满了眼泪/一种更加醉人的液体//燕儿/如果你把自己装进酒瓶/我便永生永世/只痛饮你。"空酒瓶里装的是人生的悲欢离合，装着很多人的无奈和秘密。西篱是我比较熟悉的女诗人，早在中学时代，我就在《花溪》读过她的诗歌和散文。我只知道她是贵州人，并不知道她是纳雍人。她的诗歌清丽婉约，往往表现细微的生命状态。如《梦歌》《我的心在秋季里醒来》《暮色如同回忆》《父亲》《随水而来》等，小题材写出了大诗歌。小处着眼，表达出女性特有的思考，给人的心灵吹来了一阵清清的风。《梦歌》就是比较典型的："头挨着头/肩暖着肩/呼吸平和/眼含光明/那是一个多么喧嚣的雨季//望着我们想的地方/像，像两朵花一样/湿漉漉　思想/在眼睫间/偶尔闪动……"在她的诗歌里可以听见一种心灵的低语，感受到内心世界的流露。睁眠诗歌里的使命意识比较浓厚，比如《献诗》《怀乡诗篇》《端阳》《有关麦子》《纳雍》等，我曾经在不少的文字里断言：故乡或者家乡是不少诗人写作的起点，也是不少诗人诗歌创作的高点，甚至是某些诗人或者作家终身的创作主题。睁眠的诗歌创作就存在着这种特点，《献诗》之一就能阐释这一倾向："现在，我必须以诗歌接近草本/让心深入民间/在穷门小户中又平静地驻扎下来/成为苦水一侧的食物和煤块/替他们的忧伤流泪……"在这几句诗里我们不难看出使命意识。姜方的诗歌比较清新，语言朴素，以小诗见长。像《秋天的路上》《春鸟》《盛满鸟声的脚窝》《当堂作文》《有诗袭来》等，都是从日常生活的瞬间采撷诗意，每首诗歌比较短小，很少有超过二十行的，但是每首诗都揭示了生活的哲理。比如《秋天的路上》中的几句："秋天的路上/我将自己匆匆地收割了/又匆匆地挂在/另一棵树上。"写诗不容易，写好小诗更不容易，因为小诗中蕴含了不少生命的信息和作者的思想。罗俊荣的诗歌总是在寻找一种心灵的出口，表达自己的情感，在传统的诗歌语言里寻找自己现代意识的文本表达，比如《今夜》里的一节："今夜/我不会再说话/任滴血的灵魂/为一支流泪的蜡烛/寻找安生的土地。"王家洋的诗歌题材比较广泛，朴实的诗风有一种强大的历史穿透力，真诚中饱含了自己的人生态度。在他的诗歌中，我比较推崇他的"新乡村诗歌"，比如《怀念村庄》《犁》《献给父亲》等。《怀念村庄》："怀念村庄/怀念我年迈的父亲/他身子的张力/令我的诗句逊色/在花朵的后面/在灵魂的后面/有一双眼睛/倒映着天空和我……怀念村庄/怀念烈日下的那片云朵。"诗里充满着灵气。在他的诗歌里，父亲这个形象多次出现，表明作者对父亲的感情与感恩。当然，他的爱情诗也写得不错，如《给阿丽》："我不想回去/我不想让火焰重新回到/平静的内心/我要将一支深入民歌的花朵/移进屋内//阿丽，您弱小的身子/让我想起了一支蜡烛/一支我小屋里尚未着火的蜡烛/洁白、高尚，而又楚楚动人……"像一支爱情的午夜插曲，飘荡在人的心里。平镛的诗歌有一种虚实相间的表现手法，融传统和现代为一体，比如《果实》《认识黑夜》。《果实》里这几句诗比较精彩："我羞涩于秋天/明月在家园里且歌且舞/果实的声音四处飘逸/于风起处。"诗歌里的通感用得比较到位。龚红梅的诗歌像一支乡村的双簧管的演奏，揭示了一个女人的内心世界，如《用心，注视你们》《阿梅》《公路那边站着我的爱人》等。《公路那边站着我的爱人》这几句就可以凸显诗人的爱情追求："我的爱人，站在公路那边/御风而至/以春天的温度/深入我的胸腔　清点我的积蓄/还有一指之遥/就可以触接心脏/为爱情跳动的节奏……"读这首诗的时候，我们会想起女诗人林子的著名情诗《给他》。

　　在大展里，"70后"的有3位，分别是吴艳林、陈炜、闵云霄。关于"70后"这种提法，诗歌界一直存在一种观念：游离"60后"和"80后"之间的过渡一代"70后"常常是被人忽视的群体。吴艳林的诗歌以女性的视角打量着生活，反映了一种不安于平庸生活的独语姿态，如《周末，我成了一条鱼》《逃离与亲近》《那些事情》等。听听《逃离与亲近》里的倾诉吧："如果愿意/允许拉上你的手/就让我们今夜出发吧/你看月亮落在血蜂/该有多么的好/飘浮的云朵/那是梦的天使……"不难看出女性内心的个体流露，婉约里甚至有几分凄清。陈炜的诗歌关注现实，诗歌充满着现代的气息，如《儿子》《退房》《伤害》等。《儿子》："未来是一副没有翻开的底牌/选择比难产的分娩还要阵痛/没有选择/成了最容易的选择。"诗句里仿佛是在撕碎着传统的语言，给人耳目一新的感觉，冲击读者的视觉神经。闵云霄的诗歌具有"70后"的那种独特的思考，语体上有自己的个性。如《你的怀里种植一个春天》《冬天从你的夜晚里降临》《献词，灿烂的菊或歌唱》等，单是诗的标题就让人觉得与众不同。试读《你的怀里种植一个春天》的几句："在你的怀里种植一个春天。是/多么容易的事呵！柔软的小山/和我们纠缠不清的蠕动/润如酥的小雨　在认认真真/清洗我们的新街。亲爱的：/小河已经暴洪了，袭击我们一天一夜的/疼痛与疲惫。布谷鸟一声声撕心咧叫后/春天　已经在我们的怀里降临。"可见，闵云霄和大多数的"70后"一样，注重语体的革新。诗歌应该是永远的语言艺术，在这几位"70后"诗人这里得到了诠释。

"80后"在大展里的比重小些，只有两位诗人：周泓洁和徐源。虽然都是"80后"的小青年，但是他们的诗风也完全不同。前者注重形式和状态，后者比较注重内容。在周泓洁的《时光，时光》组诗里，写了1988年、2008年、2010年这三个时间点，也许，这三个时间点表现了一个人的成长过程。他的诗或多或少地受到了"后现代主义"诗风的影响，表现了"80后"对于外来因素的接受或者写作模式的借鉴。他在《1988，启蒙老师的粉笔灰》中写道："掬一捧启蒙老师的粉笔灰/1998，顽皮成园丁的桃李/我说那些细腻的颗粒像一具具尸体/老师说像泥土中种子的养分。"有人认为，诗歌就是撕碎传统的语言或者对传统语言的彻底颠覆。"80后"的诗人也不例外，他们大多是这一观点的语体的探索者和实践者。徐源的诗歌是写实的，乡村意蕴在他的诗歌中成为主格调，在"80后"诗人中，这是比较少见的。如《村居有感》《童年洗澡的小河》《焊接竹子的人》《姐姐》等，《村居有感》里对乡村传统物事的书写："我在乡村里爱上了这些事物/老牛的哞叫，无限的延长/直到黄昏漫过每一块开满油菜花的土地/月亮一挂在院子里的篱笆上/就只剩下风从竹叶上，悄悄地走过了……"可以看出作者对传统物事的现代书写。"80后"有"80后"的书写方式，作为评论者，不能完全肯定也不能全盘否定，但是我比较推崇他们的创新精神，应该进行客观的评价。

从大展里，可以窥见纳雍诗人群的创作全貌，这是一个强大的诗人群体，同时也是特殊的多元化的群体。老实说，我开始接触这期大展的时候，我真怕这片土地上的诗歌形成一种模式，或者一种套路。因为在一些地域，往往是一种情调一种表达方式的书写并不少见。读罢纳雍17位诗人的作品后，我明显地感受到纳雍是一块包容的地域，具有多种诗歌生存的气候和土壤，同时有很多优秀的诗人，能够形成多声部、多重奏的传统现代诗歌合奏。衷心祝愿在纳雍这块充满诗歌的土地上：诗歌不老，诗人青春，走出更多的诗人。

民族女英雄的精神书写

——读土家族作家孙因的长篇历史小说《秦良玉》

秦良玉是土家族历史上的民族女英雄。不少人都以秦良玉为题材写过小说，但都基本上不能与孙因的作品匹敌。孙因的《秦良玉》在众多作品中胜出，最早由四川文艺出版社以"农村文库"压缩出版。直到2000年8月才被四川文艺出版社出版完本，当年获重庆市首届少数民族文学奖。无疑，孙因长篇小说《秦良玉》的创作，是他写本民族历史英雄的一次突破。

《秦良玉》是一部具有爱国主义思想的历史小说。小说叙述了明朝天启元年，石柱土司遗孀秦良玉率三千土兵北上抗击努尔哈赤侵辽的故事，塑造了秦良玉这个民族女英雄的光辉形象。小说中的秦良玉在历史确有其人，根据《石柱府志》《明史》等资料记载：秦良玉生于1574年，死于1648年，忠州（今重庆忠县）人，二十四岁远嫁石柱土司马千乘，二十六岁开始带兵打仗。《明史》中辟有《秦良玉传》一文。其称："良玉为人胆智、善骑射、兼通词翰。仪度娴雅，而驭下严峻。每行军发令，戎伍肃然。所部号'白杆兵'，乃远近所惮。"她所率领的土兵所到之处"秋毫无犯"。单从官方的记载，可以看出她是一位具有民族精神与气节的女英雄。

1613年，秦良玉的丈夫马千乘死后，她承袭了土司宣抚使，掌握一方军政大权有三十余年之久，曾累官至太子太保、忠贞侯、中军都督府左都督、总兵官等职务。在中国古代历史上，女性封侯微乎其微，而秦良玉就是其中的一个。

秦良玉的功绩在于她的三次北上抗金。

第一次是1620年，秦良玉与长兄秦邦屏率军北上抗金，在沈阳的浑河与努尔哈赤的后金军作战。

第二次是秦良玉率"白杆兵"出关，奉命镇守山海关。山海关属于北京的咽喉，可见当时明朝政府对一个女子率军的倚重。

第三次是崇祯二年（1629）十一月，皇太极率军进攻北京，直逼德胜门，全国一片恐慌。崇祯皇帝诏谕各地举兵勤王。当时的秦良玉刚平定奢崇明叛乱回到石柱，再次请缨，率军北上，日夜兼程，抵达北京郊外，让那些坐镇北京观望的几十万援军为之动容。崇祯皇帝在平台赐诗奖励。

秦良玉作为一个少数民族的女性人物，在特定历史背景下表现出爱国主义情怀。作为一个身处边陲的女性人物，具有一种传统的爱国主义精神，这在当时确实是难能可贵的。连崇祯皇帝也为之感叹：世间多少奇男子，谁肯沙场万里行？当国家危亡的时候，不少人苟且偷生，而秦良玉放弃自己舒适的生活，毅然率军维护国家利益，理所当然受到历史与后人的褒奖。

1621年，永宁土司奢崇明起兵叛乱，四川巡抚孙好古、重庆知府章文炳等人被杀，在进攻成都的危急时刻，蜀王和布政使朱燮元向秦良玉求救，秦良玉义不容辞亲自率领"白杆兵"驰援成都，历经数次血战，最后保住了成都与重庆。由此可见，秦良玉在维护中华民族的统一之中做出不可磨灭的贡献。看待一个历史人物，要从他（她）处的历史时期出发，用一种辩证的眼光看待。虽然秦良玉也率军与张献忠的农民军打过仗，但是站在当时的历史语境下去考察她的人生轨迹，她始终把维护国家统一的爱国主义思想作为自己的精神支柱。就是到了南明，虽然接受封号，她仍然欲起兵恢复明朝。但由于历史现实性，她的愿望成为历史烟尘。她在临死仍不忘家园与国度，遗命自己的孙子马万年退守万寿山，保护石柱民众的安全。

孙因作为一个土家族作家，为本民族的女英雄作传，其文化、历史的意义显而易见：一方面是对本民族女英雄的敬仰，另一方面是对自己民族历史的梳理，力图以秦良玉的爱国主义精神唤起人们对自己民族历史英雄的热爱，让一个为民族、为国家做出巨大贡献的民族女英雄不被历史忘记。

《秦良玉》毕竟是一部长篇历史小说，历史小说一方面要尊重历史，另一方面又要具有作品的审美特征。作为文学作品，其任务主要是塑造人物形象，通过人物形象来表现人物性格。同时又要在作品中不照抄历史，把民族英雄人物写深写透，这是作家不可忽视的内在创作元素。

孙因显然在《秦良玉》中注意到这些层面。他在创作材料的处理与选择方面精益求精，就连小说的创作构架也打破传统小说的时空模式，在创作的构成顺序上完全放弃传统历史小说的以时间为主线的创作模式，而是用时空的交叉线条作为小说的创作路径。小说分为三十六节（或者三十六部分），每节都有一个标题，让人一目了然。每一节标题其实就是一个故事单元。每个故事单元之间又有联系，往往在大故事里套小故事，通过人物故事细节来展示秦良玉这个少数民族女英雄的不同凡响的精气神。

小说开篇从看似与秦良玉无关的抗日战争时期的重庆写起，以郭沫若写纪念秦良玉的诗歌作为切入小说的楔子，之后才引出秦良玉的北上抗金，也就是秦良玉第一次率领白杆兵北上辽东抗后金的历史为写作元素。这次带兵主要是她的哥哥秦邦屏，秦良玉作为一个女土司当然也在其中。小说的关键又在于细节的处理，如与儿子马祥麟之间的对话表现出一家人忠贞爱国的情怀："儿子很固执：'阿妈谆谆教儿熟读岳少保的《满江红》、文丞相的《正气歌》，抗击异族入侵中原，流芳百世。努尔哈赤不正是女真的后裔吗？'"显然，作者把一个传统土司家庭报效国家的忠贞精神世袭通过对话而展示。

朝廷本来对不起马家及秦良玉，连秦良玉丈夫马千乘也冤死于云阳的狱中，而在国家处于危急的关头，作为一个女性能放弃家仇，把国家利益放在最重要位置，着实让人敬佩。秦良玉在夫死之后世袭土司，也受到当时家族非议。家族本身就已内忧外患，而她却能抛弃其家事参与国家抵御外敌的战斗中。小说中秦良玉把花木兰作为自己心中的偶像，花木兰代父从军，而秦良玉代夫从军。小说没有把秦良玉作为一个完人来写，而是书写真实的人性，小说毫不回避地书写秦良玉作为一个女性肉体与心理经受的双重苦痛。作为一个四十出头的女性，除考虑战事外，还要防止堂弟马霖的骚扰。马霖是马家内部的一个无耻之徒，他陷害自己的堂哥，欲将秦良玉占据。在复杂的背景下，秦良玉一方面为了自己生存，另一方面又替自己丈夫报仇，同时也要为国家效力。她在辽东还险些被暗杀。纵观中国社会发展的历史，每次外族与外国入侵，一些败类千方百计地陷害忠良以达到他们不可告人的目的。比如熊良弼作为一个抗金的将领，却遭到暗算。

> 良玉举杯，她看见这位曾威震辽东、努尔哈赤也惧怕的虬须高长汉子，大眼里饱含泪水。对熊良弼的崇敬，她是从张铨的书信中洞悉的，前年，开原、铁岭大战，名将刘铤、杜松战死，熊良弼受命代杨镐为辽东经略，单骑奉尚方宝剑出关，坐镇辽阳……然而，他耻于结交权贵，贿赂那些弹劾将帅为职业的御史、给事。而被诬奏他"拥兵

十万，靡饷劳师，使东虏得以坐大"，他是性烈火的人，上表乞罢……

"大帅不必烦恼，新皇登基，据传说也有起复之意。"

良玉的安慰，反而激起了熊良弼的愤慨："贞素亲家，看到近日的塘报了么？"

良玉摇头："辽东战事……"

中国历史进程上，总有一些忠贞爱国的仁人志士受到诬陷与迫害，使他们的报国之志掩埋在历史的尘埃里。秦良玉取得辽东大捷，受到皇帝陛见，这是封建时代的一种最高的礼仪。但是，秦良玉受到了魏忠贤的百般刁难。魏忠贤踩脚的细节就表现出了一种奸人的心态。同时还有害死马千乘的宦官邱乘云，安排女儿邱凤在襄阳暗杀秦良玉。

邱乘云坐起，猫着望着女儿："凤儿，襄阳古道上，你怎么不对秦良玉下手？"

邱凤呷了一口燕窝汤，奇怪地问："爹，为什么要杀她？"

邱乘云长叹一声："凤儿，这是魏厂公的密令，他是一个心狠手毒的人。"

邱凤放下汤碗："滥杀无辜，秦良玉一个寡妇，领兵辽东杀虏兵，皇上召见她，魏厂公与她有何仇？辽东战事紧急，沈阳丢了，难道让虏兵杀进京城，他才高兴？女儿倒想随秦良玉出关杀敌……"

显然，小说中的邱凤与自己父亲的认识大相径庭，作为一个女性，在当时历史背景下，也具有个人意识，难能可贵。

人世间的恩仇，谁又能洞察清楚呢？良玉生逢乱世，目睹尔虞我诈、征战杀伐、忠奸不分、是非颠倒，她真想昂首问天：四维八德何在？作品中秦良玉对恩仇的解读，有一种大彻大悟的感觉，同时也表现一种无可奈何的心态。作为一个具有七情六欲的人总不能脱俗，人本身就是一个矛盾体，人性具有双重性。秦良玉长期征战沙场，让本来不属于她的厮杀却又让她承担而产生某种生命感叹自然合情合理。孙因在作品中用佛教的原理来阐述人生的感悟，让小说增加了一种神秘的气氛。沈从文认为："不管是故事还是人生，一切都应当美一点！丑的东西虽不全是罪恶，总不能使人愉快，也无从令人由痛苦见出生命的庄严，产生一种高尚的情操。"孙因在《秦良玉》中，一方面以秦良玉的抗击外族入侵与平定叛乱表现一个民族女英雄的精神实质，另一方面却又从人生的角度解读秦良玉痛苦而又辉煌的人生历程。与其说是写一个少数民族女英雄的故事，不如说是对一个历史时期民族女英雄的生命意识的理性考察，表现了一种"人生的形式"——在特殊历史时期的一个民族女英雄的不悖人性而真实的一种人生形式。

良玉在白塔铺追上了她的白杆兵，绣铠营的女兵呼啦一声围住她，一个个热泪盈眶，恍如隔世。她环顾衣破甲损的姐妹们，也一阵心酸。万里援辽，原指望旗开得胜，报效国家，不想努尔哈赤如此强悍，眼见辽东不保，空有一片报国之心。辽阳危急，不能不救，正欲传令启程，探马来报，四川总兵陈策于黄山殉国，良玉望长空长叹一声，辽阳不保，关内震动，战祸连连，百姓陷于水深火热之中，她苦练的白杆兵也遭了浩劫，大哥与一千多子弟长眠于浑河北岸了，等待她的仍然是残酷的血战……

小说没把秦良玉塑造成"高大全"的人物形象，而把她作为一个女性人物的特点与其身份角色融合在一起。历史总是这样轮回，古代的花木兰、明朝的秦良玉，虽然她们代表的利益不一定相同，但她们为国家征战的历史意义却是惊人的相似。我们说，秦良玉首先是一个女人，然后才是一个女土司，之后才是一个抗金的将领。当一个政权即将垮塌之时而倚重一个女性，确实是一种无奈与可悲：明朝军队似乎在努尔哈赤面前不堪一击。而作为一个带兵的女性将领，她已经认识到这个比较深刻的问题。直言不讳地批评朝廷是大忌，而秦良玉却敢于直面现实，那需要一种勇气。

> "拟请白杆兵驻守山海关，秦将军不会推辞吧？"
>
> 良心潮澎湃："大帅，贞素幼读诗书，颇知忠君爱国之道，才有万里援辽之举，目睹百姓流离失所，朝廷的阉宦弄权，全不顾将士浴血奋战，抛尸沙场，令人心寒！大帅，宇衡兄为国捐躯，素贞拟携小儿赴山西窦庄……"
>
> 熊良弼也戚然："宇衡文章盖世，以身殉国，天下文士无不同声一哭，还望将军以社稷为重，暂留山海关休整，待辽东善后稍有头绪，再归不迟！"
>
> 良玉不便推辞，队伍也急需休整，补充衣甲，叹息道："贞素一妇人耳，不图索取功名富贵，只不过世受国恩承袭土司宣抚，许下执干戈以卫神稷的夙愿，大帅，恕贞素直言，皇上如不整饬朝纲，逐阉宦，罢东厂，漫道雄关如铁，也难阻挡东虏的铁骑！"

从秦良玉与熊良弼的对话中，我们可以看到一个历史上真实的秦良玉，而不是完人，她也有自己的痛苦与烦恼。她对待朝廷表面上是一种愚忠，而事实上，她已经看到明朝末期政权中的根本问题——一种体制内部存在的客观问题。如果不从根本上解决中国制度问题，一百个秦良玉也于事无补。国事如此，很多人只是表忠心而已。秦良玉在辽东战场产生这种情绪合情合理，让读者看到一个女性将领真实的一面。

当下历史小说书写出现了不少的弊病。尤其是注重故事的胡编乱造，而没有从历史人物的人生轨迹上下功夫。而孙因却在历史小说的书写中，一方面刻意做到人物的多重性的建构，另一方面又力图表现历史事件的真实，通过艺术手法表现历史进程中的和谐与不和谐的音调。如邱凤救秦良玉的细节，邱凤是邱乘云的女儿，本来是其父亲派去刺杀秦良玉的，相反却救了秦良玉，表面看来有些不可思议，但在大是大非的面前，邱凤选择了后者，表现出一个女性的良知。同时作品还虚构了邱凤与秦良玉的儿子马祥麟的一段恋情。而邱乘云既陷害秦良玉的丈夫，同时又陷害她的儿子，一个顽固不化、无恶不作的宦官形象让人过目不忘。女儿与父亲的人格对比可见一斑。比如：

邱凤的心像掉进了汪洋大海。香甜的糍粑味同嚼蜡，苦苦的追求落空了，阿弟将离她而去，和一个不相识的女子并肩携手，共枕同床。过去曾听老父说过，秦良玉和张铨的亲家，她也嬉笑时问过阿弟，张家的凤仪，是从小定的亲。她的心踏实了，脸上挂着甜笑，真想说："阿弟，你是我的……"耐心，别性急，凭自己的姿容、武功，会征服阿弟的，当务之急是博取阿姑的欢心。唯一忧虑的是她有一个太监老父，看得出来，阿姑对老父耿耿于怀，老父对阿姑视如仇敌，正在执行魏厂公的密令，无聊，她要规劝老父，得饶人处且饶人……

这一段有关邱凤的描写，很合乎人性的书写：作为一个情窦初开的少女，放弃了父亲交给自己的所谓的"任务"，而相反与秦良玉的儿子有一种不舍之情。处于爱恋之中的女子一般会放弃自己的仇恨，而作家在小说中描写这一情节，让人感到人性的复苏。同时小说中也写到了秦良玉的儿子关于人生的困惑，也比较合乎人性。

　　祥麟很恼火，他不能永远躺在阿妈的怀抱里，长大了，封官了，应该有大丈夫的气概，去山西成婚，十分反感，和一个不相识的女人同床共枕，实在可笑，张凤仪是美是丑，秉性如何，茫然不知，隔山买猫，荒唐之极！但母子情深，母命不可违，传说阿爸阿妈是比武招亲的，志同道合，为什么对儿子要从小定亲？他想起了阿凤阿姐，相处不久，留在他心中的丽影似乎不可磨灭。邱妈当着她的面宣布他去山西成婚，阿姐脸色陡变，泪光闪闪，他的心也很难受，抗争无益，阿妈当惯了将军，定了的事不会更改，何况是人伦大事。阿姐离去时，幽怨地看了他一眼使他羞愧难当。临睡时，他又去阿妈房中求告，暂缓去山西，阿妈直截了当地告诉他："麟儿，阿妈明白你的心，你阿爸和你岳父交厚，他们定的亲，无论如何也不能三心二意，邱凤讨人喜欢，你知道她是什么人？锦衣卫的杀手，她来将军府肯定有大的企图，只因她的太监父亲是监军，八千子弟兵的粮饷，需要他的力量去朝廷支取，阿妈不得不敷衍。麟儿，你是朝廷的命官了，要熟读兵书，多几个心眼，不能感情用事。"

不难看出马祥麟在爱情方面的无助与无奈，在中国古代历史上，不少的才子佳人都是因父母之命而结婚，没有真正的爱情作为基础。秦良玉的儿子也不例外，何况是在当时抗击后金的战事之中。一方面可以看到秦良玉的内心对儿子的理解，另一方面也看到了传统的婚姻制度的强大力量，当然也能看到秦良玉的深谋远虑，她知道邱凤的背后一定有问题，而且认识得十分透彻。

小说中也有描写邱凤跟随马祥麟去山西的情节，显然有两个目的：一是为了自己，另外就是盗窃马祥麟的黄金甲。但是由于爱情的产生，邱凤放弃了自己的使命，从人性的角度来看，有一定的真实性。小说在人物细节的刻画上颇见功力。

邱凤的脸像熟透了的苹果，水汪汪的大眼燃烧着爱的火焰，声音充满了柔情："阿弟，说心里话，喜欢阿姐吗？"

"喜欢！"

喜泪在她的眼里闪光，她如痴如醉地说："阿弟这句话，够我幸福一辈子！只是，只是，阿弟，为什么要去山西？"

祥麟感到了阿姐的柔情，心在情网中挣扎，喃喃道："这个，这个……"

一张被爱火烧红了的脸俯向他："阿弟，听阿姐的话，不去山西了吧？"

祥麟一怔，如兰如麝的少女气息扑面而来，不敢再看那张撩人情怀的脸："阿姐，这，这……"

"阿弟，我明白，阿姑嫌我是太监的女儿，是锦衣卫的

杀手，怕坏了她的英名。不错，我杀过人，我敢赌咒，我
没杀过忠臣义士！自从见了阿弟，怎么也摆脱不了你的影
子，也许是前世冤孽未了，阿弟，求求你，答应阿姐
了吧！"

在爱的面前，每一个男女也许都是无助的学生，都会凸显
真实的心灵，邱凤的表白体现了真实的人性。在封建时代里，
女性作为男人的附属，往往是嫁一人而从之，追求自己真正的
爱情只有在一些故事与传说之中。邱凤作为一个具有一种特殊
背景的女性在当时的历史语境下，显然对爱情的追求注定没有
什么结果。但是就是由于爱，她放弃了所谓的"特殊使命"，而
在关键时刻救了秦良玉母子的命。单从故事上来看似乎牵强附
会，但是作为一个人性尚未泯灭的人来说，完全有这样的可能。
小说就是把历史或者现实生活中某些的不可能与可能展示给读
者，让读者产生思考。

孙因的小说历来讲究故事的奇特性，常常是大故事中又套
小故事。《秦良玉》表面是写秦良玉的三次出征与一次平叛，但
是又把她的家庭与国家的大事连接在一起。在中国历史乃至世
界历史上，一个家庭的命运往往与国家的命运联系在一起。在
明朝后期，除了后金的入侵，同时也发生了一系列的农民起义，
小说没有回避这个问题。

小说中写到祥麟到了山西的窦庄，那里正遭到战火的蹂躏。
而他的"未婚妻"凤仪也是一位武艺高手，保住了自己的家园，
但她父亲却为国捐躯。可见这是一个忠勇之家。比武招亲成为
小说中表达某种精神的元素。在冷兵器时代，一个人的武艺无
疑是一个人能力的表现。对一些比较开明的家庭而言，比武招
亲就成为一种可能。小说中写秦良玉与马千乘以比武招亲而成

就一段美好的姻缘，而马祥麟与张凤仪的结婚前夕也有比武的细节，这也许是婚姻中的某种轮回。

小说中的秦良玉与传说中的秦良玉有一定的形象差异。传说中更多是她的征战故事与爱国的功绩，而小说中除了写秦良玉的数度征战之外，也详细描写了她的喜怒哀乐。作为一个在

生活中有血有肉的人，不可能像传说中具有一种神性的光芒。

"良玉压抑的思绪突然爆发：'你明白什么？东猜西疑，我能舒服吗？一个女人，抛头露面，苦苦撑持，南征北战，死里逃生，赞我者巾帼英雄，为国为民，毁我者寡妇难耐，卖弄风骚，有谁听到我漫漫长夜中的饮泣？有谁看到我在窗下的徘徊，苦吟低唱？儿子么？你么？重庆血战，如果不是来狩——罢了，喂汤换药，人之常情，你嘀咕了？眼红了？嫉妒了？你这没有心肝的……'"这是秦良玉对自己的随从伴玉说的几句话，表面上看是在发牢骚，实际上说出了一个长期征战的女帅的心里话，其中很有人间烟火的味道。作家没有神话民族女英雄，而是从人性的角度来剖析她的心灵世界。一方面写她有保卫社稷的责任担当，另一方面又写了她作为一个女性的生理痛楚和生存困境。作为一个女性，自己尽管有喜欢之人，但是又有一种无法挣脱的精神枷锁。"敞开的感情闸门再也关不住：'你当然不敢！我是土司，是总兵官，是都督，我手中有伏波剑，可以随心所欲地杀人，背地里闲言冷语，指指点点，来狩怎么啦？救过了我的命，我喜欢他，谁管得着？'"作品表现出秦良玉十分矛盾的心理，而向随从透露自己的心迹，更是凸显了小说人物的真实性。把人性、人情都融入作品之中，秦良玉有血有肉的人物形象才臻于完美。

作品从多角度、多层面来表现秦良玉的人生，如儿媳凤仪眼中却对婆母有这样的看法：婆母是巾帼英雄，名扬天下。小

说中的秦良玉有丧夫之痛、有丧子之痛，而她得到的奖赏就是皇帝老儿赠诗，她在此时也有一种复杂的心理："良玉俯伏在地，随着王承恩的朗诵声，年轻皇上洞察肺腑的诗句，净化了她忧郁的灵魂：壮志饥餐胡虏肉，笑谈渴饮匈奴血。不正是梦寐以求的么？皇上洞察了'文官要钱，武将怕死'的颓风，中兴有望，她何必上麟阁？'丹青先画美人图'，皇上，太过了，她是一朵即将凋谢的花，还美吗？她想起来狩，这个可怜的为她殉葬的毕兹卡汉子……"秦良玉这些比较复杂的心态，确实使人性的光芒得到了某种复归。"良玉的丹凤眼打量来狩，他大眼睛流露出愤恨，马霖对她不恭，逃不过他的眼睛。但他从来不吐一言半语，当然是因为马霖姓马，是她的堂兄弟，疏不间亲，尽管他们主仆之间爆发了一场震世骇俗的爱情风暴，这个沉默寡言的毕兹卡汉子，心灵深处对她的孤忠，对她的顶礼膜拜，如同对天神不敢有丝毫亵渎，但她看得出来，他把渴望的欲念埋在眼珠的瞳孔深处，有时偶尔一闪，她的心便有几分不平静。"作家入木三分的心灵刻画，显示了秦良玉作为一个女性的心灵世界。由此可见，作家没有神化自己民族的女英雄，而是从人的本身出发，探寻出一个英雄的人生轨迹。

小说中的马霖是秦良玉丈夫之堂弟，虽然武艺很高，但是人品极差，长期以来觊觎着秦良玉，无论是权力还是身体方面，最后成了皇太极的奸细。在秦良玉面临危难的时刻，为她挡剑的是长期爱恋她的来狩，最后秦良玉不顾三纲五常，伏在来狩的尸体上痛哭的细节，更是人性的彰显。作为在战争时期的女性，女性的慈爱已经在她的身上得到比较真实的表达。这就是一个民族女英雄与常人的相同之处。

小说中对战争场面的描写较为简单，往往寥寥几笔带过，这正是作家创作的高明之处。小说注重人物形象的塑造，如马祥麟、邱凤、张凤仪、马霖、来狩等人物形象都十分鲜明，描写生动自然，缺少斧凿痕迹，展示明朝后期历史人物群像。

　　《秦良玉》不单是对一个土家民族女英雄的精神书写，更是从人性角度进行了生命意义的探寻，生命意识与家国意识融合其中，就使小说具有史诗性质。秦良玉是一个时期一个少数民族女英雄的精神抵达，作为一个女性三次北上抗击后金，保护国家的利益，同时也参与内地平叛，维护国家统一，单是这种精神就完全可以彪炳青史。作家书写秦良玉的目的，显然就是表达爱国主义情感，弘扬民族的正能量。民族意识与民族精神表达将是民族英雄书写的一种形式。

写给长江的五重奏

——评土家族诗人冉仲景的长诗《梦幻长江》

冉仲景是改革开放时期中国诗坛上比较活跃的少数民族诗人之一。他的诗歌创作除讴歌他热爱的康巴高原和出生地武陵山区以外，他还在诗歌创作题材和诗体这两个领域探索与拓展，对新的诗歌文本范式进行大胆的试验，表现了作为一个少数民族诗人的创新与探索精神。他首发《贡嘎山》而被《诗刊》转载的长诗《梦幻长江》就是佐证。《梦幻长江》将诗歌与散文两种文体巧妙嫁接，形成宏大的诗歌五重奏，给人一种似梦似幻的感觉，彰显一个少数民族诗人的文化探索精神。

《梦幻长江》是一部具有史诗特质的长诗，也是冉仲景诗歌创作的一大突破。他一反诗歌创作传统的写法，融诗歌和散文为一体，试图建构他自己独特的诗歌文体大厦。这是他力图走出自己的传统诗歌写作的一次创新与大胆尝试。主体属于诗歌文体，其中夹杂着一篇可以称为魔幻散文的作品，诗歌与散文有效嫁接，形成《梦幻长江》的崭新体式。

《梦幻长江》由《舞蹈：红日与波涛》《叙述：开始到开始》《古埠：流逝的岁月》《询问：没完没了》《骚动：八行颂词》五个乐章组成，每一个乐章都是独立的文学单元，但乐章之间又以"长江"作为纽带紧密结合，构成"梦幻长江"五重奏。整部长诗像一把手风琴的键盘，演奏着长江多声部的交响曲。诗人将现实主义与超现实主义表现手法巧妙融合，以母亲河长江作为诗歌书写的精神文化载体，全方位地演示出华夏过去、现在和未来的生存之路。正如仲景在该诗歌的引言中所说："在语言的道路上跋涉，诗歌是我的远方，在中国的大地上流浪，长江是我的一切。"阿文先生也曾经在发表时的推荐栏对《梦幻长江》进行精辟评价："对历史凝重的审视，对民族精神历程的拷问。"

　　第一乐章《舞蹈：红日与波涛》，诗人把舞蹈、太阳、波涛等几个意象联系在一起，构成一个强大的文化磁场。"黑夜的潮水刚刚退去/铜唢呐的风中，一块大陆在缓缓升起。"黑夜的潮水、铜唢呐、大陆这些诗歌意象表达出作者对长江的幻觉，饱含着作者对我们民族精神的审示。"一只蜜蜂开始演奏了/一棵草开始演奏了/云端的彩翅鸟，梳理好羽毛/也加入了圣歌的演唱队伍中/辽远的天际，霞光正把阴霾驱赶……"诗人将长江源头的景物与意象融为一体，一往无前的民族精神在诗歌中得到呈现。诗人将民族神话与长江的传说融为一体，相得益彰，构成一个民族精神的追求图景，再现长江亘古以来的神秘梦幻。"地平线上，太阳升起来了/清新的空气弥漫人间/要把一切洗濯、荡涤/（干净的阳光哦，干净的温暖哦/我们的太阳）。"音画交织，人类的起源与长江紧密融合，显示长江文明的历史画面，如双簧管奏出的乐章。

　　第二乐章《叙述：开始到开始》，抒写诗人对长江奔流不息的文化思考，对长江浴火重生前仆后继的仰望，表达诗人对长江的顶礼膜拜。"但是我的日历：多少次小小的死亡/树叶的回答，谷粒的回答/凭什么要把哭泣留下/我舀不起自己，就让鱼群/沉浸在静水流动的氛围里/重视我的发言。"诗歌中"死亡"代表另一种生命方式及过程，"谷粒"预示长江流域人民千百年来的生活状态，"鱼群"与"静水"表示自然界的和谐关系，"我的发言"表达诗人对长江拥有的话语权。这几个画面的有机组合，形成多声部的长江进行曲，作者的感恩情怀得到彻底诠释。"啊，我们的仙女/众神的情妇，孤儿们的母亲/在她渐渐隆起的肥沃的腹内/什么正被孕育？"立体展现长江作为母亲河流哺育与繁衍华夏子民的母性与慈爱，同时演示出历史进程的复杂性，对长江产生独特的文化认同。

第三乐章《古埠：流逝的岁月》，是对长江历史的一种补充，凸显《梦幻长江》文体的创新。该乐章由一月到十二月等十二个小节组成，共有十二篇散文，每一篇散文都有一定的文化指向。诗人以月份命名，每个月份就是讲述一个凄美的故事，单月写女人的故事，双月写男人的故事。一共写了六个女人与六个男人的故事，组合成似梦似幻的精神世界。诗人将中国母亲与父亲的不同类型有机地结合，以十二幅油画组合成一个父母谱系图景，展示出中国生生不息、前仆后继的生命意识，暗含中华民族与长江的共同属性——勇往直前、生生不息、忍辱负重的精神，如《一月》：

> 顶着寒风，一条舢板横过江去了。
>
> 我姐姐刚满十六岁，正是含苞欲放的美好年龄。她头顶一块红绸布，便头也不回地随那小小的舢板去到了对岸。我不知道对岸叫什么名字，都有些什么样的事物，更想不出对岸的太阳是什么模样。总之，姐姐到对岸去了，做了他贤淑而温良的妻。我的十六岁含苞欲放的姐，对岸远吗？
>
> 二十年过去了。
>
> 五十年过去了。
>
> 一百年过去了。
>
> 花开花谢，潮涨潮落。姐姐，你在早晨，是否要担些清水回家，生火煮饭，浆洗衣物？你在黄昏，是否手扶篱墙，等待初月升起，直到泪水盈眶？这么长的岁月里，你

怀过几次孕？有多少活泼可爱的儿孙？

　　女人与男人的故事承载着人类的生存与延续，多个不同性别的故事穿插在长诗之中，增添了诗歌的历史沉重感，凸显诗人对中国历史的认同和反思，透露出诗人的文化意识。

　　岁月和历史的互动，共同形成了人类历史进程的交响曲与多重奏。如《六月》：

　　　　到处都是天空的碎片：锋利的云块，坚硬的雨滴，巨鸟的尸体，太阳的泪水，乱石的字母，湖泊的书页……

　　　　闪电在横行，雷霆在翻滚，墨汁一样的夜还在蔓延。

　　　　就在你回过头去那一瞬间，老爹，蓝天被谁狠命地砸了一下，于是，土石飞扬。

　　　　砸到头上的，我们怎样承受？

　　　　掉进心脏的，我们如何担当？

　　　　快转过头来，我的亲爱的老爹。让我们一起去到山顶，砍伐两棵云杉，打造一架梯子。然后，我们一起攀缘而上，用泥用沙用石用土用胶用线把破了的天补好吧。

　　　　顺着你的目光望去，老爹，我不能不发呆——

　　　　天，何曾完整过。

　　　　老爹，你不回头，是不是因为你心底涌起的恐惧，把你的脸给震破了。

　　　　补天之前，老爹，我们应该先修复什么呢？

　　诗人以老人的故事讲述中华民族不屈不挠、历经艰辛的历程，将长江的血脉融入中华民族血统，展现长江的历史与民族的历史水乳交融，长江与中华民族生死相依，互为一体，不可分割。诗人运用巧妙的组合，奏响出让人亢奋的长江梦幻曲。

第四乐章《询问：没完没了》，无疑是诗人对长江的拷问与历史反思。"无端端大雪弥天而下/谁也不曾预言过的最后的冬天来临/我们必须经历吗？/从此岸到彼岸//从这张面庞到那张面庞/从萤火到星光，名词到动词/我们在受尽凌辱的日子里/过着流亡的生活/每一个高高在上的太阳/都橘子般悬挂在天宇假想的枝头/让我们感到饥饿和辛酸。""我们必须经历吗？从此岸到彼岸"暗含着对生命的拷问与历史文化的回望。"整整一代出现在你血液的尽头/他们要用你的喧嚣/保持沉默/他们要用双手/挽住滚滚向前的历史……"从这几句诗中，我们明显地感受到了诗人的血液沸腾，追问自己这一代人在物欲横流的时代的价值取向，苦苦寻觅着这一代人在历史中的位置，而拷问历史、创造历史。一方面展示历史发展的曲进性，另一方面寓意历史的无限性。这是诗人对我们这一代人"从哪里来又要到哪里去"的一种精神的追问，也是对长江历史及其命运的不断追问。"一个叫屈原的人/把你的水位提高到了火焰的位置/一个姓冉的青年/正以你的速度把天涯追赶/一个被你蹂躏的姑娘/在找寻你的方向/一个盲人/把你抱入怀中，心里敞亮/一个满脸麻坑的打铁汉/耗掉毕生心血/也没能打制出一簇你的波浪/我们的爱与恨/也如同你那般浩浩荡荡吗？"诗人对历史的反思与长江历程的拷问形成了一张强大的精神网络，组合成一支追问长江历史的多重复调。

第五乐章《骚动：八行颂词》一共由十八节诗歌组成，每一节又由八行组成，形成"八行颂词"，这是冉仲景诗体创新的又一种尝试，同时也是诗人写给母亲河长江的颂词，表达一个长江之子对母亲河的真挚情感："长江啊，你的每一次流动/都是空前绝后的孤注一掷/多少英雄侠士为了不使你受辱/抛下他们的头颅/创造奇迹的同时也毁灭了奇迹/再酷烈的战争也无法使你受伤/你的破碎和完整/使我们的同名英雄而相依为命。"长江作为中华民族的母亲河，理所当然应该受到她的子民的尊重。

诗人以饱含情感的诗句，讴歌历史上为民族的生存、进步、发展做出过贡献的英雄和历史人物，表达诗人对英雄人物的顶礼膜拜与崇敬："每座码头都不是驿站/也并非到达。即使强劲有力的/钢缆/又岂能拴住奔腾不羁的你/第一个纤夫和最后一个纤夫/有着相同的企图/他们要借助一条纤绳/把你拉回来：从幻想到现实。"在中华民族绵延发展的历史长河中，长江作为中华民族一个强大的文化符号，历史进程的曲进性象征："撞开与生俱来的孤独与浑茫/填平陷阱又慷慨向前/如此英勇无畏的长征/除了你，谁能取得最后胜利//叫着谁的名字站立起来/这样的情怀细流又怎能领会/长江，假如你倒下了/一簇浪花会迅速将你扶起。"长江不会倒下，中华民族不会倒下，这就是冉仲景《梦幻长江》的写作主旨，表达诗人思想。

《梦幻长江》是冉仲景为长江书写的心灵史诗，给读者奏出一曲似梦如幻的长江交响曲，演示中华历史进程的沉重感，表达诗人对母亲河长江的崇敬与热爱之情。不难看出，这是冉仲景在诗歌创作形式上的一次勇敢尝试，也是力图探索史诗型写作的一个新起点。用诗与散文的组合给母亲河——长江奏响赞礼性的五重奏，同时，也是他对中华民族的文明史进行的多角度反思。

民族融合写作的超越

——读土家族青年作家侯乃铭长篇历史小说《黔中魂》

　　侯乃铭是黔地一个关注历史与现实的少数民族青年作家。早在大学时代，他就创作出以甲午海战为背景的长篇历史小说《樱花飘零》，表达他的爱国主义情怀。而后发表的关注现实的小说《可怜的我》，对底层农家小孩的关照，凸显一个青年作家对弱势群体的悲悯情怀。2016 年出版的长篇小说《最后的梦园》表达他对未来社会的忧虑与思考。最近出版的长篇历史小说《黔中魂》，以宋元时期蒙古与西南民族的战争及融合为写作的经纬，书写历史上中国多民族融合及共同体意识形成的历程，表达了"华夷和同"的文化史观。

一、地域民族的选题超越

　　书写黔中大地历史一直是贵州文学界长期关注的创作主题。有不少作家跃跃欲试，但是最终创作的成果甚微，不少黔地作家望而兴叹。而乃铭作为这类题材的挑战者，以三年的时间苦心励志，写出洋洋洒洒近五十万字的长篇历史小说《黔中魂》，弥补了这个创作题材的空白。他选择 1235—1279 年的宋元战争为背景，以史诗性笔调书写古黔中地区两个地方政权"思州田氏"和"播州杨氏"协助南宋对抗蒙古的历史故事。

在中华民族历史发展进程中，民族融合往往是通过战争开始，经历"分久必合，合久必分"的波浪式发展。久而久之，民族的国家认同就是在这语境中逐渐走向清晰。

黔中"思州田氏"和"播州杨氏"两个土司政权，本来是两个矛盾深厚的地方土司，在黔中遭到蒙古进攻之时，却又团结起来同仇敌忾，共同抗击外来之敌。在那个时代是一件很值得人们赞赏的事情。小说以乌江边相传的田秋书写"黔中砥柱"为小说引子，让人感受到作者对黔中这片土地的文化认同。

对中国历史进程中的民族融合问题，乃铭提出了"华夷和同"的文化观点，并且多次从中国历史事件或者中国文化的发展历程等方面进行阐释。不难看出，《黔中魂》就是他践行自己思考的一部力作。

二、表达方式的自我超越

《黔中魂》共十九章，脉络清晰，主要书写宋元战争中古黔中地区播州军与思州军共同抗击蒙古军队的战争历程。小说叙事的视野比较广阔，有一种史诗性写作的格局。小说塑造了黔中两位名仕冉琎、冉璞兄弟与南宋四川主帅余玠的友谊。在余玠的支持下，冉氏兄弟主持修建合川钓鱼城。1259年，蒙古大汗蒙哥亲率数十万大军围攻钓鱼城。播州之主杨文、思州之主田景贤则率军协助南宋名将王坚死守钓鱼城长达九个月，蒙哥大汗及蒙古督元帅汪德臣在内的许多蒙军精锐都命丧钓鱼城下。小说没有只写在黔中抗击蒙古军队，还写了援助各地抗蒙的斗争。

小说塑造了上百个人物形象，对人物的刻画颇见功力，写出了每一个人物独特的个性，可见作者驾驭人物群像的能力。

《黔中魂》采用全景式（全知全能式）表现手法，这就需要作家的学识宽广。每一次写作其实就是作家给自己的创作设置一次障碍，而作家越过了自己设置的创作障碍，这就是创作的成功与突破。

《黔中魂》不是单纯地描写战争，而是从战争中思考历史问题及反思民族历史的进程，再现宋代黔中大地的历史文化。作者以宏大的叙述策略，从中原写到思州，再从镇远写到合川钓鱼城的保卫战，表现在战争中的黔中各个民族的生存状态，写出历史的悲歌。这是他小说的立足点。如果一个作者不具备这种把控能力，是无法处理好这类作品的写作。乃铭善于铺排故事的环境，如《黔中魂》的开首：

> 八月，约旦河畔的艾因·贾鲁平原的夜已深，周遭一片静默，这种安静与荒凉不过只是战火的延续。
>
> 一只乌鸦拍打着黝黑的翅膀，发出"呱呱"的叫声，缓缓地落到一座小土丘顶的一棵枯树上。这乌鸦落到树枝上就停止了刺耳的鸣叫。它四处张望了片刻，当它看到枯树下草丛里的某种不知名的活物时，乌鸦又发出了刺耳的"呱呱"声，随即重新拍打起翅膀，飞上天空，飞入了灰蒙蒙的云层中。

小说开首就定下了作品的书写格调。在环境描写中，凸显一种全景式历史自然场景。由远到近的镜头场面的铺陈，为小说发展提供了若干种可能。从国外进入国内的叙事手法，给小说增加文化的厚度。表面看来是一种闲来之笔，而事实上，却是一种表现手法的巧用，采用"曲径通幽"的写法，引人入胜。在我看来，开门见山的写法是一般初学者惯用的手法，相对一般成熟的作者而言是十分谨慎的，这是他长期写作模式的转变与尝试。

三、人物形象的超越

作为一部描写蒙宋战争的长篇历史小说，对战争场景的书写很有特色：

> 又过了片刻，当一排排的黑甲骑兵纷纷碾压进阿巴斯人的军阵时，一阵阵哀号哭喊之声也就回响在了天地之间。阿巴斯人的军阵就这样犹如决堤的水坝般彻底溃塌了。

多采用形象而生动的语言描述场景，给读者留下巨大的想象空间，同时又让读者有亲临其境的感觉。不像是在读小说，而是在参与战争，或者旁观战争的场景。

优秀的小说家，不单纯是讲故事，而是在小说中彰显人的命运或者人性。长期以来，中国传统小说往往以故事为基调，很少关注人性的世界。乃铭明白这个问题，他从人性的角度出发，书写在战争中的男女关系：

> 张绣儿沉默了好一会儿，才说道："严大哥，不！严……严郎！今日……今日我把一切都给了你，只要你日后好好杀敌，我不再欺瞒与你……事事都依从你！"说完就扑进严仲怀里……

中国传统小说常常喜欢"脸谱化"书写，以高、大、全为写作导向。既然文学是人学，那么人性书写与归位是小说家不得忽视的问题。是回避还是真实地书写，考量作者的智慧与胆识。

"白砚这个人物是作为这部小说中中华文化和思想的一个象征与寄托来塑造的。"（见本书后记）我认为，白砚这个人物形象塑造得是比较成功的。作品中没有将白砚脸谱化，而是塑造了一个活生生的人物形象。他有人生的烦恼，有报国志，有军事计谋，还有爱情的追求等，一个中原人与黔中女性结合，本身就具有民族融合的意义。

在中国历史小说书写中，"美人爱英雄"成为一种写作模式。在《黔中魂》中，黔中女性在战争期间对英雄的精神崇尚，也是一种传统文化精神的历史再现。

白砚是《黔中魂》中的主要英雄人物，有指挥才能，但是不善言辞："'白公子的计策在下以为十分妥当，蒙古人定是追击全子才大帅去了。咱们在此好好歇息一日，明日军民们好精神抖擞地入山，直奔南阳而去。'见张珏这般说，白砚又知晓自己口齿不利，于是就不打算再多言，一拱手就离去了。"在这里，白砚这个人物形象就立起来了。作者用侧面描写凸显了白砚的性格。

小说故事采用单线结构与复式结构相结合的表现手法，这要具有相当的把控力才能运用自如。乃铭作为一个青年作家，运用起来得心应手，这难能可贵。书写黔中大地的历史，就是为黔中历史上的英雄人物写传，表达作者热爱家乡的内在情结。以黔中大地抗击蒙军的故事而凸显黔中各族人民不屈不挠的民族精神，特别是小说最后以三个铜人的故事收尾，真正体现各民族对中华"和"文化的认同。事实上，中华民族发展史就是一部各民族交往、交流、交融的历史。显然，小说的主旨正是在此。

《黔中魂》是一部书写黔中历史的史诗性优秀作品。黔中的地域风情、民族风俗、人文景观等在作品中得到充分呈现。特别是作品中不断呈现的诗意描写给作品增加了阅读吸引力。战争场景的诗意化写作，让作品的叙事节奏显得张弛有度、舒缓相间，独具艺术感染力。

他轻叹一声，缓缓转过头，目光又落到了城墙之外，只见阳平关外人和马的尸骨已是堆积如山，其惨状已无法以言语形容，甚至城外不远处嘉陵江的水面都已被鲜血染成了红色。

又是一声叹息，杨价抬起头，望着那映红了半边天际的夕阳，大声诵道："誓扫匈奴不顾身，五千貂锦丧胡尘。可怜无定河边骨，犹是春闺梦里人！"

毋庸置疑，《黔中魂》是当下难得而令人欣喜的一部优秀历史小说。它具有一定的创新性，同时也超越了作家自己长期的创作瓶颈，是近期贵州省长篇小说创作的重大收获。

| 民族文学简论 |

民族作家群体壮大与多元文体写作

——改革开放时期贵州少数民族文学创作回眸

引　言

　　贵州是一个多民族省份，除汉族以外，还有苗族、布依族、侗族、土家族、彝族、仡佬族、水族、回族、白族、瑶族、壮族、畲族、毛南族、满族、蒙古族、仫佬族、羌族十七个世居少数民族。少数民族人口占全省总人口的36.44%。十万人口以上的少数民族有苗族、布依族、侗族、土家族、彝族、仡佬族、水族、白族和回族九个。新中国成立以来，贵州省少数民族文学创作异军突起，涌现出苗族的伍略，仡佬族的寿生，彝族的苏晓星，侗族的刘荣敏、袁仁琼、滕树嵩等一批在省内外有影响的少数民族作家。改革开放时期，随着党的民族政策及国家民族区域自治制度不断完善，贵州各少数民族作家开始以民族自信心与自豪感，书写自己民族的进程与发展，逐渐形成一支庞大的文学创作队伍，呈现出前所未有的发展与繁荣。"贵州少数民族作家具有一股文学力量，应该说，是代表贵州文学主力的。黔北作家群，乌江中下游作家群，都以少数民族作家为主体，这是一个不争的事实。"[1]

　　这一时期贵州少数民族文学创作在当代贵州文学创作发展中突飞猛进，各少数民族作家以崭新的姿态，以各种不同文体书写本民族文化精神，让世界聆听贵州各少数民族多元文化足音。

民族作家群体的壮大及影响

改革开放时期，贵州少数民族作家队伍日益壮大，涌现出一大批优秀作家（这里所说的贵州少数民族作家是指贵州世居少数民族与贵州外来的少数民族作家），成为贵州乃至全国文学界耀眼的风景。"党的十一届三中全会以后，文学重新崛起，少数民族文学创作努力回归传统、回归地域、回归民族文化。龙志毅、石定、伍略、苏晓星、袁仁琮、吴恩泽、蒙萌、罗吉万、和国正等老作家笔耕不辍，新作不断涌现；禄琴、赵剑平、韦文扬、喻子涵、赵朝龙、罗莲、龙潜、田永红等少数民族中青年作家展示实力，创作了大量优秀的文学作品。"[2]

这一时期贵州各少数民族都拥有本民族作家，不少民族还形成相当阵容的作家群体。以伍略、石定、吴恩泽、龙岳洲、龙潜、林亚军、韦文扬、马仲星、侯长林、赵朝龙、覃志扬、吴胜之、完班代摆、罗漠、杨村、末未、西楚、刘燕成、龙凤碧、马晓明、梁祖江等为代表的苗族作家群，以田永红、安斯寿、喻子涵、刘照进、覃志扬、梁国赋、田夫、文美鲜、谯达摩、何三坡、安元奎、魏荣钊、张贤春、张进、田儒军、何立高、晏子非、黄方能、赵凯、冉茂福、侯立权、冉光跃、周兴、李建华、水白、隐石、蒋莉、朵孩、非飞马、任敬伟、冉小江、蒲秀彪、陈丹玲、崔晓琳、周朝星、侯乃铭等为代表的土家族作家群，以刘荣敏、袁仁琮、滕树嵩、张琪敏、罗中玺、林盛青、姚瑶、朱良德、伤痕、孙向阳等为代表的侗族作家群，以杨打铁、罗吉万、罗莲、弋良俊、王运春、蒙萌、吴昉、王家鸿、吴茹烈、杨启刚、罗大胜等为代表的布依族作家群，以赵剑平、王华、肖勤、姜代银、伍小华、弦河等为代表的仡佬族作家群，以赵宇飞、郑吉平、景戈石、赵卫峰、空空（赵翔）、段胜高、高胜、邓云平、黑黑、杨兴祥、赵凤英等为代表的白族作家群，以龙志毅、苏晓星、禄琴、阿偌阿布等为代表的彝族作家群，以潘国会、任菊生、石尚竹、张仁超、潘利文、吴超梅、潘鹤、王刚、韦永、蒙祖芳等为代表的水族作家群。此外，回族的张国华、毛南族的孟学祥等都是贵州少数民族的优秀作家。

贵州少数民族作家是这一时期贵州文学创作的生力军与中坚力量。在前五届全国少数民族文学创作奖中，贵州少数民族作家没有缺席。特别是在第二届（1981—1984）全国少数民族文学评奖中彰显贵州少数民族文学力量，贵州省八位少数民族作家九部作品获奖：石定（苗族）的短篇小说《公路从门前过》获荣誉奖，伍略（苗族）的中篇小说《麻栗沟》和王运春（布依族）的散文《刺藜花开的时候》获一等奖，石定（苗族）的短篇小说《水妖》、刘荣敏（侗族）的短篇小说《高山深涧里的客栈》、苏晓星（彝族）的短篇小说《人始终是可爱的》、罗吉万（布依族）的短篇小说《茅盖王》、骆长木（仡佬族）的短篇小说《故事在哪儿结尾》获二等奖，石尚竹（水族）的短诗《竹叶声声》获二等奖。这让文学界看到贵州少数民族文学的阵容，也预示着这一时期贵州少数民族文学的崛起。首届全国少数民族文学创作奖获奖的有苗族作家伍略的短篇小说《绿色的箭囊》、彝族作家苏晓星的短篇小说《遮阴树》、侗族作家滕树嵩的中篇小说《侗家人》。苗族作家石定的小说集《公路从门前过》与布依族诗人王家鸿的诗歌《扁担山》分获第三届全国少数民族文学创作新人奖；石定的短篇小说《公路从门前过》获第二届荣誉奖，以该篇小说为书名的小说集获第四届全国少数民族文学创作荣誉奖，在历届全国少数民族文学评奖中属于典型个案。苗族作家石定的短篇小说集《天凉好个秋》、仡佬族作家赵剑平的小说集《小镇无街灯》、罗吉万的小说集《蛇·龙·人》获第四届全国少数民族文学创作奖。苗族作家伍略的小说集《卡领传奇》、仡佬族作家赵剑平的小说集《赵剑平小说选》、土家族诗人喻子涵的散文诗集《孤独的太阳》与彝族作家龙志毅的散文集《省城轶事》获第五届全国少数民族文学创作奖，布依族女作家罗莲的组诗《年年花开》获新人奖。苗族作家吴恩泽的长篇小说《伤寒》、彝族诗人禄琴的诗集《面向阳光》、布依族女作家罗莲的诗集《另一种禅悟》获第六届全国少数民族文学创作骏马奖。土家族作家田永红的小说集《走出峡谷的乌江》、苗族作家赵朝龙的小说集《蓝色乌江》与苗族龙潜的理论专著《圣殿之廊》获第七届全国少数民族文学创作骏马奖。布依族作家杨打铁的中短篇小说集《碎麦草》获第八届全国少数民族文学创作骏马奖。仡佬族女作家王华的长篇小说《雪豆》、苗族作家完班代摆的散文《松桃舞步》及毛南族作家孟学祥的散文集《山中那个家园》分获第九届全国少数民族文学创作骏马奖及人口较少民族特别奖。仡佬族作家肖勤的小说集《丹砂》获第十届全国少数民族文学创作骏马奖。侗族作家袁仁琮的长篇小说《破荒》获得第十一届全国少数民族文学创作骏马奖。仡佬族女作家王华的报告文学《海雀、海雀》获第十二届全国少数民族文学创作骏马奖。石定的短篇小说《公路从门前过》，于1983年获全国优秀短篇小说奖（鲁迅文学奖的前身），与贵州作家何士光的《乡场上》《种苞谷的老人》等改革小说相提并论，成为这一时期贵州省少数民族文学创作的标志性作品。

改革开放以来，贵州少数民族文学作家发出了令人震撼的民族文学强音，在当代中国少数民族文学占有一席之地，是贵州文学创作发展与繁荣的重要标志之一。特别是党的十一届三中全会召开后，贵州少数民族文学更是迎来了发展的辉煌时期，涌现一大批很有影响的作家，形成了一个独特的少数民族作家群，其文学成就越来越被世人瞩目。[3] 这一时期贵州少数民族文学创作的成就有目共睹，成为当代贵州文学发展的一个窗口——让贵州走向世界，让世界了解贵州的重要文化载体。贵州少数民族文学创作不仅为贵州争得了荣誉，而且在提升贵州知名度、扩大贵州影响力、促进民族团结进步等方面作出了重要的贡献。[4]

民族文化精神的审视

这一时期贵州少数民族作家创作多立足于对本民族文化精神的审视，把书写本民族的文化精神当作创作己任。越是民族的则越是世界的，"只有超越了个别，揭示普遍意义，使文学成为人的文学、人类的文学，这种'民族的'才有可能是'世界的'"[5]。贵州"数民族作家的文学创作基本与自己的本土文化相关。本土民族意识的创作走向是他们一贯坚持的创作路径。他们受乡土文学的影响，"作品有着浓郁的地域特色和民族气质……重视对现实生活的文化观照，表现出强烈的社会责任感"[6]。

苗族作家伍略是贵州最早关注民族文化的作家之一。在20世纪五六十年代，他就开始整理苗族民间文学《仰阿莎》《下旦干》《金鸡和野鸡》与苗族叙事长诗《阿容和略刚》，早期民族民间文化整理对伍略这一时期的文学创作影响深远，如《绿色的箭囊》《潘老岩》《麻栗沟》等小说。《绿色的箭囊》获全国少数民族文学创作奖。"《虎年纪事》是伍略的代表作，通过对苗家人物形象的细致刻画，呈现出苗族的民族精神。伍略认为，民族文学需要通过深入分析和揭示人物丰富的内心世界，以达到关心民族生活与命运的目的，从而呈现作品的史诗性质。"[7]自20世纪50年代走上文坛的彝族作家苏晓星在这一时期的创作比较注重文学创作的民族性，如《末代土司》《无敌头帕》《金银山》等长篇小说。当时苏晓星在贵州当地彝族作家中成就最高，他在中国彝族文化史上占有重要地位。[8] 苗族作家石定的创作关心民族进程及变化细节，如《公路从门前过》就是描写乡下人在社会变革中的微妙的精神嬗变，小说描写从酉阳到后溪场路边的一位老汉的生活与精神状态的变化，反映了新时代的浪潮使山区人民的精神面貌发生的巨大变化。这就是对民族文化精神的一种审视，表达作家对时代精神的发掘。[9] 滕树嵩的长篇小说《风满木楼》与中篇小说《侗家人》以黔东南侗族人家为背景，书写侗族社会进程的悲欢离合。文学就是人学，作家就是通过塑造时代人物形象来观照民族文化精神。土家族作家田永红善于从民族历史进程中挖掘民族文化精神，长篇小说《盐号》以乌江流域县城思南"龚家盐号"在清朝末期到民国抗日战争的历史背景下的兴衰过程，把一个家族命运与国家命运紧密连接，将土家族文化精神与国家命运融合，审视民族历程中的沧桑岁月。韦文扬的苗山系列小说，巫教文化影响渗透其中，短篇小说《龙脉》为其代表作品。土家族诗人徐必常的《毕兹卡长歌》是将土家族历史文化置于现代化背景下的诗意考量。"毕兹卡"就是土家族人的自称，《毕兹卡长歌》就是书写土家族历史文化进程的作品。侗族作家袁仁琮也是一个立足于本民族文化书写的典型代表，无论是他早期的《吉那》《路遇》《打姑爷》等短篇小说，还是他后期的《王阳明》《血雨》《阳光底下》等长篇小说，都表现出侗族人所特有的爱美、爱音乐、善良、倔强的民族性格，凸显出作家对自己民族的认同与文化审视。"贵州有着丰富的民族民间文化，有着独特的山文化、水文化、历史文化。这些山水风物、地域环境与人文传统，形成了贵州少数民族作家的精神气质、生存哲学、世界观、价值观以及审美理想。"[10] 仡佬族女作家王华说："我的创作，将固守在我的故土和我的民族。"王华的话代表了大多数贵州少数民族作家的心声。

民族文化精神审视是这一时期贵州少数民族文学创作的一个重要特征。"80后"苗族女作家句芒云路（龙凤碧）是比较典型的一位，无论她的散文还是小说创作，苗族文化精神的审视成为她书写的主格调。如《手语》《在苗巫的大地上》《洁白的云朵会撒谎》《归去来兮》等作品，融入了苗族特有的文化元素，渗透着与生俱来的苗族文化形态，苗族传统的善良与本真呈现诗意化。"特别是她善于从历史的进程中挖掘民族进程的文化心态，以象征暗示的表现手法，自然而然地将苗族文化的神秘融在一起。如《归去来兮》作品中所谓被遮蔽、被迷失了'影子'应是民族魂魄的象喻。"[11]叶梅认为，贵州是个多民族省份，民族文化资源丰富，贵州少数民族作家应深入挖掘自己的民族文化符号，树立民族文化自信。民族文化精神的审视与书写将是贵州少数民族文学创作长期坚守的主题。

边地写作特色的彰显

贵州少数民族作家大多数生活在贵州边缘地带。边地写作，是贵州少数民族文学创作的又一明显特征。在我看来，边地写作其实就是地缘写作。地域性写作是贵州少数民族作家的基本书写立场，创作相对于每一个作家而言都具有地域性。"贵州少数民族作家大多数处于边缘地带，这里的文化元素成了他们得天独厚的创作条件，为他们的写作带来了巨大的优势。"[12]

仡佬族老作家寿生就是以他偏远的贵州务川为创作背景，他运用生动的民间语言形象地描绘出了一幅幅独具黔北地区生活特色的画面。"寿生用仡佬族自身专用的汉语方言描述了仡佬族人民的生活状态，在作家的文学世界中尽显仡佬族地区方言的特征及民俗文化，充分展现了当时仡佬族人民的生活。"[13]

索良柱认为，贵州也有一些少数民族作家在作品中触及本土少数民族的生活、文化等，比如王华、肖勤，这类作品为外界认识贵州打开了一个新的窗口。

在这一时期贵州少数民族文学创作中，不少作家的创作都具有边地意识痕迹，地域书写是彝族作家苏晓星文学创作的终身主题，如长篇小说《末代土司》《无敌头帕》，短篇小说集《彝山春好》，中篇小说《奴隶主的女儿》等作品。《奴隶主的女儿》是一部反映彝族生活的中篇小说，通过奴隶主的女儿则玛吉迪和奴隶石威马赫不寻常的恋爱悲剧，真实地再现了20世纪40年代末50年代初这一历史大转折时期彝族的风俗习尚和社会面貌。滕树嵩的长篇叙事诗《侗寨风雨》以侗族历史文化背景为书写对象，反映侗族文化历史的嬗变。吴恩泽的长篇小说《平民世纪》通过描写地处边远山区的无为城在新中国成立后50年中发生的一系列故事和改革开放后发生的重大变化，折射出这个特定区域的历史变迁。"小说主人公文必汉和他周围的人们的遭遇与经历，曲折地展示出这一特定人群真诚、纯朴的人性美，同时也表现出远离中心城市的边远地区的独具特色的边缘文化。"[14] 刘照进的《陶或易碎的片段》《尘土飞扬》《散落的碎屑》《穿过岁月的手掌》《羊殇》等创作多取材于黔渝边地。刘照进是一位坚守在黔东大地乌江流域的土家族散文作者，故乡是他沉思历史和汲取文化养分的地方，那神奇而古朴的地域文化和民族风情影响着他的创作思路与创作方向。"在浮躁的社会中，他意志坚定地站在民间立场上，寻找民族文化根脉，保留着传统的审美价值。"[15] 土家族作家黄方能立足于乌江流域小人物的悲欢离合进行创作，如《余韵》《一对兄弟》等作品。晏子非也是一个书写边地人物的作家，他的小说《夜奔》《彩虹》《晕眩》《英雄年代》《阳光下的葬礼》《日暮河滩》等作品，关注边地底层人物的生存，凸显了一个作家的创作立场与关怀意识。喻子涵的散文诗"南长城系列"也属于边地写作作品。《南长城》勾勒出一个少数民族的深刻的历史痕迹,"南长城"象征历史久远的记忆,是对黔湘边各族历史文化的诗性书写。对"营盘"历史的追寻,表现出一个古老民族不屈不挠的精神意志。"贵州少数民族作家有一个共同点,就是通过不同的身份以及边缘的立场去思考民族与个人命运的关系,充分体现创作者的家国情怀。"[16]

多元文体创作呈现

这一时期贵州少数民族文学创作体裁多种多样,涵盖了各种文学体裁。无论是小说、诗歌、散文创作,还是报告文学、戏剧、文学评论创作,都涌现出不少佼佼者。这一时期贵州少数民族文学创作属于多声部、多体裁融合的文学进行曲。

在小说创作领域,老中青作家共奏凯歌,成绩斐然。老作家龙志毅、伍略、苏晓星、袁仁琮、石定、滕树嵩、刘荣敏、吴恩泽等创作硕果累累;中年作家有梁国赋、蒙萌、赵剑平、和国正、弋良俊、王运春、罗吉万、田永红、杨打铁、龙潜、韦文扬、赵朝龙、张国华、罗漠等创作日新月异;青年作家有王华、肖勤、龙凤碧、崔晓琳、侯乃铭等不断创新。龙志毅出版《政界》《王国末日》《冷暖人生》等长篇小说,将人物命运与社会命运巧妙连接,时代性强烈。《政界》成为当前贵州少见的畅销书。伍略的中篇小说《麻栗沟》被贵州文学界公认为20世纪贵州二十部最佳文学作品之一。《绿色的箭囊》《麻栗沟》分获首届、第二届全国少数民族文学创作奖。苏晓星著有长篇小说《末代土司》《无敌头帕》、短篇小说集《彝山春好》等,短篇小说《人始终是可爱的》获第二届全国少数民族文学创作奖。袁仁琮是一位多产的侗族作家,出版长篇历史小说《王阳明》《血雨》《穷乡》《难得头顶一片天》《太阳底下》《梦城》及小说集《山里人》等，与刘荣敏、弋良俊被誉为侗族作家"三剑客"，长篇小说《破荒》获得第十一届全国少数民族文学创作骏马奖。石定出版小说集《公路从门前过》《天凉好个秋》《石定小说选》《石定中短篇小说选》等作品，先后获1983年全国优秀短篇小说奖，第二、三、四届全国少数民族文学创作奖。滕树嵩著有长篇小说《风满木楼》，其中篇小说《侗家人》获第一届全国少数民族文学创作二等奖。刘荣敏著有短篇小说集《金鸡飞过岭来》等，其《高山深涧上的客栈》获第二届全国少数民族文学创作短篇小说二等奖。吴恩泽著有长篇小说《平民世纪》《伤寒》及中篇小说集《洪荒》等，其长篇小说《伤寒》获第六届全国少数民族文学创作骏马奖。梁国赋著有"牧羊山"系列小说，探索地域普通人群的生命价值，与赵朝龙等人在20世纪80年代发起"乌江文学"。赵剑平著有中篇小说集《远树孤烟》、短篇小说集《小镇无街灯》、中短篇小说集《赵剑平小说选》《乡里笔记》等作品，短篇小说集《小镇无街灯》《赵剑平小说选》分获第四届、第五届全国少数民族文学创作骏马奖。龙潜出版中篇小说集《黄金舞蹈》与长篇小说《黑瓦房》《铁荆棘》等，呈现现代文学品格与文化精神。韦文扬的代表作有《蛊》《山》《龙脉》等小说，出版中短篇小说集《苗山》。作品侧重于对民族性格、心理、气质的刻画，也蕴含着对苗族文化深刻的反思与文化批判精神。弋良俊著有长篇小说《面对被拍卖的苗家女》与短篇小说《黑伞下伸出一只手》《门神》《药》等六十余篇，获贵州省政府民族文学创作奖与省文学创作奖。"王运春发表《飘着落叶的山楂树》等，和国正的中短篇小说'鸟斗'系列，是一幅幅鲜活的虫鸟画、风俗画、市井人物画，算得上贵州改革开放初期的'清明上河图'。"[17]罗吉万著有中短篇小说集《蛇·龙·人》、中篇小说《菌子王》《牛主》等多

202

部，短篇小说《茅盖王》与小说集《蛇·龙·人》，分获第二、四届全国少数民族文学创作奖。田永红出版中短篇小说集《走出峡谷的乌江》《燃烧的乌江》，《走出峡谷的乌江》获第七届全国少数民族文学创作骏马奖。杨打铁发表短篇小说《远望博格达》《无人落水》《碎麦草》等数十篇，小说集《碎麦草》获第八届全国少数民族文学创作骏马奖。赵朝龙出版长篇小说《而立之年》《乌江三部曲》与小说集《蓝色乌江》《乌江上的太阳》等，《蓝色乌江》获第七届全国少数民族文学创作骏马奖。张国华在《十月》《花城》等报刊发表多部中、长篇小说，出版长篇小说《盘江道》《铜鼓密码》等，获贵州"乌江文学奖"。蒙萌著有小说集《高原奇事》，其高原系列小说表现了贵州高原人的生存状态。罗漠出版《乡村与城市边缘》《一生长叹》等小说集，《一生长叹》蕴含历史语境下的生命关怀意识。王华著有长篇小说《桥溪庄》《傩赐》《家园》等多部，长篇小说《雪豆》获得第九届全国少数民族文学创作骏马奖，具有典型的黔北仡佬族文学的特征。肖勤的作品散见于《人民文学》《十月》等，多次荣获全国小说年度奖，出版小说集《小等》《碧血丹砂》等，《碧血丹砂》获第十届全国少数民族文学创作骏马奖。景戈石出版了长篇小说《白云山下是故乡》等，立足对人性的书写。郑吉平出版小说《最后一块田》，展现了"底层写作"特色。孟学祥著有中短篇小说集《山路不到头》等。"80后"句芒云路与崔晓琳在《民族文学》《北京文学》《长江文艺》发表小说，引起文学界的关注。青年作家侯乃铭出版长篇小说《樱花飘零》《最后的梦园》《黔中魂》等，《黔中魂》全方位展示黔东地域各民族的家国情怀与民族融合的艰难历程。土家族作家文美鲜，近年创作比较突出，在《民族文学》发表多部民族意识和地域较强的中短篇小说，引起关注。

　　这一时期贵州少数民族文学散文创作，除老作家龙志毅、苏晓星、伍略、吴恩泽等有影响外，一批中青年作家在散文创作领域也颇有收获，如土家族魏荣钊、刘照进、安元奎、张贤春、张进、田儒军、陈丹玲、张羽琴等，苗族完班代摆、杨村、刘燕成等，水族潘光玖、潘鹤等，毛南族孟学祥等，布依族吴茹烈等在散文创作领域大胆探索，走出自己独特的散文创作之路。龙志毅出版《云烟踪痕》《失去的风景线》《省城轶事》等散文集，《省城轶事》获第五届全国少数民族文学创作骏马奖。

吴恩泽著有长篇散文《名岳之宗梵净山》，魏荣钊出版长篇散文《独走乌江》《走在神秘河》，乌江文化与乡村文化相得益彰。刘照进出版的散文集《陶或易碎的片段》《沿途的秘密》等获贵州省文艺奖，他的散文创作融传统和现代表现手法于一体，叙述语言和抒情语言富有张力和弹性。安元奎是一个典型的乡土散文写作者，他的系列散文《古龙川纪事》带有浓郁的地域文化乡愁。张进在《散文》等报刊发表散文作品，出版散文集《踏过乌江》《远去的山寨》，乡土情结浓厚。田儒军出版有散文集《周家桠记忆》，抒发了对即将消逝的乡村的回忆，怀乡意识强烈。孟学祥的散文集《山中那个家园》分获第九届全国少数民族文学创作骏马奖及人口较少民族特别奖。陈丹玲是土家族文学的后起之秀，在《民族文学》《山花》《天涯》等报刊发表作品，出版散文集《露水的表情》《村庄旁边的补白》等，注重对生命与生存的打望。梁祖江长期从事"微散文"创作，在文体方面进行了一些探索。张羽琴的散文创作主要立足生活写实，在现实生活中不断追问生命归宿。杨村出版散文集《让我们顺水漂流》，乡土与民族特色浓厚。张贤春的散文集《山里人家》勾画出土家族山寨的生活风俗画。完班代摆出版长篇散文《松桃舞步》《在历史的拐角处》等，散文具有明显的苗族文化基因。"80后"苗族作家刘燕成出版散文集《遍地草香》《贵山富水》《月照江夏韵》等，获第二届贵州少数民族文学"金贵奖"

新人奖，作品中的乡土情结与苗族文化相互渗透。潘光玖的散文集《风云剪影》书写作者的人生经历与人生感悟。水族青年作家潘鹤出版散文集《韶华倾负》《千山是雪》等，记叙他的生活经历、人生体验及生命追求。吴茹烈发表《构坝，三月是一只马灯》等多篇散文，书写时代是他创作的一贯主题。

诗歌是这一时期贵州少数民族文学创作的重头戏。除伍略早期的诗歌创作外，在贵州引人关注的诗人有水族任菊生、石尚竹等，土家族喻子涵、安斯寿、徐必常、朵孩、非飞马、任敬伟、冉小江、水白、赵凯、冉茂福、陈顺等，苗族马仲星、末未、龙险峰、吴治由、马晓鸣、梁祖江、袁伟等，布依族罗莲、杨启刚、牧之等，彝族禄琴、阿偌阿布等，白族赵卫峰、空空（赵翔）等，侗族姚瑶、朱良德、罗中玺等，仡佬族姜代银、廖江泉、伍小华、弦河等。任菊生著有诗集《秋菊恋》，诗歌充满人生哲理。石尚竹被称为水族第一女诗人，发表《水家寨飞来报春鸟》《淡蓝淡蓝的野葫芦花开了》《竹叶声声》等诗歌，《竹叶声声》获第二届全国少数民族文学创作二等奖。喻子涵主要是从事散文诗创作，著有《孤独的太阳》《喻子涵的散文诗》《汉子意象》等散文诗集，《孤独的太阳》获第五届全国少数民族文学创作骏马奖，被评选为改革开放时期中国十大散文诗人。安斯寿提倡"生活写作"，主张书写真实生活与生命感受，著有《寂境独语》《生活的真》等四部诗集。徐必常著有《朴素的吟唱》《风吹草低》《贵州组歌》诗集与长诗《毕兹卡长歌》，获贵州省文艺奖与第二届土家族文学奖。冉小江在《诗刊》《诗潮》《星星》等发表大量诗歌，出版诗集《当春天再次来临》。水白出版诗集《虫之声》《两个姑娘》等，诗歌立足真实生活，与现实对话，获第五届乌江文学奖。沿河籍的赵凯、冉茂福、陈顺等人涉猎散文诗创作，是沿河散文诗群的代表诗人，他们以沿河边地与乌江为写作载体，乡土意识十分浓郁。

马仲星的诗集《漂泊心情》体现了诗人的真性与直觉抒情，是叙事时代难得的抒情诗。龙险峰是一位抒情诗人，他发表了诗歌《纪念碑》等，出版有诗集《春天正在兜售爱情》《你是我除夕等候的新娘》等，呼唤真诚美好的爱情。末未出版诗集《后现代的香蕉》《似悟非悟》《在黔之东》等四部，获贵州省文艺奖与少数民族文学金贵奖，和印江土家族诗人非飞马、朵孩、任敬伟被诗坛称为印江四诗人，他们的诗歌创作具有明显的后现代创作手法，在这一时期贵州诗歌创作中具有一定代表性。吴治由著有诗集《观流水》《途经此地》《中国天眼简史》（长诗）等，诗歌具有一种明显的精神指向。马晓鸣出版《白日有梦》等诗集，注重诗歌时代语境与社会效应。袁伟是苗族诗人的后起之秀，在《诗刊》《星星诗刊》等报刊发表诗歌，出版有诗集《栽种春光》，被评为"中国十大校园诗人"。布依族罗莲出版诗集《另一种禅悟》凸显精神价值的追求，曾获第六届全国少数民族文学创作骏马奖。杨启刚出版《遥望家园》《打马跑过高原》《落日越过群山》等诗集，《打马跑过高原》获贵州省第二届尹珍诗歌创作奖。牧之在《十月》《诗刊》《民族文学》等报刊发表诗歌，出版《山恋》《心灵的河流》《魂系高原》等十多部诗集，是这一时期布依族代表诗人之一。禄琴著有诗集《面向阳光》《三色梦境》等，《面向阳光》获第六届全国少数民族文学创作骏马奖，《三色梦境》获诗刊社诗歌艺术文库优秀诗集奖。阿偌阿布出版诗集《水一直在岸上》，被评论界认为有可能与国际对话的少数民族诗人。赵卫峰是这一时期贵州白族著名诗人，著有诗集《过程：看见》《蓦然回首》《本地之旅》等，与白族诗人黑黑、苗族诗人西楚被贵州诗坛称为"贵州三剑客"。空空是这一时期贵州白族代表诗人之一，著有《脸孔与花瓣》《人之高原》《不惑之书》等诗集，获"贵州十大影响力诗人"称号。侗族姚瑶的诗歌明显带有理想主义与童话特征，如

《遥远乡村的黑色符号》《梦中的瓦尔登湖》等，获贵州省第三届尹珍诗歌创作奖。朱良德出版《稻草哲学》等诗集，他的作品充满着理性的哲学思考。罗中玺是这一时期贵州当下的爱情抒情诗人，诗歌充满喧嚣时代的真情呼唤。姜代银出版诗集《爱神》《阳光编织的公园》等。伍小华在《诗刊》《民族文学》《星星》等报刊发表作品，出版诗集《汉字经方》《被打翻的寂静》、散文诗集《低处》，生活写作是他一贯的创作追求。弦河是近年比较有后劲的仡佬族青年诗人，在《诗刊》《民族文学》等发表作品，著有诗集《未曾遇见的你：写给安系列抒情诗》，渗透着唯美主义和理想主义色彩。

改革开放时期贵州少数民族文学创作，除传统意义的小说、散文、诗歌等文学体裁外，在报告文学（纪实文学）、戏剧创作、文学评论创作方面也各有千秋。如吴恩泽的报告文学集《脊梁》《崛起的山城》、赵剑平的长篇报告文学《功勋》、王华的长篇报告文学《海雀、海雀》、张国华的长篇报告文学《绝不言弃》、徐必常的长篇纪实文学《爱心的河流》、向笔群的长篇纪实文学《爹的向家岭》等，这些纪实文学作品产生了区域性影响，特别是王华的长篇报告文学《海雀、海雀》，获第十二届全国少数民族文学创作骏马奖，这是贵州少数民族文学中纪实文学创作的重大突破。在戏剧创作领域，苗族的伍略、林亚军，土家族的何立高、侗族的林盛青等都有建树。伍略的剧本《枪与镯》及与韦文扬合编的八集神话电视连续剧《仰阿瑟》在贵州影响较大。林亚军发表《乌江汉土家妹》等多部戏剧作品，多次获省部级文艺奖。何立高发表《夫妻哈哈笑》《蛮王的子孙》等戏剧作品，《夫妻哈哈笑》获2001年度文化和旅游部戏剧创作"群星奖"。林盛青发表《小店情》等戏剧作品，在贵州省内产生较大影响。文学评论方面，在老一代贵州少数民族作家中，苏晓星曾撰写专著《苗族文学史》（合作）、《民族民间文学散论》，袁仁琼有文学理论专著《新文学理论原理》《鳞爪集》《解读王阳明》等。贵州少数民族中青年评论者，以龙潜、喻子涵、杨启刚、赵卫峰、向笔群、孙向阳等人为代表。龙潜出版《圣殿之廊：新时期小说艺术论》《飞翔的幻影：20世纪中国文学的一份评语》等文学理论专著，喻子涵著有《新世纪文学群落与诗性前沿》，杨启刚著有评论集《文学新浪潮》《在乡村与城市之间抒情》等，赵卫峰在诗歌评论领域颇有建树，是贵州这一时期有影响力的诗歌评论家之一，出版诗歌评论集《高处的暗语：贵州诗歌》《变化在本土道理与外地风水之间》等，向笔群出版《让灵魂回到故乡》《地域文学的个人阐释》等文学评论专著，孙向阳出版文学口述史《心灵的守望》。这些文学评论作品已经引发学术界的广泛关注。

在这一时期贵州少数民族文学创作中，大多数作家属于多文体写作或跨文体写作。如伍略既写小说、诗歌还写剧本评论，龙志毅写小说也写散文，苏晓星写小说也写评论，吴恩泽写小说、散文也写报告文学，田永红写小说、散文也写评论，王华写小说、散文也写纪实文学，龙潜创作小说也写文学评论，韦文杨既写小说、散文也写剧本，张国华写小说、报告文学同时创作剧本，肖勤写小说、散文也写儿童文学，赵卫峰写诗歌也写诗歌评论。"跨界写作"的"多栖作家"成为贵州少数民族作家的主力军，无疑，这也是改革开放以来贵州少数民族文学创作的另一种繁荣。

参考文献：

[1][5][10]吴华.文学民族性的思辨与表达:贵州少数民族作家一席谈之喻子涵[N].贵州都市报,2011-9-5(8).

[2][6][15]孔海蓉.回归·坚守·突围·超越:贵州少数民族青年作家创作现状扫描[N].文艺报,2014-10-13(6).

[3][11]孙向阳.边缘的力量:当代贵州少数民族文学创作评述[J].山花,2012(9下):129—130.

[4]王杰.贵州记录多彩进步的足印:贵州少数民族文学发展观察[N].贵州民族报,2016-12-16(6).

[7]李国太."个体呈现"与"族性书写":苗族作家伍略《虎年纪事》的一种读法[J].广西民族师范学院学报,2019(1):14—18.

[8]安尚育.苏晓星论[J].贵州民族大学学报,1989(1):51—57.

[9]陈辽.意深思远 淡而愈浓:评一九八三年获奖短篇小说《公路从门前过》[J].贵州文史丛刊,1984(2):147—150.

[12]张勐.80后少数民族作家创作论略[J].民族文学研究,2014(1):60—66.

[13]余永梅,任在喻.仡佬族作家寿生与他的文学世界[J].参花,2019(21):56—57.

[14]刘扬烈.边民与边缘文化的悲壮史诗:评吴恩泽新著《平民世纪》[J].重庆广播电视大学学报,2004(1):32—35.

[16]石文.贵州少数民族作家获"骏马奖"作家群体研究[J].中国民族博览,2017(10):220—221.

[17]王刚,王莉.和国正的《鸟斗》系列小说与"市井风俗"[J].安顺师范高等专科学校学报,2004(1):15—16.

当代重庆少数民族文学简论

重庆当代文学，理所当然包含重庆当代少数民族文学。重庆少数民族文学创作在重庆当代文学中，占很大比重。但研究重庆当代文学时，其少数民族文学往往被人忽视。对重庆少数民族文学的界定，就是除了该区域汉族作家以外的作家创作的作品，包括了重庆本土少数民族作家写少数民族题材和重庆本土少数民族作家写非少数民族题材的文学作品。重庆当代少数民族文学是指新中国成立以来的少数民族文学作家创作的作品，它与重庆的非少数民族作家的作品一同建构了重庆的当代文学的大厦。"新时期以来，文学自身的内部机制激活，以及区域内多个少数民族自治县的相继建立，使重庆少数民族文学创作走向繁荣和发展的新时代。"[1] 重庆少数民族文学创作已经形成一定的阵势，无论是质还是量都达到了历史的空前繁荣时期，显示出前所未有的潜力。

重庆少数民族文学还处在一个相对年轻的发展时期。1997年的重庆直辖，有了重庆少数民族的文学存在与发展的可能。渝东南少数民族地区（不可否认，重庆主城区也有相当小的部分从其他地方迁徙来的少数民族）被人们认定为重庆少数民族文学的起源地。因为重庆少数民族作家大多是渝东南这个地域上出生的或者走出去的。尽管之中有一部分人已经离开了这个地区，但是其文学之根留在这片土地上，其作品里透着本民族和故土情结，或者说其民族身份对其作品产生了潜在影响。

从时间跨度上考察，目前就重庆当代少数民族作家创作状况来看，是由老、中、青三代作家共同经营的文学，三代作家各自有其文学成就和不同的创作特色。

当代重庆少数民族文学作家的三代划分，主要是以创作年代为标尺，以作家作品影响为依据。每一代作家是一个相对的群体概念，不能单纯以出生的年龄作为绝对的群体界限。重庆不同年代的少数民族作家都有其领军人物，代表重庆少数民族作家创作的风貌，从而成为一个时期重庆少数民族文学创作的坐标。

老一代（第一代）：以出生在秀山的土家族作家孙因和酉阳的土家族诗人冉庄为代表，他们被称为重庆少数民族文学的前辈作家。"孙因和冉庄当之无愧属于新中国50年代重庆少数民族的前辈作家。两人的创作均始于50年代，是重庆市少数民族新文学的创作缔造者。他们以对文学的执着与痴迷，创作了大量的优秀作品，对后来的作家产生着较大的影响。"[2] 苗族作家刘扬烈虽然是贵州松桃人，但是长期在重庆的西南大学（原西南师范大学）工作，也被称为重庆的第一代少数民族作家。第一代作家有自己明显的特点，就是对文学的追求终生不渝。

孙因早在20世纪50年代就以短篇小说《老红军》[3] 在当时的四川文坛产生了一定的影响。曾因那场众所周知的运动，孙因沉寂了二十多年，年过天命之年后，创作发表了《奇特的姻缘》《麝香楼》《恶梦》《秦良玉》等中长篇小说，被原黔江开发区工委授予少数民族文学英才的称号，《汽车站成就》入编湖南文艺出版社1992年出版的《土家族文学史》。冉庄的创作成就主要是诗歌方面：出版了《河山恋》《冉庄诗选》等十多部著作，曾获得全国少数民族文学创作骏马奖等奖项，被文学界和诗歌界称为"大西南文化的歌者"。"冉庄又以其丰富而优秀的诗歌、散文作品创造了大西南新的山水文化。"[4] 刘扬烈的成就主要是文学评论方面的，出版有《鲁迅诗歌简论》《诗神・炼狱·白色花：七月诗派论稿》等著作。他为重庆少数民族文学的发展呕心沥血。

中年一代（第二代）：重庆少数民族文学第二代作家基本上都是出生于20世纪五六十年代初，代表人物有土家族的易光、陈川和苗族的第代着冬、何小竹等，其创作开始于中国当代文学史上的"伤痕文学"时期，成就于改革开放时期，现在仍然保持着较为旺盛的创作势头。他们既是改革开放的直接受益者，同时又是最早认定了自己少数民族身份的作家，开始以少数民族作家的姿态走上文学之路，有目的地表现自己民族的发展历程和生存状态。

易光是重庆少数民族中年作家中创作最早的作家之一，出生地酉阳，首届恢复高考上大学的。大学在读期间，易光就发表了大量的文学作品，早期是写小说和散文，后来是写文学评论，主要成就应该是评论方面，出版有评论集《固守与叛离》《阳光的垄断》和小说散文集《人迹》等。他最早提出"乌江文学"这个文学群体概念，同时，对重庆的少数民族文学作品进行深入细致的研究，特别是在对重庆少数民族文学创作新人的发现和扶植方面付出了很多心血，成为重庆少数民族文学第二代作家的"领头羊"，曾获得过重庆文艺奖和重庆社科奖等多种荣誉奖项。

陈川的文学成就是发表中篇小说《羊皮的风》《村庄》和出版有小说集《梦魇》等，曾经获得了全国少数民族文学创作骏马奖、四川文学奖等奖项。从陈川的作品中既可以看到时代的烙印，又可以看到一个民族（土家族）的社会发展历程，其作品既有传统文学的因子，又有现代文学探索方面的元素。在第二代重庆少数民族作家里，他是具有创作特色的代表作家之一。有人曾经将他的作品《钟声又响了》（与人合作）与周克勤名噪一时的《山月不知心里事》放在一起加以评论。

之所以把20世纪60年代初出生的苗族作家第代着冬、何小竹，归结到重庆少数民族作家的第二代，主要因其创作始于20世纪的80年代初。第代着冬在《人民文学》《民族文学》等发表作品，出版了小说集《白羽毛的鸟》和散文集《乡村歌手》。何小竹被称为"非非"派的代表诗人之一，也被一些诗歌评论家认定为"第三代"代表诗人，虽然在20世纪90年代后离开出生地，但是其文学创作是从乌江边的涪陵起步，出版诗集《梦见苹果和鱼的安》《回头的羊》等，这两本诗集分别获第三届、第四届全国少数民族文学创作奖。

　　重庆少数民族作家第二代除了上面提到的以外，土家族还有任光明、邹明星、舒应福、吴加敏、饶昆明、笑崇钟等作家创作了大量作品。任光明的报告文学《洪湖，请听我诉说》获得《民族文学》的"山丹奖"和四川文学奖，出版有散文集《真实与记忆》。邹明星出版有文学集《武陵短章》等作品集。舒应福出版有散文集《乡情依依》、小说集《春梦》和长篇小说《烈焰》等，其散文《武陵山的男人们》曾获重庆市首届少数民族文学奖。吴加敏在《民族文学》等报刊发表作品，已经出版小说集《鸭子塘之夏》等小说集。饶昆明在《民族文学》《四川文学》等报刊发表小说，出版了小说集《荒夜》等。笑崇钟有主创电视剧本《黔江妹子》和出版诗集《爱河之洲》等作品。这些作家的创作有明显的地域特色和民族精神，作品中随处可见其本民族的本真生存状态，在一定的时期和范围内产生影响。在这一代少数民族作家、诗人中，有部分作家的创作有一定的先锋性，比如土家族女诗人陈爱民的诗歌。

　　当然，在重庆少数民族第二代作家中，满族的关岛和回族的刘秉臣等也应该提及，他们同是重庆少数民族文学创作的生力军。

　　青年一代（第三代）：文学创作向多元化方向发展。以土家族的阿多、冉冉、冉仲景、苦金、李亚伟和苗族的何炬学等人为代表。这代作家诗人都是出生于20世纪60年代的中后期。阿多是一个写作的多面手，写诗写散文也写小说，出版有小说集《五月的村庄》，散文《清明茶》曾经获得第五届全国少数民族文学创作奖，在《红岩》发表的中篇小说《流失女人的村庄》影响较大。冉冉开始是写诗歌，出版诗集《暗处的梨花》《从秋天到冬天》《空隙之地》等，曾经获得全国少数民族文学创作骏马奖。最近几年开始写小说，在《民族文学》《十月》等报刊发表中篇小说《离开》等作品。冉仲景的创作以诗歌为主，曾参加《诗刊》十五届"青春诗会"，出版诗集《从朗诵到吹奏》等，《从朗诵到吹奏》获第三届重庆市文学奖，《长江八行》获得首届重庆市少数民族文学奖。之所以把李亚伟当成重庆少数民族作家的第三代代表作家，是因其早期创作是在家乡酉阳开始的，人们往往因其先锋性忽略他的民族身份。易光曾经写过《重庆诗人李亚伟》，在《涪陵师范学院学报》2006年第6期发表。李亚伟的《中文系》成为当代诗歌选本的宠儿，花城出版社2005年7月出版了他的第一部诗集《豪猪的诗篇》，很有影响力，在由《南方都市报》发起、《南方都市报》与《南都周刊》联合主办的第四届"华语文学传媒大奖"上获2005年度诗人奖。苦金是近年重庆少数民族作家中被看好的作家之一，出版《苦金小说选》，其作品多次在《民族文学》发表，主要作品有《哦，沉香木》《听夕阳》《远寨》等，《哦，沉香木》获得《民族文学》龙虎山杯文学新人奖和重庆文艺奖。何炬学早期写诗歌和散文，出版散文集《村庄的声音》，后来写小说，在《十月》《民族文学》发表小说，近年出版长篇小说《苍岭》[5]，曾于鲁迅文学院少数民族文学高级班学习，诗歌《母亲和枣》获得首届重庆少数民族文学奖。

除了上面提到的作家和诗人以外，还有比较有实力的如

"60后"土家族的姚明祥、姚云和、冬婴、路曲、谭国文、冉丽冰、许昌和苗族的杨见等作家和诗人。姚明祥以创作小说、散文为主，出版小说散文集《永恒的歌》，发表在《民族文学》的《神树》[6]获得了重庆首届少数民族文学奖。冬婴出版了《低处的风声》《课本外的蓝天》等，在校园诗歌写作方面非常有特色。路曲主要是写少数民族文学评论，同时，出版了诗集《武陵山，我的保姆》等。杨见出版有诗集《哑症》。还有"70后""80后"苗族作家张远伦、杨犁民和土家族亚军、向青松等少壮派青年作者，其作品显现出比较大的潜力，分别在《诗刊》《散文》等杂志发表作品，成为重庆少数民族文学的后起之秀，他们的前途不可估量。

重庆部分少数民族作家虽然离开了自己的故乡，如冉庄、易光、冉云飞、冉冉、阿多、何小竹等，但其中仍以本民族题材为创作载体的，像易光、阿多等的民族情结比较浓厚，大多数作品都是以自己出生地为书写对象，其笔已经融入了自己生命的故乡，让人明显感到故土对其创作的深远影响。在李亚伟、冉冉、冉云飞、何小竹等作品中很少看到其书写地域的文字，很难从其文学作品里读到"民族特征"，就这个问题，作者曾请教土家族评论家易光先生，他认为，"故乡是有生命意义和心灵意义的，尽管从表面上看不到他们民族的个性，但是他们的出生地肯定对其创作产生了潜移默化的影响，仔细阅读其文本后就不难发现，就连'莽汉派'的李亚伟诗歌'口语化'里也明显有他出生地的因子"[7]。冉云飞的"匪语"不少就是酉阳的民间俚语。何小竹的作品里常常有苗族"巫文化"的神秘色彩。冉冉诗歌里心灵的低语，有不少的话语就与她的出生地有关联。正如易光先生对于"乌江地域"对乌江作家的影响所说："我始终相信，社会无论怎样的进步，地域的个性是很难消泯，也无须消泯的。"[8]另外一大部分重庆少数民族作家、诗人仍然生活在自己的出生地——比较偏远的武陵山区，这里信息不灵、消息不畅，但不少作家仍然坚持不懈，比如孙因、陈川、吴加敏、何炬学、舒应福等，其创作对自己脚下的土地一往情深，在本民族精神里寻找自己民族的灵魂。这些作家对本民族文学起到了一定的推介作用，具有浓郁而深厚的民族情结。

作为少数民族作家、诗人，一贯坚持本民族文化写作的不是很多。20世纪80年代，李亚伟、二毛、张昌等少数民族诗人成立"莽汉派"，热闹一阵后，就各奔东西。除李亚伟仍在创作以外，其他诗人已经偃旗息鼓。目前，重庆有一部分少数民族文学青年诗人把自己称为"现代主义"诗派，其跟风现象比较严重，没有在自己民族元素上下功夫，而是在玩一些花架子。创作不反对借鉴学习其他民族的优秀创作方式，但是作为一个本土少数民族作家或者诗人，应该注意从自己民族的历史中挖掘，发挥自己的创作优势。越是民族的就越是世界的。在我看来，重庆少数民族作家只有一部分在自己民族题材上下功夫，比如20世纪八九十年代的陈川，但是他后来的《村庄》[9]明显地带有魔幻色彩。孙因的《秦良玉》是写本民族的女英雄秦良玉的，但是因为出版的因素，没有引起人们足够的重视。近几年在民族题材上努力下功夫的苦金，其作品已经越来越引起人们的关注，成为重庆最有希望的土家族作家之一。

重庆不少的少数民族作家和诗人已经从自己焦躁的情绪中摆脱出来了，找准了自己的创作路子。重庆文学在全国性的大奖中，除了获得几个全国少数民族文学创作骏马奖以外，获得其他全国性奖项的作品不是很多，尽管不能把获奖作为文学创作的追求，也不是判断文学创作成就的主要标准，但是至少给了重庆文学一个信号——重庆少数民族文学创作不容忽视。易光的女性文学研究已经处于中国当代文学研究前沿，引起了文学研究界的关注，特别是"乌江文学"的提出，弥补了重庆地域文学研究的空白。冉冉在《十月》《民族文学》等报刊发表中篇小说，是其文学创作的一个转向。何炬学在《十月》发表了《结盟》[10]《栀子花开》[11]，被重点介绍推出。苦金在《民族文学》上被多次介绍和发表作品，引起了外界的关注。冉仲景的《土家舞曲》《马桑组曲》在《诗刊》发表，受到了人们赞誉。这些例证表明，重庆少数民族文学创作，已经在新时期出现崛起和跨越。

本土化和民族化是重庆的少数民族作家、诗人追求的写作目的。本土化是一个作家立足自己脚下土地以本土话语和精神为表现方式的一种创作模式。从某种意义上说，本土是一个民族作家创作的母体，是他们创作的一种独特的宝贵资源，也是他们文学创作的滋养。民族化是民族作家从自己民族的精神和本质出发，从自己民族发展的进程中表现出自己民族的特征。不难看出，重庆少数民族作家的民族特征表现在表现符号的汉化、生活题材的现实性以及审美视角的民族性。本土化和民族化是他们创作的一大优势。在自己的民族里寻找自己创作的闪光点，自己的作品才有生命力和感染力，才能够真正找到自己的写作支点。易光的《人迹》、陈川的《梦魇》、苦金的《远寨》、阿多的《流失女人的村庄》、何炬学的《苍岭》、舒应福的《碧血苍山》等作品就是一个明证。

重庆少数民族作家群体不是一个故步自封的群体，他们在向汉族作家和其他兄弟民族作家学习的同时，还广泛接纳文学的营养，坚持文学的开放意识和包容意识，是重庆少数民族作家另一大优势。重庆的少数民族作家、诗人的创作已经从单一的现实主义的手法延伸到各种创作手法，魔幻主义、存在主义、浪漫主义等创作手法或多或少地存在于他们的文学作品中，如陈川的小说《村庄》和冉仲景的长诗《梦幻长江》等就有这种趋势。从何小竹、冉云飞、李亚伟等一系列的诗歌中就可以看到学习西方写作技巧的成功路径。

可见，重庆少数民族文学创作已经崛起。相信在不久的将来，一定会产生震撼之作，因为重庆少数民族作家是一支有实力的队伍。

参考文献：

[1][2][7]跋：民族的记忆与艺术的表达．羊皮的风：重庆市少数民族优秀文学作品选[M]．重庆出版社，2000：4．

[3]孙因．老红军[J]．草地，1957(12)：2—10．

[4]冉庄．冉庄诗选[M]．中国三峡出版社，2004：36．

[5]何炬学．苍岭[M]．重庆出版社，2007．

[6]姚明祥．神树[J]．民族文学，1997(1)：16—92．

[8]易光．固守与叛离[M]．中国文联出版社，1997：62．

[9]陈川．村庄[J]．民族文学，1994(2)：4—23．

[10]何炬学．结盟[J]．十月，2006(3)：89—104．

[11]何炬学．栀子花开[J]．十月，2006(3)：105—108．

新中国语境下土家族文学的崛起与繁荣

引 言

　　土家族文学的崛起与繁荣与新中国命运与共。1957年1月，土家族被国家确认为单一的民族，土家族文学才有崛起与繁荣的可能。特别是改革开放以来，随着鄂西、黔东、渝东南等地区的土家族民族成分相继得到国家承认，一大批土家族作家如雨后春笋，跻身中国文坛，成为中国少数民族文学百花园里的一道亮丽风景。

　　20世纪50年代，湖南的黄永玉、汪承栋、孙健忠，湖北的萧国松，重庆的孙因、冉庄，贵州籍的思基等土家族作家在中国文坛崭露头角。黄永玉1951年在《文汇报》发表长诗《无名街报告书》引起关注。汪承栋1956年创作第一本反映边疆少数民族地区各族人民新生活的诗集《从五指山到天山》，出版短诗集《雅鲁藏布江》等二十多部。孙因1952年在《西南文艺》发表长诗歌《唱着歌儿上北京》与《老红军》《做道场》等小说，受到文学前辈沙汀的称赞扶植。孙健忠发表《小皮球》《五台山传奇》等小说，表现出不凡的创作实力。思基是第一个土家族文艺评论家。从20世纪50年代到70年代，他先后出版《生活与创作论集》《过渡集》等三部文艺评论集，涉及文学的性质和任务、文学与生活的关系、文学的借鉴与发展、文学的批评作用、文学的教育与功能、文学的现实主义传统、文学与作家的世界观等，在文学评论界引起较大反响。冉庄在20世纪50年代创作了一系列山水诗歌，歌颂巴山蜀水与祖国的日新月异。纵观改革开放以前土家族的文学，大多与时代语境密切关联，凸显土家族作家在一定历史时期的创作指向。

土家族文学真正崛起是在改革开放时期。20世纪80年代，湘、鄂、渝、黔等地区相继成立多个土家族自治县，土家族作家的群体逐渐扩大，土家族文学创作强大的阵容开始形成。土家族作家意识到自己的民族文化与民族精神，开始以民族的自尊心与自豪感创作。湖南的黄永玉、汪承栋、颜家文、孙健忠、蔡测海、田瑛等，湖北的李传锋、温新阶、叶梅、陈步松、刘小平、吕金华等，重庆的孙因、陈川、吴家敏、冉易光、任光明等，贵州的田永红、田夫、何立高、安斯寿、刘照进等作家引起关注。黄永玉诗集《曾经有过那种时候》获1979—1982年全国优秀新诗（诗集）评奖一等奖。1981年第一届全国少数民族文学创作评奖的获奖诗歌篇目中，汪承栋的《雪山风暴》、颜家文的《长在屋檐上的瓜秧》双双获奖，凸显出土家族诗歌在当代中国诗坛的地位。在第二届全国少数民族文学创作评奖的获奖诗歌篇目中，颜家文的《悲歌一曲》、汪承栋的《月夜》，再一次将土家族诗歌纳入中国少数民族诗歌创作的国家体系。孙健忠的《甜甜的刺莓》获首届全国优秀中篇小说奖，《留在记忆里的故事》获首届全国少数民族文学创作短篇小说奖，《醉乡》获第二届全国少数民族文学创作长篇小说奖，中篇小说集《倾斜的湘西》获第四届全国少数民族文学创作奖，使土家族作家的小说创作进入中国当代文学的国家视野，特别是长篇小说《醉乡》在当时的中国文坛产生了巨大的影响，受到广大读者的好评。李传锋的《退役军犬》在第二届全国少数民族文学创作评奖中获奖。蔡测海的《远处的伐木声》于1982年获全国优秀小说奖，小说集《刻在记忆的石壁上》《母船》《麝香》分别荣获第一、二、三届全国少数民族文学创作奖，再一次显示出土家族文学创作的巨大冲击力。陈川的中短篇小说集《梦魇》于1993年获第四届全国少数民族文学创作奖。阿多《清明茶》（散文）获第五届全国少数民族文学创作奖（新人奖）。喻子涵《孤独的太阳》获第五届全国少数民族文学创作奖（诗歌奖）。冉庄的《冉庄诗选》、冉云飞的散文集《手抄本的流亡》，获得第六届全国少数民族文学创作骏马奖。田永红的小说集《走出峡谷的乌江》、冉冉的诗集《从秋天到冬天》、彭学明的《散文方阵彭学明卷》、温新阶的散文集《他乡 故乡》获第七届全国少数民族文学创作骏马奖。叶梅的中短篇小说集《五月飞蛾》、张心平的报告文学《发现里耶》、邓斌与向国平的评论集《远去的诗魂》获第八届全国少数民族文学创作骏马奖。李传锋的《白虎寨》获第十一届全国少数民族文学创作骏马奖。这些文学事实表明，土家族文学创作在新时期中国少数民族文学创作中没有缺席。田耳的中篇小说《一个人张灯结彩》获得第四届鲁迅文学奖，成为史上最年轻的鲁迅文学奖得主，更是将新时期土家族文学创作推向一个新的高度。

新中国成立以来，土家族文学令人瞩目的成就，彰显一个民族的文学在历史语境中的突起与繁荣。

一、土家族文学异军突起

土家族文学是一个历史语境下的民族文学概念，如果没有国家对土家族民族成分的认定，土家族文学显然就不可能产生。可见，土家族文学的产生、发展与繁荣，与新中国历史语境紧紧相连。

土家族文学的突起，从历史层面可以分为两个不同的时期：第一个时期，是新中国成立之后，国家对土家族的确认之后，一些具有土家族身份的文学作家开始创作，促使土家族文学的诞生；第二个时期，就是改革开放之后，土家族民族成分的进一步确认，使土家族作家的阵容进一步扩大，同时使土家族文学创作得到进一步的扩展。

第一个时期为土家族文学发轫阶段。这时的土家族文学创作由于民族成分基本上只限于湘西，真正意义上的土家族作家只有湖南的黄永玉、汪承栋、颜家文、孙健忠等人。重庆（四川）、贵州、鄂西北等土家族作家是后来民族成分确认后，按民族成分归结于土家族作家群落，比如重庆的孙因、冉庄，贵州的基思、湖北的萧国松等作家，这些作家的成就受惠于国家的历史进程之中。

第二个时期为土家族文学崛起与繁荣阶段。改革开放之后，土家族完全得到国家确认，土家族区域不断扩大，扩展到湖北、四川（重庆）、贵州等相关区域，土家族作家的阵容也就随之扩大。这一时期，土家族文学开始迎来创作的春天。

土家族文学的崛起，不仅仅是单一文学类型的出现，而是各种文学文体同时产生。20世纪80年代，其中最早是诗歌，代表诗人有黄永玉、汪承栋、颜家文、萧国松等。黄永玉的诗集《曾经有过那种时候》在当时的中国诗坛引起很大反响。长期以来，黄永玉以绘画闻名于世，而他的诗歌是一个另类，在当时确实是中国诗坛的一道风景。汪承栋的《雪山风暴》、颜家文的《长在屋檐上的瓜秧》凸显出改革开放初期土家族诗歌创作的成就。

孙健忠、蔡测海、李传锋、孙因、陈川等人是改革开放初期土家族文学小说创作的代表作家。孙健忠从1956年开始发表《小皮球》《阿大阿二》等儿童文学作品，在湖南文坛引起关注。改革开放时期，孙健忠开始将自己的笔扎入他所在土地，创作《甜甜的刺莓》《留在记忆里的故事》等中短篇小说，长篇小说《醉乡》在当时少数民族文坛产生了巨大影响，成为土家族文学创作成就的重要标志。蔡测海主要从事短篇小说创作，《远处的伐木声》是土家族作家第一次获得全国短篇小说奖的作品，将土家族短篇小说创作推向一个相对的高峰。"蔡测海的小说深植于土家人现实生活的土壤，紧紧依附土家族的文化母体，努力开掘土家族历史文化的内在精髓，作品在很大程度上构成了土家族历史文化的亚文本，是对土家族生活的艺术描写和艺术概括。"[1] 李传锋的短篇小说《退役军犬》，是以新视角书写动物的小说，将人性与动物的特性相融在一起，体现了独特的艺术魅力。孙因的中篇小说《奇特的姻缘》是当时"伤痕文学"的代表作品，表现一对知识男女在特定背景下的人生悲喜剧。可见，土家族文学受到文学界的关注，也表现出土家族作家的创作水准。

"新时期以来，文学自身的内部机制激活，土家族区域内多个少数民族自治县的相继建立，使土家族文学创作走向繁荣和发展的新时代。"[2] 土家族文学创作已经形成一定的阵势，显示出前所未有的潜力。

二、土家族文学群落的形成

20世纪80年代后期，土家族文学创作如雨后春笋，日新月异，形成相对独立的几个土家族文学作家群体。如湘西土家族作家群、鄂西土家族作家群、渝东南土家族作家群、黔东土家族作家群等群落。

土家族作家群是一个相对的群体概念，湘、鄂、渝、黔交界地域是中国土家族的主要分布地域，虽然在地理因素方面有一定的标识，但对民族的认同感基本一致。

湘西土家族作家群指湘西州、张家界市、怀化市等区域的土家族作家群体，以黄永玉、颜家文、孙健忠、蔡测海、彭学明、田瑛、黄光耀、覃儿健、刘晓平、仲彦、成均、陈颉、向延波、龚爱民、鲁絮等为代表。鄂西土家族作家群指恩施州、宜昌市的长阳、五峰等地的土家族作家群体，以李传锋、温新阶、叶梅、陈步松、田天、野夫、阎刚、邓斌、吕金华、谭功才、刘小平、胡礼忠、甘茂华、陈孝荣、萧筱等作家为代表。渝东南土家族作家群是指重庆东南部土家族作家群体，以孙因、冉庄、陈川、吴家敏、冉易光、任光明、冉冉、阿多、苦金、饶昆明、姚明祥、舒应福、邹明星、姚元和、冉云飞、谭国文、笑丛中、冉丽冰、袁宏、黄光辉、亚军、何春花等代表。黔东土家族作家群指贵州东部的土家族作家群体，以田永红、田夫、张进、安元奎、刘照进、张贤春、安斯寿、何立高、徐必常、晏子非、赵凯、冉茂福、水白、蒲秀彪、田儒军等为代表。这些作家在各自的文学领域做出令人惊喜的成就。

土家族作家群落相继产生，将土家族文学创作推向一个高峰，土家族文学创作达到空前的繁荣。

虽然同为土家族作家群，但由于地缘因素等方面的影响，各个土家族作家群落具有各自的创作特色。湘西土家族作家群以湘西的土家族地域文化为创作对象，着重表现湘西各族的历史文化；而鄂西土家族作家群体的创作对象为鄂西神秘的文化与清江流域的文化元素；渝东南土家族作家群则是以武陵山地域文化为背景，同时书写乌江流域的文化进程；黔东土家族作家群基本是以乌江流域的文化流变作为创作指向。地域性、民族性成为土家族作家群基本的创作源泉，民族进程的心理历程成为土家族作家书写的文学路径。大多数土家族作家都是以自己生活的土地与本民族文化为写作对象，用现实主义的创作手法书写民族的历史进程，表现自己生活的土地上文化固守与变化的冲突，创作出了具有鲜明民族特色与个性的文学作品，在中国少数民族文学创作百花园里争奇斗艳，散发出民族文学的芬芳。如孙因的中篇小说《麝香楼》写渝湘交界处土家族人在历史长河中的文化冲突，书写土家族人在改革开放时期的嬗变历程。李传锋的长篇小说《白虎寨》就是以土家族的图腾白虎作为书写因子引出一个地域社会变革历史图景。田永红的长篇小说《盐号》是以乌江盐号为题材，表现对乌江流域历史文化进程的回望。刘小平的清江系列诗歌以土家族发源地清江作为创作因子，进行历史与文化的诗学透视。冉仲景的诗歌《摆手舞曲》探寻土家族的活化石"东方迪斯科"摆手舞的文化根源，展示土家族历史文化的丰富性与多样性。喻子涵的"南长城系列"以黔东与湘西地域的文化标识"南长城"为载体，书写这片地域上的历史文化。刘照进的散文将现代意识与地域文化相结合，探寻地域的精神文化图景。彭学明的湘西系列散文，如散文集《我的湘西》《祖先歌舞》等无一不是以湘西为写作元素，表达作家对民族地域精神的挖掘。特别是以自己母亲为原型的长篇纪实散文《娘》更是将彭学明的散文推向了一个新的高度，凸显散文的真与情，被业内人士称为当代的"孝经"。周立荣的小说集《山骚》、长篇散文《巴土长阳》以自己生活的长阳土家族文化出发，挖掘民族的根脉。谭功才的散文集《身后是故乡》《鲍坪》以他的家乡鄂西北为写作对象，表现那个地域人们的生存况景。张贤春的《神兵》以红三军在黔东建立革命根据地和黔东神兵参加红军为背景，书写官逼民反导致角口神兵产生和其参加红军的曲折历程。刘晓平著有诗集《秋日诗语》与散文集《张家界情话》等作品，被韩作荣称为"城市与乡村的寓言"。胡礼忠的诗集《清江流歌》《巴地荡千觞》立足地域，以土家族聚居地的物事为书写对象，地域文化使命感成为他诗歌中无法割舍的内质。苦金的中篇小说《远寨》以本民族题材为创作母体。刘年出版诗集《为何生命苍凉如水》《行吟者》、散文集《独坐菩萨岩》，以另一种眼光回望自己的故土，民族情结与地缘元素构成创作的主色调。鲁絮的"新土家风"系列诗歌把传统土家族民歌形态语言融入新诗创作体式，表现手法游离于传统与现代之间，引起诗歌界的广泛关注，其实这是对民族文化的坚守。大量的创作实例表明，新时期土家族作家以自己生活的地域与民族作为创作的基本经纬，形成"标签式"的民族文学创作特征。

当代土家族文学创作，大多凸显出自己的民族精神，表达对自己足下土家族文化的认同，开始由文化自觉向文化自信的转变。当然，有一些土家族作家以现代文学的表达形式进行创作，如冉冉、芦苇岸、朵孩、非飞马、任敬伟、蒲秀彪等土家族诗人，其作品具有后现代主义创作的倾向。

三、母体文化精神的汉语表达

土家族是一个只有语言而没有文字的民族，长期以来，汉语是土家族的主要书写工具。但是土家族作家并没有因为文字表达因素而放弃母体文化精神的表达。所谓"母体文化精神"就是一个民族的文化精神，她是民族文学创作的根和魂所在。在不少土家族作家笔下，土家族的传统文化精神成为他们创作的母体：从土家族的文化根脉出发，表达的是民族的文化精神与历史进程。

在土家族作家中，注重表达自己民族精神的作家比比皆是。孙健忠、李传锋、蔡测海、颜家文、萧国松、冉仲景、刘小平、周建军等人在作品中，有意识地融入土家族传统文化元素与文化精神。如李传锋的《最后一白虎》与长篇小说《白虎寨》、叶梅的短篇小说《撒忧的龙船河》、孙因的中篇小说《麝香楼》、刘小平的诗集《鄂西倒影》、萧国松的长篇叙事诗《廪君与盐水女神》与《老巴子》、冉仲景的诗集《从朗诵到吹奏》等作品，都具有这样的特征。

孙健忠等20世纪五六十年代的土家族作家，他们通过对土家族地域风光的描画、民俗风情的展现、人物形象的塑造以及对土家族民族精神的弘扬、历史文化的追溯、本民族语言的自觉运用等显性和隐性土家族族群符码的张扬，表达了建构土家族族群符码的强烈愿望。以蔡测海为代表的20世纪七八十年代的土家族作家，则对土家族族群符码的建构表现出了某种程度的困惑。[3]

白虎是土家族的图腾，李传锋的长篇小说《白虎寨》就是以一个文化象征来探讨土家族的民族文学精神，具有一定的民族精神寻根意识。[4] 将土家族白虎文化与时代改革精神融会贯通，在传统与改革、历史与现代的激烈碰撞中展示出民间文化的底蕴。[5] 小说书写以幺妹子为首的回乡打工青年，全力追赶时代步伐，突破传统思维桎梏，艰难探索、不懈奋斗的历程。但是，作者没有简单地将这个历程放在某种熟知概念之下，而是置放在具有悠久历史与丰厚文化的土家民族历史背景下，在对当代生活激烈变革的描绘之中，不断地观照历史，以强烈的民族文化意味贯穿全书，表现出小说的历史厚度和文化张力。

蔡测海的小说无论是《母船》《麝香》，还是《今天的太阳》《穿过死亡的黑洞》等作品，都是在揭示本民族在新中国语境中的历史文化和民族命运。"蔡测海的小说创作长期深植于土家族现实生活的土壤，紧紧依附土家族的文化母体，努力开掘土家族历史文化的内在精髓，作品在很大程度上构成了土家族历史文化的亚文本，是对土家族生活的艺术描写和艺术概括。"[6]

颜家文写过散文、小说，主要成就是诗歌，他的诗创作采用"竹枝词"的格调，以土家族民歌的形态，歌颂一个时代的精神，反映时代的情怀。如《歌声好似坝中水》，讲究诗歌的格律，具有现代格律诗歌的情调，被人称为是"民歌体"运用最

民族文学简论

好的诗歌。颜家文的诗歌将土家族传统文化——民歌融为一体，进行新诗体的创作尝试，具有一定母体民族文化创新精神。

汪承栋将武陵山区土家族文化与藏族文化融为一体。汪承栋是土家族，青少年时代接受汉文化教育，二十多岁扎根西藏，长期使用汉语进行诗歌创作，主要反映西藏的生活，这使汪承栋其诗其人成为中国多民族诗坛上的一道亮丽的风景线。[7] 汪承栋将藏族民情风俗通过诗歌展示无遗。

孙因与冉庄是重庆少数民族新文学的缔造者。纵观孙因的文学作品，创作题材涉及历史与现实等多个维度。其长篇小说《秦良玉》以石柱土家族女土司秦良玉的抗金爱国事迹为题材创作，将民族情怀与爱国精神熔为一炉。冉庄的诗歌以山水为主，表达诗人对祖国大好河山的无比热爱之情。吉狄马加在《坚实的足迹：序〈冉庄文集〉》里认为：作为一个少数民族诗人，冉庄以创作大量的山水诗篇赢得了诗坛的普遍关注，冉庄在创作中追求人与自然的和谐美，追求明朗清新的风格，诗作大多简洁而富于韵律，注重语言的锤炼，把一种地域的文化精神延伸为民族的审美状态，传达了诗人内在的生命感受。

萧国松的《老巴子》是一部具有史诗性质的土家叙事长诗，一共一万五千多行（约五十万字）。诗中主要叙述一个虎（巴人）的家族，在不同历史时期的发展变迁，表现出土家人前仆后继、生生不息的民族生存状态。"该作品融合了多种民族艺术表现手法，将土家人的生活写得入木三分。因此，《老巴子》是一部浓缩的土家族历史，是再现土家族的不朽篇章，是一部土家人传统知识的有效记录。"[8]

"叶梅在《中国作家》发表短篇小说《撒忧的龙船河》，自此蜚声文坛。此后，她连续推出了一系列中短篇作品，显现出卓越的创作特色，取得丰硕的创作业绩，获得了广泛的赞誉，并构筑起其'独特而奇异的小说世界'。"[9] 联合国教科文组织主办的《世界小说选》曾在翻译转载其作品时注明，叶梅以对鄂西土家族风土人情的描绘引起了文学界及读者的关注："叶梅散文更多的是现实题材，对生活的描摹贴切自然，具有温度和质感。她的散文集《根河之恋》，突出表现不同民族在改革开放中的巨大变迁，同时以文学的笔调袒露真性情，以赤子之心拥抱山水、生灵、人间，超越了世俗的功利和狭隘，呈现出中华民族'你中有我，我中有你'及各民族的生命伦理、文化价值和梦想，展露了作者深厚的人文情怀。书中浸染着沈从文笔下涌流的隽永、深邃、剔透，展示多民族历史文化及其充满灵性的思想，在当代散文创作中可谓独具特色。"[10]

甘茂华的《穿越巴山楚水》，通过书写巴山的风景风情展示地域文化。"甘茂华的散文折射了土家族民族文化的精魂和土家人的人生观、价值观以及在现代意识下对民族文化的执着守望。"[11]黄光耀创作的"土家族三部曲"——《土司王国》《虎图腾》《白河》都是探寻土家族文化精神的作品，力图从土家族的传统文化精神中找到一种民族进程的密码。覃儿健从20世纪80年代初始，陆续出版了《张家界的传说》（合作）《匪酋》《一个乡党委书记的手册》《张家界掌故》《故乡的河》《儿健随笔》等多部文学作品集，多以湘西土家族题材创作，地域与民族元素构成他写作的主基调。龚爱民发表有中篇小说《嫁给黄河滩》《寻亲七十年》《与死神交手的日子》等作品。长篇小说《寻亲》通过讲述一个红军家族历时近八十年，将在长征途中失散的亲人及其后裔一一寻回的曲折故事，从民间的视角出发，巧妙反映了我党在长征时期、抗日战争时期、解放战争时期带领各族人民争取民族独立、建立红色政权，以及在和平时期建设新中国的艰难而辉煌的历程，凸显了家国共存亡的现实主题，被称为"一部由牺牲、泪水与寻找编织的红色家史，一部由草根百姓诠释家国意义的生命传奇"。徐必常的诗集《毕兹卡长歌》以土家族历史进程为诗歌因子，试图从土家族的历史长河中寻找土家族文化的延续性。向迅的散文集《鄂西笔记》真实地记录了鄂西历史文化的变迁。大量的创作事实表明，当代土家族作家大多将自己的母体文化以汉语表达，折射出一种民族文化精神的理性回归。

四、多重写作的包容与创新

　　土家族文学具有多重创作形态，各种文体应运而生。诗歌、散文、小说、报告文学、儿童文学、评论等文体在中国少数民族文学领域都有一定的影响。在土家族作家中，不少人属于多栖作家。大多数土家族作家在继承母体文化精神的同时，具有开放意识，接纳其他民族文学的创作经验和体式，在文体建设方面进行大胆创新与尝试，成就令人瞩目。

　　土家族多栖作家有张心平、田天、冉冉、向卫国、冉仲景、仲彦、刘照进、向迅、芦苇岸、路曲等，他们擅长各种文学文体写作，在多种文学文体领域都有一定建树。如张心平除创作短篇小说集《岁月之磨》、中篇小说《血色织锦》等外，还写报告文学，报告文学集《发现里耶》获第八届全国少数民族文学创作骏马奖。田天出版《田天报告文学选》《蒹葭苍苍》《从汉正街到洛杉矶》等十多部报告文学、小说、散文等作品。《田天报告文学选》获第四届全国少数民族文学创作骏马奖。向卫国既写诗歌又从事诗歌理论研究，出版文论集《诗意的皮鞭》、诗集《悲剧的叙事之初》、学术专著《边缘的呐喊：现代性汉诗诗人谱系学》、诗学著作《目击道存：北窗诗论集》等，是土家族学者型作家诗人之一。芦苇岸写诗也写评论，有诗集《蓝色氛围》《芦苇岸诗选》《坐在自己面前》、诗歌评论集《多重语境的精神漫游》《当代诗本论》。冉冉出版诗集《暗处的梨花》《从秋天到冬天》《空隙之地》《朱雀听》，同时发表中短篇小说《八月蔚蓝》《爱上本一师》《妙菩提》《开吧，梨花》《看得见峡谷的房间》等。向迅写诗也写散文，出版《谁还能衣锦还乡》《寄居者笔记》《鄂西笔记》等作品。

不少土家族作家大胆进行文体创新与探索。比较有影响的如冉仲景、周建军、安斯寿、何山坡、谯达摩、刘照进等人，他们提出创作观点并且进行实践，取得了一定成果。冉仲景在诗歌创作题材和诗体这两个领域进行探索与拓展，对诗歌文本范式进行大胆试验。他的长诗《梦幻长江》将诗歌与散文两种文体巧妙嫁接，形成宏大的诗歌五重奏，给人一种似梦似幻的感觉，彰显一个少数民族诗人的文化探索精神。周建军主张将"生命意识与使命意识、民间立场与先锋精神融进去，化为无形的诗美"。其《招魂九章》就是典型的代表作品，作者用现代意识去考量古代诗人屈原，具有先锋写作意识。刘照进提出的诗性散文创作、安斯寿的"生活写作"、谯达摩的"第三条道路写作"都体现出土家族作家的思考与创新。何山坡出版《灰喜鹊》，因定价高引发诗歌界热议，被媒体评为"史上最牛诗集"，成为诗坛重要的诗歌事件。在创新的路上，无论成功与否，这种创新精神都值得推崇。

"80后"的彭绪洛，长期从事儿童文学创作，出版长篇小说《少年冒险王》系列、"彭绪洛科学探索"系列、《兵马俑复活》《楼兰古国大冒险》《郑和西洋大冒险》《宇宙龙骑士》《我的探险笔记》《虎克大冒险》等六十余部，属于土家族作家中的高产作家，在儿童文学领域反响较大，是土家族作家中的一枝奇葩。

土家族文学创作还有一个文化现象，就是不少土家族作家从诗歌开始创作然后转向散文、小说等其他文体的创作，如孙因、冉冉、刘小平、刘晓平、冉仲景、刘照进、仲彦、向迅、向延波等。从诗歌开始进入其他文学体式创作，使他们的其他文学作品呈现诗意化，语言精练而且具有文学张力。

土家族作家具有传统民族文化坚守与对多种文化的包容性，在创新中接纳，与中华人民共和国历史的进程休戚相关，在新的历史长河中将谱写新的历史乐章，融入共和国文学史的大合唱，这是土家族文学发展的历史必然。

参考文献：

[1]王金霞.土家族作家蔡测海小说研究[D].重庆师范大学学位论文,2012:12.

[2]向笔群.当代重庆少数民族文学简论[J].民族文学,2011(9):125—128.

[3]郝怀明.土家人美好心灵的歌颂者:介绍土家族作家孙健忠[J].民族文学,1982(7):76.

[4]康蒙,康迪.《白虎寨》的民间文化阐释[J].大众文艺,2014(15):53—54.

[5]杜姗姗.历史与现实的交融[J].文学教育(上),2018(9).

[6]奎曾.民族地域文化与民族文学[J].中央民族大学学报,1992(4):85—87.

[7]李鸿然.中国当代少数民族文学史论[M].云南教育出版社,2004:314—321.

[8]林继富.记录民族历史,彰显民族精神:萧国松和他的《老巴子》[J].湖北民族学院学报(哲学社会科学版),2010(2):29—32.

[9]杜李.舞蹈的叶梅[N].中国民族报,2019-1-13.

[10]石一宁.《根河之恋》:叶梅散文的新境界[N].人民日报,2018-6-19(14).

[11]胡用琼.土家族作家甘茂华散文的文化意象[J].新闻爱好者,2010(22):18.

当代土家族诗歌中的民间文化元素

一个民族的文学最初起源于本民族的民间文学。

"少数民族民间文学是指少数民族在长期的生产劳动和生活中创作的口头文学作品。"[1]土家族是一个历史悠久的少数民族，它和祖国大地上的其他少数民族一样有着自己灿烂的传统文化，同时也有着曲折的历史进程。在它的历史进程中，随着社会的进步和文化的发展，吸收了汉族和其他兄弟民族的文学形态，形成了特有的民间文学形式。尽管汉字是土家族文学的表意符号，然而"土家族的传统文化意识早存在于自己民族的发展进程中。民间口头文学中的民族古歌、史诗、叙事长诗、传说故事等，文化元素十分浓烈。只是那个时候的文化层次不高而已"。[2]土家族古歌《摆手歌》就是从人类的起源唱到民族大迁徙的苦难历程，再唱到一年四季的农事活动——砍草、烧火、挖土、插秧苗、种苞谷、锄草、秋收、冬耕，再唱到铸铧、绩麻、纺纱、织布等，是土家族古老文化的百科全书。《创世纪歌》《张古老制天、李古老制地》描绘了远古人类生存的状态和生命形式，《挖土锣鼓》《竹枝词》歌唱了人们的生产方式、风俗和爱情，《哭嫁歌》《苦媳妇歌》记录了土家族妇女的艰难处境和悲惨命运，这些都是土家族历史文化的记录和反映，是土家族民间文学的具体存在形式。丰富的土家族民间文学给当代的土家族青年诗人创作提供了新的艺术创作灵感，启发了当代土家族青年诗人深层的思维：当代土家族青年诗人的创作中深层次的文化意识无疑是土家族民间文学中浅层文化意识的发展，他们已经把自己的眼光投向尘封多年的土家族民间文学，重新审视民族古歌、民间的叙事长诗及神话传说，开始了对自己传统文化构架的探索、浅层次的民族原始文化的艺术再生。

土家族当代青年诗人，主要是指20世纪50年代以后出生的土家族诗人。尤其是特指改革开放以来开始诗歌创作的土家族青年诗人，他们是本民族得到完全认同之后又生活在一个开放时代最幸运的一代土家族诗人，他们以自己的民族自信心，勇敢地正视自己民族的文化传统，在创作的道路上，成为把本民族的传统文化和当下汉字写作结合得比较完善的一代，至少在他们的作品中出现了不同于其他民族的本民族的元素和符号。

一、传承与固守

土家族传统的民间文学绚丽多彩。《张古老制天、李古老制地》《梅山打虎》《洪水登天》等民间故事，流传至今。土家族古歌内容丰富，形式多样，有情歌、战歌、诉苦歌、劳动歌等，以长篇叙事诗《锦鸡》最为著名。

有人说，民歌是人类生活的一面镜子，真实地记录人类的生存状态。邹明星在《渝东南土家族民歌》的序中说："土家族民歌是民间文学里独树一帜的艺术，尤其那悲壮激昂、慷慨低回的旋律，越过千年的历史，成为渝东南土家族人生存和发展状态的壮美史诗。"[3] 民歌同时是一个民族心灵轨迹的记录。土家族的民歌作为传统文化的一种形态，无疑对当代土家族青年诗人的创作影响是比较深刻的。他们的诗歌创作里存在着土家族民歌的内在影响因素。重庆土家族诗人冉仲景曾经真诚地说："有幸听过一个小伙子唱《扯谎歌》，我开怀大笑，惊叹于他的机智和调侃。在土家山寨的夜晚，哪一首情歌不是纯洁深挚的呢？《天上星星颗颗黄》绝不逊色于舒伯特的《小夜曲》。在曲折抒情的西水岸边，哪一首船歌不是粗犷豪放的呢？《说起行船就下河》无论如何也不会输给《伏尔加船夫曲》的。"[4]从冉仲景的这些创作经验之谈中就可以明显地看到民歌对其创作潜在的影响，在他的一些诗歌中随处可以看到土家族民歌渗透的影子。以他的诗歌《民歌》[5]为例："这些土里土气的寒伧的财产/一直装在我的行囊里/不管岁月怎样的流逝/我从来就没有对谁唱起/远离家乡，远离那块褐色/而又贫瘠的土地/我的噪音从未改变，我的心中/常常升起泥腥味的旋律/浪迹天涯我一无所有/一无所有就时时遭人唾弃/当我感觉孤独，便坐进无边的回忆/噙泪哼上那三五句。"从冉仲景的诗歌中，我们可以看到民歌对诗人那根深蒂固的影响。民歌成为他诗歌创作不可缺少的有机体，再以他的诗歌《芭茅满山满岭》为例："她们满头的白发/与青春相距多远/他们风中摇曳的姿影/与幸福和美梦没有多少的关联/昨天，我告别了母亲/沿着河流的方向远行/今天，我回到家乡/就看到了芭茅满山满岭……为高粱让出一小块土地/傻到了不剩一丝芳馨/谁有芭茅那样的宽厚坚韧/只有母亲，只有母亲。"读冉仲景的这首诗歌，我就不自觉地想起了土家族民歌《风吹芭茅摇啊摇》："风吹芭茅摇啊摇/老的去了嫩的长/一春一冬都过去/芭茅年年又长高……"这首土家族民歌表现的是一代又一代前仆后继的历史，而冉仲景的《芭茅满山满岭》显然受到了该首民歌的启示，他用芭茅来比喻母亲的白发，以此隐喻母亲对于儿子的关爱，展示了土家族母亲为下一代的生存而不惜牺牲自己一切的高尚品德。这正是诗人从土家族传统的民歌中挖掘到了传统文化精神，使他的诗歌达到了弘扬民族精神的思想高地。

　　当代土家族诗人中受土家族民歌影响比较大的还有湖北的刘小平，从他的一些诗篇中就可以看到民歌存在或者融合的影子，特别是他的诗集《鄂西倒影》中的不少诗歌就受到了土家族民歌的渗透，如《傩戏》《下里巴人》《南曲》《采莲曲》等。《下里巴人》本身就是一首土家族民谣，是歌唱巴人（土家族的祖先）的社会生活历史的，至今还在一些土家族地区传唱。刘小平的《下里巴人》就是当代土家族下里巴人的新版："村有俚语/通俗的高雅和简单的丰富/久远而纯朴的果实/从三百年前的那一头/走出最初的国界/在楚都郢中引起千人和唱……下里巴人，下里巴人/想起你，我就有清醒和痛苦/我的诗离你有多远/我的诗里是否还流淌着巴人的血性。"

"一个民族的文化发展，贯穿着漫长的积累与继承的过程。"[6] 从这个意义上说，当代土家族青年诗人受到本民族的民间歌谣和传说的影响不是偶然的，而是长期传统文化的积淀在他们创作中的具体展现。有人说，在当代的土家族诗人中，颜家文是把土家族传统文化借鉴得最好的诗人，"颜家文的成名诗作：高山水坝排对排，颂歌唱党情满怀，山歌好似坝中水，闸门一开滚滚来。从结构、节奏到音、韵调、味，都脱胎于土家族传统的民间文学竹枝词，真切、流畅、生动，概括地反映了土家族一个时代的精神"[7]。由此，我们看到了传统的民间文学对创作的作用。"竹枝词源于巴人（土家族人），这是我们了解竹枝词的一个最基点"[8]。竹枝词在某种程度上构成了土家族民歌的主格调，成为自由吟唱的山歌（民歌）。这一形式对土家族的青年诗人有着较大的影响。如刘小平的《竹枝词》[9]："竹枝饱蘸优美的白云/在巴地的月光下，身影横斜/简单的一枝一叶/总在风中/用爽朗的乡音大声朗读民间的疾苦//她的朴素和健壮使诗爱怜/他们移植竹枝到盆中/可她的眉头/总是无法舒展醇厚的忧伤/居住在民歌的芬芳里/终生只愿意呼吸泥土的气息/凭借熟透的音符/善良的竹枝，翅膀四野飞翔……"有人说土家族的竹枝词具有三个特点：一是巴人竹枝词是一种悲凄之调，二是巴人竹枝词是自由吟唱的山歌，三是巴人竹枝词是感情深切的情歌[10]。刘小平的《竹枝词》一诗基本上涵盖了这三个特点，不能不说是传统民间文学在诗歌创作中的具体"嫁接"，同时也是传统社会生活在诗歌里的文化体现。

之所以说传统的民间文学对当代土家族青年诗人产生了极其深刻的影响，这不仅表现在他们的诗歌文本中，而且还对于他们的创作取向产生了潜移默化的影响，正如易光所说："我始终相信，社会无论怎样的进步，地域的个性是很难消泯，也无须消泯。由此我们就可以得出这样的推论：无论社会如何发展，一个民族的传统文化的个性都不应该消泯。只要是一个具有真正意义上的少数民族诗人，他的民族文化个性就不会消泯。"[11]

土家族的民间文学作品是丰富多彩的，这多种多样的民间文学作品，无疑是当代土家族青年诗人的创作源泉。冉仲景说："夏天，山尖上民歌给了我沉着舒缓的旋律。真的，我要感谢红苕洋芋苞谷粑，是他们喂养我的肉体，而更需要我铭刻在心的，则是喂养我的精神民谣。可以想象，一个没有民谣和传说滋养的孩子，他的生命是多么的虚弱，就像一个靠牛奶喂大的孩子，永远不如母乳养大的孩子有底气一样，我在外漂泊了多年，其间的磨难和失败，没搞垮我，偶尔的辉煌和灿烂，也没有能使我迷失方向。"[12] 我们可以看出土家族民间文学对诗人的影响有多深。民歌是一个民族最初的文学，也是一个民族传统文化的血脉。有人评价冉仲景的诗歌时说："民歌给了他支撑的力量，构成了他诗歌的主旋律。"[13]

二、开放与创新

"民间文学是指各少数民族人民创造的，传承了在各少数民族人民生活之中的神话、歌谣、故事、创世史诗、英雄史诗、叙事长诗、说理长诗、民间戏剧和曲艺等文学样式，是相对汉族文学和少数民族作家而言的。"[14] 由此推之，土家族民间文学是土家族人民在长期的历史社会中逐步创造的。在历史的长河中，这些具有土家族民族生活气息的民间文学一直滋养着土家族的传统文化。当代土家族青年诗人已经清醒地注意到了这个民族文化命题，而且把它视为坚守自己诗歌创作的一个标尺，在他们的创作里，有不少的作品都带有自己民族民间文学的元素。比较突出的有刘小平、冉仲景、肖佩、王世清、李世成、陈彤、路曲、周建军等一大批土家族青年诗人，其作品中常常运用土家族民间文学的元素，然而他们不是生搬硬套民间文学，而是从民间文学中发掘自己民族的文化精神，通过他们的诗歌传递给社会受众。无疑，民间文学是一个开放的体系、发展的体系。

刘小平一直被评论界认为是与土家族民间文学嫁接得比较好的土家族青年诗人之一，其诗歌被称为"民族诗歌的奇葩"[15]。他的《白虎》《牛角号》《傩戏》《下里巴人》《抢床》等都可以说是这方面的精品。仅以《傩戏》为例，傩戏是土家族的一种祭神驱邪的宗教戏，表现的是土家族先民对美好生活的一种向往，在土家族的各个区域都很流行。刘小平从中找到了一种民族精神的支撑点："沿着锣鼓铿锵的召唤/亲人徐徐拉开幕帘/头戴纸扎的面具/生、旦、净、丑，在彩楼上绽放//历史踩着八卦乾坤步伐/一路走来。烟云起处/久远的传说就在眼前复活/世态从举手投足间倏忽嬗递/而在念白和歌唱的背后/蜿蜒着人生无限的玄机//太多的苦难也就有太多的愿望/太多的愿望需要太多的神灵护佑……"诗人把傩戏这一土家族传统民间文化作为写作对象，向读者传递傩戏深刻的文化意义，弘扬民族精神文化内涵。

不难看出，土家族民间文学是当代土家族青年诗人创作的宝贵财富，是他们诗歌创作的精神源泉。以王世清的《毕兹卡之魂：土家族史诗》[16] 为例："上苍啊，请赐给我利剑吧/太阳一样的利剑。只有利剑/才能劈开这混沌的乾坤。只有利剑/才能拯救这八方的生灵//在你的洪峰之巅，我看见了/我的牛羊在沉浮/我的燕麦在漂流/还有我亲爱的妹妹——雍妮//我不能再想我快要丰收的水稻/我不能再要我已经收拾好的红薯和玉米/我得把我的妹妹救/这是我唯一一想起的勇气……"这首诗明显地受到了土家族创世诗歌的影响，表现了一个民族不屈不挠的发展历程，写出了一个民族的心灵史。"可怜的人啊，我再次为你祈祷/如果两扇石磨/从武陵山麓滚落下/仍旧合成一面/那就是成亲的条件。"这几句诗来自土家民族的一个"兄妹成亲"的古老传说。当地报纸《酉阳报》破例拿出两个版面来转载这首具有探索意义的民族诗歌，也许就是出于这个方面的考虑。"感谢上苍/感谢伟大的神灵/感谢一切感动的事物/伟大的毕兹卡之神，我们到来。"从诗歌字里行间中，我们已经读到了一个饱经风霜的民族的心路历程，同时也看到了一个民族的感恩之心。该诗不仅叙述一个民族繁衍生息的过程，而且也表达了诗人对自己民族真挚的情感，更是完成了一个诗人神圣的社会使命：对自己民族生存史的关怀与关照。土家族民间文学对再仲景的诗歌的影响是深远的，如他的具有探索意义的长诗《梦幻长江》[17]就是受到了土家族史诗《创世史诗》的影响。"黑夜的潮水刚刚退去/铜唢呐的风中，一块大陆在缓缓升起。"黑夜的潮水、铜唢呐、大陆这些诗歌意象就是从土家族的《创世史诗》里延伸出来的，饱含了作者对自己民族精神的审示。又如《我的日历》："多少次小小的死亡/树叶的回答，谷粒的回答/凭什么要把哭泣留下/我酋不起自己，就让鱼群/沉浸在静水流动的氛围里/重视我的发言。"在这几句诗里，死亡代表了生命的一个过程、生命的另一种形式；谷粒预示了生活的状态；鱼群与静水表示了自然界的和谐关系，同土家族传统文化里的天人一体、崇尚自然的文化精神是一脉相承的，同时也表现了土家族民族文化精神的开放性。

在另外一些土家族青年诗人的作品中同样存在这种具有传统民族文化意义的倾向，比如周建军的《峒里的桃花》[18] 就是属于这方面的佳作。根据土家族的民间传说，"九溪十八峒"被称为土家族的发祥地，是土家族的心灵永恒的"圣地"。桃花是土家族民歌里的一种美好生活的象征，而且他这首诗还带有明显的土家族的民歌调："山重水复后的村舍/柳暗花明抵达的人家/竹林雪海渲染的青瓦木板房/承载着吊脚楼悠闲的良辰/疲乏的步履都让你温暖……"他从自己民族的传说出发，在自己民族文化的血脉里让自己的诗歌得到滋养，同时也丰富了他诗歌的文化意义。诗人从"圣地"出发，其目的就是要寻觅自己民族的根。

土家族民间文学成为当代土家族青年诗人对自己民族传统文化守望的一种强烈的文化代码，也构成他们诗歌里民族文化的一种精神支柱。向迅的诗歌《民间有诗》就具有这种强烈的民族意蕴："时常仰望天空的云，俯视大地之尘埃/时常翻开一本本诗书和经文/企图寻到一只衰弱的毛驴，回到民间……"诗人的诗句里，表面上是他对自己民间文学的崇尚，其实质上就是要从民族民间文学里寻找民族文化精神。毋庸置疑，一个民族的诗歌最早是从民间开始的，这个观点已经得到了文学界的广泛认同，民歌是一个民族诗歌的起源，是一个民族诗歌发展的血脉。

从上面提到的一批土家族青年诗人中，已经看到了他们诗歌里对自己民族的民间文学的运用，或者说土家族民间文学对他们诗创作的渗透。一方面，他们以民间文学作为一种诗歌依托，另一方面他们不是单纯地把民间文学作简单的文学粘贴，而是将民间文学在自己的诗歌里升华为现代诗歌的创作媒介，使他们那些具有民族意义的诗歌，传递出民族文化的声音。

参考文献：

[1]赵志忠.中国少数民族民间文学概论[M].辽宁民族出版社,1997:101.

[2][7]关纪新.20世纪中华各民族文学关系研究[M].民族出版社,2006:242.

[3]石胜福,黄济人.羊皮的风:重庆市少数民族优秀文学作品选[M].重庆出版社,2000:64.

[4][12]冉仲景.我朗格怎个向时呢:《土家舞曲》的创作笔记[J].涪陵师范学院学报,2006(6):72.

[5]冉仲景.从朗诵到吹奏[M].中国三峡出版社,2003:178.

[6]田永红.一个民族的生存与复兴:土家族文化与乌江经济开发研究[M].中国文史出版社,2002:68.

[8][10]张紫晨,杨昌鑫.竹枝词与土家族民歌.少数民族文学论集(第一集)[C].中国民间文艺出版社,1983:107.

[9]刘小平.蜜蜂部落[M].长江文艺出版社,2006:76.

[11]易光.固守与叛离[M].中国文联出版公司,1997:68.

[13]路曲.颂词与感恩[J].涪陵师范学院学报,2002(2):56.

[14]周作秋.民族民间文学原理[M].广西师范大学出版社,2001:2.

[15]张永健.民族诗歌的奇葩:评刘小平的诗集[J].三峡文学,2000(2):65.

[16]王世清.毕兹卡之魂:土家族史诗[J].火种诗刊,2007(3):71—77.

[17]冉仲景.梦幻长江[J].贡嘎山.1996(6):1—16.

[18]周建军.穿越隧道的歌吟[M].中国电影出版社,2005:47.

土家族语言，当代土家族青年诗人创作的
传统文化承载

——以部分当代土家族青年诗人的作品为例

　　语言是一个民族特有的符号标识，是一个民族传统的文化承载，是打开民族心灵的钥匙。目前，土家族的大多数地区都是以汉语为口头语言和书面语言，其传统的"土家语"正在逐渐地消亡。

　　土家语属于汉藏语系的藏缅语族，它是中华民族大家庭方言中的一个重要组成部分。土家族曾经在长期的社会生活中形成了自己的语言即"土语"，但是自从明朝"改土归流"强制推行汉化政策以来，除了在一些比较偏僻的土家族山区还有人讲土家语以外，大多数土家族聚居地的语言已经被汉语所替代，土家族语言已经名存实亡。在当代的土家族青年诗人的创作中，相当一部分诗人开始有意识地融入传统的土家语言，通过诗歌延续其祖先世代传承的"土语"，让自己的"母语"走进诗歌的殿堂，成了他们本土诗歌写作的代码和民族诗人的象征，使他们的诗歌闪烁着夺目的民族光彩，表达了他们对自己民族文化传统的一种内在精神守望。毋庸置疑，既展现了自己民族的传统文化元素，同时也促进了土家族传统文化的继承与发展。

　　土家族当代青年诗人（是一个相对的群体概念），主要是指20世纪50年代以后出生的土家族诗人。尤其是特指改革开放以来开始诗歌创作的土家族青年诗人，他们是本民族得到完全认

同之后又生活在一个开放时代的最幸运的一代土家族诗人，他们以自己的民族自信心，勇敢地正视自己民族的文化传统，在创作的道路上，成为把本民族的传统文化和当下汉字写作结合得比较完善的一代，至少在他们的作品中出现了不同于其他民族的元素和民族符号。可以说，他们这一代人对自己的民族有着非常特殊的感情，其大多数的诗歌创作都与自己的民族传统文化有着或多或少的联系。改革开放时期以来，土家族涌现了一大批诗人，如贵州的喻子涵、徐必常、安斯寿、隐石、赵凯等，湖北的刘小平、向迅、叶梅、陈哈林、肖筱、黄光曙等，湖南的杨盛龙、刘年、商别离等，重庆的冉云飞、冉仲景、冉冉、周建军、阿多、二毛、陈爱民、冬婴、向青松、路曲、亚军、陈彤、钟天珑、谭国文、谭岷江等。

土家族是一个没有文字而只有语言的民族。如果连自己现存的区别于其他民族的少部分语言都丢失的话，那么这个民族的传统文化将彻底消失。当代土家族青年诗人的诗歌作品里，不断地出现自己民族的母语，表达了他们对本民族传统文化的坚守。冉仲景所言代表了当代大多数土家族青年诗人的观点："语言是诗人的锄头，土家族语言是我创作的基本工具。"[1]

土家族语言：土家族青年诗人的重要符号

一般说来，一个真正的少数民族诗人，应该具有自己民族的语言特征。当代的土家族青年诗人中，具有自己本民族语言特征的诗人并不少见，比较突出的有冉仲景、刘小平、肖佩、王世清、路曲、周建军、刘照进等。"毕兹卡"是土家族对本民族的自称，土家语是"山里生山里长"，即"山里人"的意思，是土家族的传统语言的基石，其他的本民族语言就是从它的身上生发出来的。"毕兹卡"这个土家族特有的词汇，也是当代土家族青年诗人用得最多的词汇，与其说是词话的运用，不如说是对自己民族身份的认同。在他们的诗篇里，大量地出现"毕兹卡"，这是以前从没有过的一种土家族民族文化现象，在土家族老一辈诗人中似乎还看不到这种态势。在路曲的《毕兹卡》、王世清的《献给毕兹卡的诗》、冉仲景的《舍巴：狂欢》等大量的作品中，不断地出现"毕兹卡"这个具有民族象征的词汇，试以王世清的《献给毕兹卡的诗》为例："没有什么理由/忘记一盏灯或者一把火/在黑暗和寒冷的时候/没有什么理由/忘记一勺汤或者一杯酒/在饥饿和迷失的时候//伟大的毕兹卡之神/你将成为一个感恩的魂//没有什么理由/不去感恩雨露和五谷/没有什么理由/不去感恩山川和果树/犁铧懂得耕耘/传承感恩慈母//伟大的毕兹卡之神/感恩万物生长的脚步。"[2] 从这首长诗中可以读到诗人对自己民族语言的顶礼膜拜之情。再以冉仲景的《舍巴：狂欢》为例，这首诗里反复地出现"毕兹卡"这个土家族人自己非常崇拜的词汇："灵魂在安家/舍巴！舍巴！舍巴舍巴毕兹卡""肉体和节操/舍巴！舍巴！舍巴舍巴毕兹卡""走向悬崖/迎风说话/舍巴！舍巴！舍巴舍巴毕兹卡""不能驯服，不会后退/舍巴！舍巴！舍巴舍巴毕兹卡""绝不能停下/舍巴！舍巴！舍巴舍巴毕兹卡""歌是历史，心跳是家/舍巴！舍巴！舍巴舍巴毕兹卡"。[3] 在一咏三叹的"毕兹卡"中，诗人表达了对自己民族和民族的传统文化的热爱，从那朴素的语言里展现了一个民族的精神面貌和生生不息的民族文化的原动力。这样的诗歌可以说是真正意义上的土家族诗歌，没有带一点虚情假意，让人读后非常感动。冉仲景的《献给雍尼布所尼的诗》[4] 是在当代土家族诗人作品中第一次出现"雍尼布所尼"这个词，这个土家词汇简称"雍尼"（即小妹），在老一辈的土家族人的日常话语中曾经存在过，在一些口头传播的民间传说和故事中比较普遍，而在文学文本里基本没有出现过。冉仲景将其写进了他的诗歌，表现出一个土家族诗人对自己民族传统文化的崇拜和深层次的理解，呈现特有的民族文化心理，试举其中的一节："雍尼，五月迎面扑来/杜鹃花铺在广场的中央/木叶情歌在唇纹远山似的连绵不尽/一条河，穿过九溪十八峒/穿过我的想象……"诗歌表达了诗人对民族进程的认同，把九溪十八峒和雍尼巧妙地结合起来，更多的是具备了民族文化的传承感。土家族语言基本上成了冉仲景这位土家族诗人的文化符号，可以说他的诗歌把土家族语言运用得炉火纯青，成为一代土家族青年诗人的代表。湖北"80后"的向迅，其诗歌也保存了自己的母语形态，地域的民族语言展示了地域的物质文化形态，如《清江，人世画图》："在清江边生活了那么多年/我只知道捌树、七角叶、虎耳草、大黄/还有艾草、茅草根可以入药……清江边依然有很多种鸟/它们与生活于斯的人民一样/清晨出走，傍晚归巢。当然还会/有一些不知疲倦的夜鸟/停在黑夜的深处，咕咕咕地鸣叫着/这里也是它们离不开的营盘。"

　　以写湘西风情著称的土家族青年诗人刘年，其诗歌里的湘西当地语言比比皆是，在朴实的诗歌里闪耀着民族本性的光芒。其《猛洞河即景》《老司城的雪》《桃花源》《不谈湘西匪事》等作品的民族语言比较浓厚，如《猛洞河即景》："以前，她很美。/碾房，水车，/木排，篷船，吊脚楼，/抱都抱不起的鱼——""吊脚楼"等在诗歌里成为一个地域文化的特征。

　　就是在我们认为比较先锋的土家族诗人亚军的作品里，也不难找到属于他自己民族的语言，其《吊脚楼》[5]就是佐证："它在我们的视野之外逃匿。被砍伐的青春/被西兰卡普俘虏的女人们/黑暗的前夕/吹木叶的男人从山下走来……"蒋登科先生在评价亚军时说："亚军抒写他所体会的渝东南民风民俗，武陵山区的文化及生命的意蕴，对于人生价值的正面思考等等，是具有诗意和价值的。"[6]"西兰卡普"是土家族语言，即织锦之意。"吹木叶"是土家族特有的民族音乐，吹木叶的男人就是求爱者。这几句看似先锋的诗句，构成了一幅独特的土家族风情画，凸显了传统民族文化的精神内涵。

在当代土家族青年诗人中，刘小平是一个非常注重民族传统文化的诗人，在他的诗歌里，经常出现本民族的语言，他不仅是写土家族语言，而且从自己民族的语言出发，从中挖掘民族文化精神的实质。"哭嫁""祭斗""跳丧""西兰卡普"这些特有的土家族语言常常出现在他的诗篇中。一般用不着读他作品的内容，单是从他诗歌里的土家族语言，就可以看出他是一个真正的土家族诗人。这些独特的土家族词汇，就成了他这个土家族诗人的特殊文化符号，也可以看成刘小平对土家族传统文化的一大贡献。

还有周建军的《摆手舞》《哭嫁歌》、冬婴的《梦里的家园》《家门》等诗歌里都出现了土家语言。值得注意的是土家族诗人陈彤的《蛮寨恋情》（组诗）里就直接地出现"蛮寨"这个土家族词汇。"蛮"也是土家族人的自称，"蛮寨"就是土家寨子的意思，作者用这个土家族特有的词语当诗歌的标题，表明了诗人对自己民族的认同和传统文化的书写："堂屋香盒的背后/蜷缩着沿用了几代人的石碓石磨/一截木棍弯腰支着碓嘴的头……如同蛮寨今夜这个百色的梦/蛮寨雪很难融化/蛮寨屋顶更难融化……"[7]

诗歌的实质是语言艺术表达，或者说语言是诗歌的物质外壳。土家族没有文字，土家族青年诗人的创作是通过汉语来表达，但是在他们的作品里，常常出现本民族的语言。土家族语言在当代土家族青年诗人的作品里构成了一道独特的亮丽的民族传统文化风景线。以刘小平的《哭嫁》为例："古老的江水从你秀丽的眼帘/淌出两行意外是意味深长的诗句/那延绵的歌词在你的青春瓷的酒杯中/浸泡得浓香四溢。哭嫁歌，是门前那株/古老槐树的青春花瓣……"[8]"哭嫁歌"本身是土家族特有的词汇，把它和"古老槐树的青春花瓣"结合在一起，我们可以看到土家族对传统美好爱情的追求。民族的智慧一下子就闪现在诗人的作品里，让人读出了一种愉悦之感。再以他的《祭斗》为例，"祭斗"是土家族姑娘出嫁时的习俗词汇，诗人在他的诗歌里这样写道："在祖先灵牌的高度/在诸神和天空的高度，/斗，俯视着勤劳善良的人群……"[9]又如"没有眼泪。用狂歌劲舞/欢送亡者登程……同时也激扬/生活着的人民，天明时分/柔韧的炊烟中又会飘满牛铃声声。"人死了，土家人却以通宵达旦、淋漓酣畅的狂歌劲舞来"跳丧"。这就是土家族和其他民族不同的一种生存观念与价值观念。刘小平的诗中表现了这种民族的智慧，而且表达得淋漓尽致，使得这些既富有传统风韵和地域特色、渗透着民族精神，又闪耀着时代光彩的诗，有一种引人深思、耐人回味的艺术魅力。

在当代土家族青年诗人中，冉仲景对土家族语言用得比较多，只要翻开他的有关家乡的诗歌随处可以发现其特有的民族情结。他曾经多次说过："我的诗歌是构筑我们的母语之上的。"杨犁民认为："《献给雍尼布所尼的诗》和《土家舞曲》使冉仲景的诗歌达到了一个前所未有的高度。作为一个地域的写作者，他和他的诗都深深地根植于地下的泥土。"[10]冉仲景的大型组诗《土家舞曲》中的《舍巴：狂欢》就是最好的阐释："鹰把我们的目光带高带远/云搭起了我们一座又一座的梦想的宫殿/野马抽出深陷悲伤的蹄子/姑娘挣脱爱情的束缚/歌是我们的历史/心跳是我们的家/歌是历史/心跳是家/舍巴！舍巴！舍巴舍巴毕兹卡。"在冉仲景的诗歌里可以看到民族语言的独特智慧，同时也读到诗人的民族传统文化心态。舍巴是土家族的传统舞蹈，即词义为摆手舞的土家族词汇。对自己的民族语言，冉仲景曾经动情地说："在民谣的嘴里，在摆手舞的步点里，在一盏盏的桐油灯光中，它有着令人着迷的面容，我于是用了押韵的诗行，去轻抚它发光的前额和眼角密布的皱纹。"[11]不可否认，土家族的民谣其实最早就是土家族的语言表达的口头艺术。正如关纪新先生所云："当今世界，无数弱势文化群体的语言文化，正处在世界性、历史性地遭到了时代文化发展大潮的挤压、侵蚀、消解甚而吞没状态。"[12]土家族的语言就是处于这种状态，只存在一些日常的语言和少量的文本之中了，其充满民族智慧的语言只有在我们的一些诗人的作品中见到了。比如路曲的《吊脚楼》："毕兹卡，你那祖先的杰作/在武陵山里/曾经英雄过无数的年月/我们山寨的吊脚楼……"[13]"吊脚楼"与"毕兹卡"这两个带有土家族特色的词汇，在诗歌中有机地结合起来，让人体会到了土家族的历史进程，也让我们看到了土家族语言的魅力。从民族特有语言中，我们看到了土家族人民的生存力量和一种生生不息的民族精神，也许这就是土家族语言在汉语诗歌中的一种有效的"嫁接"。在当下诗歌处于生存危机的时代，土家族的青年诗人把自己的民族语言和汉语书写方式结合起来，这不能不说是一种有意义的探索，这与吕进先生提出的诗歌"三大重建"里的诗体重建应该是一脉相承的。周建军的组诗《武陵苍茫》里的《摆手舞》可以证明这个文化事实："……摆手舞/是用来考核朋友的手段和策略/嘣嚓嚓 毕兹卡 嘣嚓嚓我们是土家/用方言唱歌 用大碗喝酒喝茶/大块的老腊肉龙门阵对阵/在季节深处的榫接口/以哀乐间杂的旋律操练团圆的步伐……""嘣嚓嚓"与"毕兹卡"的巧妙运用，使我们看到了土家族摆手舞的热烈场景和民族的生存状态。同时，我们也看到了诗歌里除了语言以外的东西，那就是民族语言里一种强大的民族内在精神。

土家族语言是土家族人民在长期的社会生活和劳动实践中形成的。由于长期生活在高山峡谷和河流的沿岸，和恶劣的地理环境进行顽强的斗争，这样的生存背景就使他们的语言具有强大的生命力，表现出无穷的智慧和不屈的生命精神。请看王世清的《山门》："这是怎样的/一道门呢？/战争和疾病/欺诈和贪心/都不可/自由进出//一粒火种/我把它放在/离天堂/最近的山门/等待/虔诚的梯玛（梯玛：土家族信奉的'巫师'）/把它取走//伟大的毕兹卡之神/山门赐我新生。"[14]

可见，土家族语言已经成为当代土家族青年诗人作品里的一种传统文化符号，成为他们传承本民族传统文化的一种手段，是开在他们诗歌中的传统文化艺术之花。

民族语言：诗歌里的传统文化守望

在当下文化全球化的特殊语境下，对自己民族语言的依恋，实质上就是一种民族文化的坚守，同时也是一种民族文化精神的"苦恋"。

土家族语言作为一种少数民族传统文化（相对汉族而言），在文化"全球化"的语境下，已经面临消解的危险。"当代土家族青年诗人的作品中，大量地出现本民族的传统语言，不能看成是简单的书写传统文化符号，或者是自己的民族诗人的身份认定，而是土家族青年诗人对本民族文化的坚定守望。"[15]

作为土家族青年诗人，如何看待和运用自己民族的语言进行创作，也引起他们的思考。冉仲景曾经在一篇创作谈里动情地说道："有幸听一个土家老巴巴（土家族语：老大娘）唱《苦媳妇》，我为那忧伤的旋律打动。"[16]"方言是写作者的精神母乳之一，是诗歌地域性的内核。"[17]可见他对自己民族语言的崇尚，显示了其对本民族传统文化的一种心灵的固守。想必当代土家族青年诗人们已经深刻理解了"越是民族的也就越是世界的"道理，民族的语言文化具有自己独特的民族性，同时具有世界性，应该接纳其他民族的语言优势，推动自己民族语言的进步和繁荣。

梅绍静在冉仲景诗集序言《所谓迟到》里说："诗人的精神来自底层的，是土家舞的，记忆极强的亲和感染力。"这是对冉仲景的诗歌运用民族语言的一种肯定，也是对诗人创作语言取向的认同。向迅正是通过民族语言触摸自己民族的心灵，如《清江，人世画图》："春秋为你作序，岁月沉积成一块/河边峭壁上突兀的岩石/一棵枯草说出了美妙的过去//你在多少人的梦中流淌/又在多少人的梦中被反复折断。"清江承载着土家人的记忆。

客观地说，也有不少的土家族青年诗人从自己民族圈子跳了出来，在他们的诗歌文本中，似乎再也找不到自己本民族文化的因素，但是从语言的潜在处还是可以找到他们出生地域语言影响的因子，比如冉冉的"生命低语"、冉云飞的"匪语"、李亚伟的"口语"等。值得我们注意的是，有一部分土家族的青年诗人不再是狭隘的民族排他性和愚昧的孤立性创作立场。他们之中不少的人在向汉族等其他兄弟民族及国外学习，其诗歌语言里已经找不到土家族语言词汇，基本上失去民族语言特征，而是遵从自己的创作个性，在诗歌语言方面进行了一些艺术形式的探索。这一方面说明了土家族是一个开放的民族，土家族语言是一个开放的文化体系，另一方面也使我们认识到土家族语言有潜在危机——即将消亡。在坚守民族文化与文化全球化的"双刃剑"时代语境下，也就需要一批土家族传统文化的担当者为之努力——将自己的民族语言融入世界文化之林。如刘年的《想去凤凰了》就是用地域话语的方式展示自己的民族情结："想去凤凰了，为了永顺的忧伤//一个人在古城里走走，/或许能找到/丢失在青石板上的脚步。"

"民族语言是人类共同体生存和生活的心灵史、时间史，是一面民族生活的镜子，是识别特定地域的活化石。"[18]试举刘小平的《抢床》："'抢床'最初是一步，或许/是几千年前/一只性情刚烈的小脚迈出的反叛/它柔软的触地就使夫权微微地倾斜//动人的初夜已经贯穿眼泪和挣扎/通向婚床的每一步都那样的惊心动魄……争抢一个预言的结局/新娘动如脱兔/从坎坷不平的母亲昨晚的/殷殷叮嘱中，快速穿过……"再举周建军的《哭嫁》为例："哭嫁是不得不唱的谣曲/为梦中再难抵达的熟稔的菜地……总听不见那伤感的哭嫁歌响起/不响就不响，毕兹卡/在没有人会哼的他乡/你还哭不哭。"在两个诗人写婚嫁的"抢床""哭嫁"的同一婚姻语境里，折射出不同区域土家族人生活的状态，表现出土家族人特有的生存方式，传达出民族传统婚姻的信息。

诗是语言的艺术，诗也是传统文化的一种语言延续。对于如何对待当代青年土家族诗人的民族语言问题，应该持一种客观的态度，一方面肯定他们对传统文化的继承和保留，另一方面也应该支持他们大胆地探索，把自己的民族语言置于社会发展和历史的进步中进行考量，土家族语言才能够在诗歌里更加具有时代的生命力，让诗歌搭上土家族语言的翅膀沿着民族历史的天空翱翔。

参考文献：

[1][11]冉仲景，李伟.地域声音与开放的情怀：与诗人冉仲景的对话[J].涪陵师范学院学报，2006(5)：44.

[2]王世清.献给毕兹卡的诗[N].重庆日报，2005-7-16(8).

[3][4]冉仲景.从朗诵到吹奏[M].中国三峡出版社，2003：17、42.

[5]陈爱民，付显武.被山坡照亮的羊：重庆秀山青年诗人作品

集[M].中国和平出版社,2006:44—45.

[6]蒋登科.亚军手握一把"双刃剑":序亚军的诗集《我从一个男人和女人中间穿过去》[M]//亚军.我从一个男人和女人中间穿过去.作家出版社,2007:3.

[7]石胜福,黄济人.羊皮的风:重庆市少数民族优秀文学作品选[M].重庆出版社,2000:64.

[8][9]刘小平.蜜蜂部落[M].长江文艺出版社,2004:76.

[10]杨犁民.我幸福得问心有愧:浅评土家族诗人冉仲景诗集《从朗诵到吹奏》[J].涪陵师范学院学报,2006(3):41.

[12][15]关纪新.20世纪中华各民族文学关系研究[M].民族出版社,2006:241.

[13]路曲.武陵山,我的保姆[M].北京燕山出版社,1998:13.

[14]王世清.山门[N].重庆日报,2006-7-12(8).

[16]冉仲景.我朗格恁个向时呢:《土家舞曲》的创作笔记[J].涪陵师范学院学报,2006(6):72.

[17][18]赵卫峰.诗方言[J].黔东作家,2005:5—6.

当代土家族诗人作品中的民族风俗元素

"民族风俗是指一个民族特有的民间风俗习惯，是指一个国家或民族中广大人民在长期历史生活过程中所创造、享用并传承的物质生活与精神文化，是人类在日常活动中世代沿袭与传承的社会行为模式。"[1] 可见，民族风俗是一个民族历史进程中形成的一种独特的文化现象，是这个民族不同于其他民族的生活习惯。其涵盖了社会生活的各个层面，涉及民族图腾崇拜、婚嫁、生产劳动、丧葬等日常生活各个领域的行为。

诗歌是一个民族文明和发展的标志之一。在土家族的历史上，也出现过一些优秀的诗人，创作出一批优秀的诗歌。长期流传在土家族地区的创世史诗和土家族民歌应该说是土家族早期的诗歌代表。明朝湖北田氏容美土司的诗歌，清朝川东南土家族诗人陈景星的诗歌，清末民初的"南社"里也有不少土家族诗人，其中湖南凤凰的田名瑜、田星六等都是当时比较著名的诗人。

在我国新诗史上，土家族的老一辈诗人，如汪承栋、黄永玉、冉庄等诗人在其诗歌中或多或少地透露了本民族传统文化的元素，但是由于受特殊时代因素的影响，他们的创作主要表现民族的时代特征，而没有明显触及土家风俗文化成分，或者说其作品中的传统民族文化表现得不十分明显。在此文化语境下，当代大部分土家族诗人已经开始打量其民族，关注即将消逝的土家族民风民俗，其创作与自己民族的风俗有着或多或少的联系。

当代土家族诗人（是一个相对的群体概念），特指改革开放以来开始诗歌创作的土家族诗人。如贵州的喻子涵、徐必常、安斯寿、刘照进、赵凯等，湖北的刘小平、向迅、胡礼忠、肖筱、黄光曙、杜李等，湖南的颜家文、杨盛龙、刘年、商别离等，重庆的冉云飞、冉仲景、冉冉、周建军、冬婴、亚军、路曲等。他们以强烈的民族自信心，勇敢地正视自己的民族文化传统，把本民族之风俗书写在自己的诗歌文本中。

土家族作为华夏的一个少数民族，它有着与其他民族不同的民族风俗。当代土家族诗人已经清醒地认识到这一点，其诗歌创作从各个方面不同程度地表现本民族的风俗，向社会传递土家族生存的人文景观，再现这个民族乐观向上的民族精神。

土家族是一个只有语言而没有文字的民族，汉字是他们文化传承的书写载体、表意的工具，因此常常被研究者忽视，把土家习俗误认为是汉民族习俗的一个组成部分，而当代土家族诗人已经用其创作实践打破了这种长期的文化偏见。每一个民族都有其文化传统和文化精神。这种文化传统，并不都只保存于书本上，而往往更多保存在人们的日常生活中，集中地体现在这个民族的生活习俗、神性崇尚上。

土家族是以白虎为第一图腾，土家族自称是"白虎之后"，白虎在土家人的心目中有着举足轻重的地位。相传，远古的时候，土家祖先巴务相被推为五姓部落的酋领，称为"廪君"。廪君率领部落成员乘土船沿河而行，行至盐阳，杀死凶残的盐水神女，定居下来。人民安居乐业，自然廪君也深受人们的爱戴。后来廪君逝世，他的灵魂化为白虎升天。从此土家族便以白虎为祖神，时时处处不忘敬奉。每家的神龛上常年供奉一只木雕的白虎。结婚时，男方正堂大方桌上要铺虎毯，象征祭祀虎祖。除了进行宗教式的虔诚敬祭，土家人的生活中也随处可见白虎的影子。其意用虎的雄健来驱恶镇邪，希冀得到平安幸福，在这个民族的风俗里可以看到土家族人民对美好生活的向往。刘小平的《白虎》向读者描述了这个独特的民族习俗："白色的闪电掠过/在土家的天空呼啸飞翔,出没于历史的丛林,巨大的翅膀扇动岁月的风声/铁蹄提升土地/那一声雷霆的长嘯砸下整个天空的力量/绝对的王者风度/神秘的呼吸何处不可以降临……"[2] 图腾往往是一个民族的精神家园,也可以说是其民族文化精神走向的一个焦点。因此,从刘小平对于白虎出神入化的描述中能够体会到土家人那种朴素、实在、神圣、勇猛的精神气度。

土家族有着独特的婚恋习俗。亚军的《吊脚楼》表面是写吊脚楼,实质上是写土家族的民俗"吹木叶"。"吹木叶"是土家族少男对少女的一种独特的求婚方式。在诗人比较现代的语言里仍然可以读到这一民族的习俗变数:"它在我的视野之外逃匿。被砍伐的青春/被西兰卡普俘虏的女人们,黑暗前夕/吹木叶的人从山下走来/他们即将成为沉沦的故人。这是褐色的黄昏……走,走,走/灯在轻舞高飞。我们摆起手来/那些细小的伤口,一动不动地伫立。"一幅土家少男向土家少女求婚吹木叶的风俗画就勾勒在读者眼前,引起读者无限的遐思,诗歌的审美功能得以充分发挥,民族风俗与诗歌形式达到了完美的统一。又如姑娘出嫁时就必须唱《哭嫁歌》。不少土家族诗人在其作品中反映了这个独特的风俗,其实《哭嫁歌》的内容有哭诉母女分别之情的,有骂媒人(媒婆)的,也有表现与自己的兄弟姐妹分别之情的,这一风俗至今仍然还为一些古朴的土家族山寨所沿袭。刘小平、周建军、冉仲景、肖佩、王世清等土家族青年诗人都写过这一风俗,他们描绘抒写《哭嫁歌》,不是为风俗而风俗,而是为了展现土家族这个民族的文化心理,寻找民族生活的历史路径,把土家民俗美从诗歌里显现出来。以周建军的《哭嫁歌》[3] 为例:"还有哪种歌谣像这歌谣/如此幸福如此悲伤如此古老如此新鲜/起调牵着过去余音连着无限期盼的未来，中间，涌着感恩与难舍的泪水。"让人看到了一幅朴素的土家族乡村的风俗画。再有刘小平表现哭嫁的片段《骂媒》："石破天惊。每一句骂词/都酝酿了千年/妙趣横生，枝繁叶茂/等待着这一刻的决堤迸溅。""泪珠在新嫁娘的腮边，闪烁着红辣椒的深刻光芒/像一粒粒柔软咸涩的子弹/将媒妁之言射落。"[4] 从诗里可以看到新嫁娘的心境，而且表达得淋漓尽致，新嫁娘一阵阵别离的哭声让人听到了她们对封建婚姻的呐喊，表达了土家姑娘追求自由爱情的愿望，同时也体现了土家妇女对封建制度的反抗精神。

土家族是一个乐观向上的民族，其精神面貌往往表现在丧葬习俗中，特别是他们对自己的生与死都看得非常自然。当代土家族诗人的作品中，表现这种精神状态的诗歌比较多。"跳丧"是土家族的一个独特风俗，是人死之后，亲人们为他举行的一种仪式。刘小平、冉仲景、周建军等人的作品中多次出现这一独特的土家族风俗。显然，他们是从自己民族这个特有的风俗中寻觅自己民族的精神，举刘小平的《跳丧》为例："扑腾摇摆，展示开辟疆场的步伐/一千年的风声，一万里的路途/每一个节拍都涂抹着英雄的血性/一代代人，追求生存的权利/直到抵达终点，远离苦难/恶劣的岁月教会这一个民族/不沉溺于悲伤，把死亡看轻。"[5] 读了这几句关于跳丧习俗的诗歌，就深切地体会了土家民族面对死亡的坦然。虽然冉仲景和刘小平不是生活在同一片地域，刘小平生活在鄂西的清江流域，而冉仲景生活在武陵山区的酉水流域，但他们是同一个民族，他们的血液里流着的是同一民族的血脉。在冉仲景的大型组诗《土家舞曲》里写了三首有关"跳丧"习俗的诗，先看第一首《跳丧：回家》："深一脚：踏灭星光/浅一脚：踩熄虫鸣/我摸黑回家，点亮内心/于是浑身透明/恰如一盏/移动于大地上的灯笼为自己照耀前程/近夜，我即使闭上眼睛/也能辨清歧路/越过陷阱，推开/远方那扇虚掩的门。"[6] 由此可见，土家人对待死亡就像回家一样自然，这是几千年来土家族对死亡的观念。入土为安就是回家，人有一个阳间的家，也有一个阴间的家，把死亡看成是回家，这就是土家族和其他民族对待死亡的一种不同的传统文化心理。再看第二首《跳丧：痴问》："哦哦，是不是为了访问彼岸/枯柳才要饮干河水，是不是为了探望亲娘/芍药才要洗白衣裳/乌鸦的作业/是不是把黄昏喊出血来，白雪的阶梯/是不是一直通往天堂/一个人不回信，是不是忘了肉体的异乡？他的假期/是不是比未经彩排/便直接演出的一生更加漫长。"[7] 可见，这是一个人在跳丧时对生命的追问，他没有对于死亡的恐惧，而是把死亡看成一种生命的抵达。读罢有关土家族"跳丧"的诗歌，就会自然而然地受到土家族传统文化精神的浸染，心灵就会抵达传统文化的彼岸。

土家族是一个生生不息的民族，其精神面貌可以从他们社会生活的习俗中表现出来。当代土家族诗人已经开始传播这方面的传统文化信息。摆手舞被称为土家族社会生活的活化石，土家族语言称"舍巴"。土家族摆手舞起源于古代巴渝舞。古代巴人活动于湘鄂渝黔一带，"天性劲勇，锐气喜舞"。巴人跟随周武王伐纣，"歌舞以凌，殷兵大溃"，史称"武王伐纣，前歌后舞"。刘邦反秦，巴人以巴渝舞勇挫秦兵，刘邦认为有巴渝舞之遗风。司马相如在《子虚赋》里曾记载过巴渝舞"千人唱万人和，山陵为之震动，川谷为之荡波"的盛况。随着岁月的推移，这种以战舞为起源的摆手舞，逐步演变成一种表现土家山民狩猎归来、丰收之后、劳作之余的喜庆舞蹈。尽管在不同的土家族山寨，摆手舞在一些细节方面有所变化，但基本是反映土家族先民的社会生活和生产。不少土家族青年诗人的诗歌作品里都描写了摆手舞，如冉仲景的《土家舞曲》、周建军的《摆手舞》、王世清的《摆手舞》、路曲的《跳摆手舞的民族》《舍巴、舍巴：毕兹卡》、肖佩的《摆手舞》等。冉仲景说："每跳一次摆手舞，我的生命就能获得一种新的节奏，摆手舞的每一个动作都来自山民的日常生活，因此，它是简单的、粗拙的，然而又是优美的、充满活力的。我在一举手一投足之中，感受到了神灵的启示、收获的企盼以及生命的鼓舞。"[8] 先以冉仲景的《舍巴：狂欢》为例："白虎，白虎，白虎，白虎/图腾出现：万花齐放，碧草连天/匍匐在地的父老兄弟全都找到了坚韧/玉米找到了酒乡/新生婴儿找到了感恩的旋律/河流绝不会停下。"[9] 诗人把民族传统舞蹈与民族图腾融为一体，赋予了诗歌更深刻的民族文化意义。王世清的《摆手舞》更是写出了诗人对土家族摆手舞的深刻理解，讴歌土家族人民的崇高精神品格，展示了土家族强大的精神凝聚力："八部大王啊（八部大王：古代土家族八个部落的首领），战马已经出厩/刀枪已经出膛/千军万马都是/毕兹卡的勇士//一摆手/观音坐上了莲台，一摆手/雄鹰展开了翅膀，一摆手，战争从此远去/一摆手，疾病再也找不到身藏/毕兹卡的果酒啊/摆手，一再摆手//播种的五谷，应该收获/撒下的渔网/也要修补/八部大王啊/伟大的毕兹卡之神，我们摆手吧。"诗歌把土家族人民跳摆手舞时虔诚的心理状态呈现在读者的眼前。路曲的《跳摆手舞的民族》："摆手，毕兹卡生存欲望的表达/不知从哪一年代起/为了驱逐邪恶和向往美好，就用这一姿态/在山里，形成一支特有的乐章/摆动着同一节奏，憧憬未来。"[10] 张羽华对《跳摆手舞的民族》是这样评价的："传达了人与人、人与自然之间最为原始的密码或语言的'邮差'。更深层次地体现了生存意志和蕴藏于社会的生命潜力，民族的历史、文化和精神，散发出诗意的乡土特色。"可见，土家族的白虎图腾、哭嫁歌、跳丧舞、摆手舞等民族文化习俗，为当代土家族诗人的创作提供了灵感源泉乃至精神动力。

"风俗是古老的人生形式在特定地域的历史沉积。"[11] 当代土家族青年诗人大多从小就生活在乡土,与自己乡土相依为命。因此,其祖祖辈辈流传下来的风俗,成为他们生命意识中难忘的风景,触动他们诗歌创作的灵魂,把笔触融入了自己民族的风俗之中,从而向外界传递了鲜为人知的民族文化神韵。在冉仲景、刘小平、王世清、周建军、肖佩等土家族诗人作品里抒写土家族民族风俗的诗歌比比皆是。冉仲景表现了土家族特有的风俗"毛谷斯":"我们来到,就必须接受,这山的陡峭,水的湍急/以及眼光温情脉脉的抓伤/雨滴坚硬,我们必须接受这残酷的滋润/然后睁开眼来:萌芽,生长,结出疯狂的果实……"毛谷斯是土家人秋天收获时在稻田举行的一种仪式,目的是感谢上苍赐给他们的丰收,同时又祈求来年获得更大的丰收。这是土家生存传统中不可缺少的一种习俗,表现了该民族的感恩心理。为此,诗人进一步阐释了这一民族风俗的文化内涵:"我们来到,就不能放弃/镰刀的姓氏、茅草的血统/以及民歌里最后一颗锋利的牙齿/如果可以,我们将抛下/祖先的全部遗产,去赢取史诗的尊严/大海的风流。"[12] 同样,刘小平也创作了《薅草锣鼓》《听房》《傩戏》《猎神》等一系列反映土家社会生活风俗的诗歌,这些诗歌构成土家族生存的广阔社会图景,向人们彰显土家族与其他民族不同的发展历程,举他的《薅草锣鼓》为例:"把日子敲得红红火火,把日子唱得青枝绿叶蓬蓬勃勃/唱得肆无忌惮风流奔放的/是鄂西的薅草锣鼓//鄂西,所有种苞谷的沟坎与坡地/所有充满爱情气息的/沃土与天空/都曾被薅草锣鼓打湿……"[13] 刘小平的诗歌表现了鄂西土家地区明显的地域文化特征和民族精神,展示出土家民俗的美学价值,同时也让人看到鄂西土家人热爱生活的社会心理和传统民族文化积淀。

可见,土家族诗人书写自己民族的风俗,其实就是书写本民族的精神和意志。他们不是简单地描摹民族习俗，而是从民族习俗出发，亮出一道民族传统文化的风景线，在这道风景线里，探寻民族的根、民族的魂，从而延续土家传统文化的内涵。文学是社会生活的艺术反映，诗歌也不例外。民族风俗是社会生活的重要组成部分，诗歌表现民族风俗，实质上就是对社会生活的艺术书写。客观地说，每一个民族的风俗有自己独特的文化性，但是也具有一定的文化局限性，甚至一些民族风俗还有一定的糟粕。因此，诗歌在表现民族风俗时，涉及这个非常敏感的问题，这就在于诗人如何取舍，这是一个传统文化的艺术化过程。

　　一个民族的习俗，有其精华也有其糟粕。土家族诗人已经注意到这个诗歌创作中的现实问题，在其诗歌里基本上都是表达民族风俗中最为闪光的细节。以现代人的观念而言，跳丧是一种非常迷信的习俗。但这习俗是土家亘古以来的习俗，诗人通过诗歌书写这一习俗表现出的则是土家民族精神。其目的不是为写习俗而哗众取宠，而是从习俗中找到自己民族中最为闪光的文化精神。不仅显现了土家人的一种不畏死亡的精神状态，也展示了土家人繁衍不息的壮阔历程。以再仲景的《跳丧：一再回头》为例："求婚的树木献出最后的热血/我晓得千山为什么变红/第九场霜降出现在重逢之前/我晓得前额为什么深秋/季节的梳子永远都是十二齿/我晓得白菊失声的根源/满篮子全是提前采摘的果实/我晓得新娘为什么陈旧/蓝天又高又远，大地袅袅炊烟/我晓得苍鹰徘徊的理由/赶往天国的途中仍在搜寻秘方/我晓得，我晓得你为什么一再地回头。"[14]该诗表达了土家族人对生命的留恋，同时也勾画出土家民族的心态轨迹，呈现了土家这个古老民族的"心路历程"。

　　显然，当代土家族诗人已经开始有意识地挖掘本民族习俗，然后将民族风俗通过诗歌的艺术化提炼，最终把民族古老的习俗进行诗化。同样地，诗人写摆手舞不单是传播这个土家族的民俗，而是力图从这种古老的民族习俗中表现土家历史和社会生活内涵。土家族诗人已经将传统的民族习俗变成艺术的奇葩。

显而易见，当代土家族诗人，大多书写习俗的目的，都是力图从本民族的习俗中寻找到民族历史生存的支点，把自己古老民族的风俗作为其诗歌精神的文化载体。在他们的诗歌里，一些古老的民族习俗成了他们笔下民族传统文化的诗歌具象，代表民族文化的精髓，用以弘扬自己民族的优秀传统文化。可以说，他们已经跳出了为写民族习俗而写民族习俗的"围城"，而是在用独特的民族习俗给人们呈现：一种民族不断追求美好生活的心理状态。

"风俗描写是民族特色的外在形态和地域环境特色的表现，具有不依赖于人物活动的独立形态；现在，风俗是文化形式的一种，是文化总体构架的一部分，它与人的生命形式、生存形式、思维方式密不可分，不再游离于人的活动之外。"[15]土家族没有文字，加之土家族和汉族的交往比较密切，长期处在同一社会体制内，以前很少有人关注土家族的独特的民族习俗，当代土家族诗人承担了这一文化传承责任，他们将原生态的土家族风俗民情，升华为他们民族诗歌的艺术，同时也继承和传扬了自己民族亘古以来的习俗，延续着一脉土家族传统文化的香火。

参考文献：

[1]钟敬文.钟敬文民俗学论集[M].上海文艺出版社，
1998:20.

[2][4][5][13]刘小平.鄂西倒影[M].作家出版社，
1999:16、20、22、45.

[3]周建军.穿越隧道的歌吟[M].中国电影出版社，

2005:26.

[6][7][8][9][12][14]冉仲景.从朗诵到吹奏[M].中国三
    峡出版社,2003:12、16、17、42、71.

[10]路曲.武陵山,我的保姆[M].北京燕山出版社,
    1998:11.

[11]杨义.中国现代小说史(中)[M].人民文学出版社,
    2001:72.

[15]关纪新.20世纪中华各民族文学关系研究[M].民族出版
    社,2006:242.

民族传统文化视野中的酉阳文学

　　土家族是一个年轻而古老的民族。说年轻，因她是在1957年得到正式确认的；说古老，她早在几千年前就生活在武陵山区的九溪十八峒。据历史学家考证，"峒"是土家族地区最早的基层行政单位，相当于现在的乡。酉阳是土家族摆手舞的故乡，摆手舞从酉水河边的后溪传播到其他土家族地区，成为土家族传统文化的"活化石"，生动地表现了这个曾经刀耕火种的民族的历史进程和生活状态。

　　"一把芝麻撒上天，这里的山歌千万千"道出了古州酉阳的山歌甚多。一个地区最初的文学来自民歌。民歌应该是文学的起源，这是文学理论界达成的共识。传唱世界的《麻秆点火》《黄杨扁担》《木叶情歌》等就诞生在这片多情的土地上。我曾经将这里的山歌称之为武陵山区的"信天游"，如果说陕北的"信天游"代表了那片土地人民的生命历程，那么酉阳民歌就代表了这片土地上人民生生不息的精神。"稀篮背篼眼眼多，背起背篼找情哥，一早找到天黑尽，不知情哥在哪坡"，由此可见追求爱情的艰难，正因为不易，我们才去追求，这就是土家族文化精神的内在力量。酉阳民歌极具开发价值，这是上千年来整个民族的心灵表现，代表了一个民族的心路历程。研究民歌不是为民歌而民歌，应该发掘其史诗般的特质，让这种文化精神成为我们文学创作的主题，成为我们文学发展的驱动力，使之传播开来。

　　酉阳是土家族的发祥地之一，据历史文化学家考证，乌江流域、酉水流域、清江流域是土家族的三大文化摇篮。而酉阳就占据了乌江、酉水流域的部分地区，位于土家族两大文明的交汇地，形成了独特的区位文化特征。因此，酉阳有着明显的地理特色和人文特色。

文化底蕴是一个地域文学创作的根基，长期形成的民族文化形态对一个地域的文学创作有着极大的优势。文学创作相对每一个作家来说都是地域性的，酉阳的文学创作也不例外，各个时期的创作大多数是立足本地域与本民族，从宋元时期的土司文学到新时期的文学创作，作家总把地域语境的书写与民族精神的书写放在创作的重要位置。显而易见，地域性和民族性成为酉阳文学创作的文化推动力。作家把民族语言放置在文学创作中，把地域语言与文学语言有机融合，形成自己独特的语言表达方式，才具有自己创作的地域个性，才能把地域语言优势转换成文学的优势。

酉阳是一个文人辈出的地方，这片土地孕育了历代的文人和他们的作品。根据我的理解，可以把酉阳的文化发展分为四个时期：远古到北宋时期为"文化启蒙期"，北宋的酉阳土著政权开始建立到清乾隆元年的改土归流时期为"土司文学时期"，改土归流以后到新中国成立时期为"酉阳文化的融合时期"，新中国成立到现在为"酉阳文化发展的新时期"。

第一个时期，我们称为"文化启蒙期"。有关酉阳最早的记载是《汉书》，这一时期，巴人和当地土著居民的融合，使土家族开始形成。这个时期的文化，应该处在口头文化时期，基本没有文本的记载，最初的文学应该是从民间开始的，也就是一些民谣和劳动的号子，因为真正的文学作品是在劳动中产生的。比如出现在南溪二面坡的号子，酉水河边的摆手歌和毛谷斯舞蹈，既有娱乐性又有文化内涵。那个时候，我们的祖先生活在深山峡谷里，过着刀耕火种的日子，产生了一种对自然的崇拜。该时期的文学作品可以说主要是民歌，酉阳的民歌就是酉阳最初的诗歌。比如《土家族创世史诗》《丢个石头试水深》《风吹芭茅摇啊摇》《苦媳妇》《苦歌》《哭嫁歌》《上梁歌》等作品，是自然和心灵的交融。还有土家族的民间故事《锦鸡姑娘》《张古老制天、李古老制地》就是这一时期西阳土家族文学的典范作品，这些故事口口相传，至今还在西阳的部分地区流传。

第二个时期为"土司文学时期"。西阳土司政权的建立，使得西阳文学与土司文化有了一定的历史渊源，历代土司留下了不少的诗文，如冉舜臣（冉氏十六世土司）应该是一位值得研究的土家族作家，其散文《飞来山记》就是写的西阳的自然景观，体现出西阳古代文学的传统文化因素。同时，他也留下了大量的诗篇。土司冉天育留下了诸多诗篇，其中不乏西阳民族风情的诗歌，蕴含了西阳传统文化的元素。传说土司冉云酒后赋诗一首："点点一小舟，嗯呀向东流，哗啦几桡片，噢嗬下扬州。"如今还在民间广为流传，可见该土司作品的影响力。土司冉兴邦曾经提倡汉学，进行儒学教育，这对古代西阳的文化发展起到了一定的引领作用。还有冉仪、冉奇镳等土司的诗文也存在着西阳传统文化的因子。西阳的土司文学是特定的历史背景下出现的人文现象。在当时"汉不入境、蛮不出峒"的历史语境下，土司文学代表着当时西阳文学发展的水准，由于长期的历史尘封，很少有人将土司文学纳入西阳文学的主流体系，这可以说是我们文学研究者长期忽略的一个地域文化问题。

这个时期，除了土司文学以外，还有大量的民间文学的产生。比如流传在西阳东流口的《黄杨扁担》就是这一时期的生活写照："黄杨木出在东流口，做成扁担闪悠悠，挑担白米下西州。"土司文学时期，西阳的文学已经进入了纸质传媒时期，给西阳这神秘的土地留下了宝贵的诗文，为我们研究土司文学提供了一些可靠的佐证。

第三个时期为"西阳文化的融合时期"。随着1736年（清乾隆元年）西阳实现改土归流，外来官僚、族系等的进入使西阳的文化进入了一个新的融合时期，不少官员在酉阳留下了大量的诗文，这也是酉阳文学的重要组成部分，应该纳入酉阳传统文化的体系。陈懋昭先生在这方面呕心沥血，编著《桃花源历代诗文选》《酉阳历代诗词选》等，是研究酉阳古代文学乃至重要文化的重要资料。酉阳知州、云南人赵藩就在酉阳留下了不少的诗歌，比如《摆手歌》《题大酉洞》等，是酉阳诗歌史上难得的佳作。清朝土家族诗人冉崇文，他主持编修的《酉阳直隶州总志》，长期以来成为全国地方志编修的蓝本。诗集《二酉英华》集酉阳清朝后期诗歌的大成。

近代酉阳文人也有不少的诗篇，其中带着酉阳文化的元素，如土家族诗人陈景星的诗篇中有不少咏物怀乡之作，只要仔细地品读，就会体味出酉阳本土文化的精神。王勃山及其女儿王剑虹都留下了与酉阳有关的文字，革命者赵世炎、刘仁等虽然走出了酉阳大地，但酉阳文化的传统情结或多或少地在他们的作品中显现，其时，他们的行为就是酉阳传统文化在他们血液中的律动。正如易光先生所说，一个人有生命的故乡，同时有心灵的故乡。我认为，所谓心灵的故乡就是传统文化在心灵的积淀。同时，也不乏外来的作家在酉阳留下了他们的笔迹，如著名作家沈从文、丁玲曾经在20世纪20年代写下有关龙潭的优美文字。在大革命时期，酉阳曾经是红色的根据地，在这里留下了一些有关于红军的传说和歌谣，《酉阳红军歌》就是典型的例证。

第四个时期为"酉阳文化发展的新时期"。这个时期的酉阳文化发展分为两个阶段：第一个阶段为1949年至1978年，这一个时期酉阳的文学受到政治因素的影响，革命的文学作品占了主角，杨显才的《梨庄保卫队》和冉庄的诗集《沿着三峡走》是酉阳文学的代表作品，还有陈懋昭的格律诗等形成了酉阳文学的另一格调；第二个阶段是改革开放时期，随着"伤痕文学"和改革文学兴起，酉阳产生了大批作家和作品。可以说，这是酉阳的多元文化时期，但是传统的文学创作仍然是主体。

冉庄出版了诗集《山河恋》《冉庄诗选》和《冉庄文集》（三卷）。冉庄曾经被《重庆文学史》称为重庆少数民族新文学的缔造者之一，为1949年以来酉阳的前辈作家。

出生于酉阳麻旺，时任贵州省作家协会副主席的作家石邦定的小说《公路从门前过》获得全国首届短篇小说奖。著名文学评论家、长江师范学院教授、"乌江作家"的倡导者易光出版了文学评论集《固守与叛离》《阳光的垄断》和小说集《人迹》，获得了重庆市的社科奖。曾在《人民日报》等报刊发表过作品的土家族作家邹明星，近年来相继出版了《武陵短章》《酉阳土家摆手舞》等作品集。

莽汉派诗歌的创始人李亚伟曾经发表了风靡一时的《中文系》，成为第三代诗歌的代表作。诗歌集《豪猪的诗篇》获得了华语文学传媒大奖。著名女诗人、重庆市作协主席冉冉，出版了诗集《空隙之地》《暗处的梨花》等，曾获得全国少数民族文学创作骏马奖、首届艾青诗歌奖等。著名学者冉云飞出版了《尖锐的秋天：里尔克》《像唐诗一样生活》等，曾在国内引起较大反响。

冉仲景曾参加诗刊社主办的十五届"青春诗会"。出版了诗集《从朗诵到吹奏》。曾经获得了第一、二届重庆市少数民族文学奖，第三届重庆文学奖，第五届重庆市少数民族文学奖，成为土家族诗歌的代表人物。代表作品有《摆手舞曲》《武陵组曲》《芭茅满山满岭》等。舒应福出版散文集《乡情依依》、小说集《春梦》、长篇小说《烈焰》《山茶花》和长篇电视剧本《碧血苍山》等，其《武陵山的男人们》获得首届重庆市少数民族文学奖。姚明祥出版小说散文集《永恒的歌》，其在《民族文学》杂志发表的《神树》获首届重庆市少数民族文学奖。冉丽冰出版了散文集《山谷里的牛铃声》，其《故乡的露天电影》获得《四川日报》"原上草"副刊优秀作品奖。

杨犁民的散文作品《大海的每一次转身》《鸟声如洗的村庄》等作品先后在《散文》《散文诗》《美文》《海燕》等杂志推出，同时被《人民文学》杂志推举为新锐诗人参加笔会，成为我市新近崛起的青年作家之一。"70后"的野海发表长篇小说《桶子里的张九一》获重庆巴蜀青年文学奖；杨柳在《红岩》《民族文学》发表散文等，成为酉阳文学创作的后起之秀，表现了较大的潜力。还有"80后"郭大章创作成就斐然，出版了小说集和文学评论集，表现出了很大的创作潜力，成为酉阳文学发展的希望。

随着1983年酉阳土家族苗族自治县的建立，酉阳民族传统文学的春天来临，不少本土作者将自己的笔伸向传统文化的千年矿藏，并开出奇异的花朵。随着《从朗诵到吹奏》等在文坛亮相，不少有关土家族民族风俗的作品陆续展示，土家族传统文化作为一种创作题材完全进入作者的视野，与其说土家族传统文化进入他们的创作视野，不如说他们的创作已融入了酉阳的传统文化。传统文化是一个民族的灵魂，同时也是一个民族作家的创作之源。传统文化是一个开放的体系，也是一个发展的体系。我们将以开放的心态、发展的眼光对待自己的传统文化资源。酉阳文学的创作应该根植于酉阳传统文化的沃土，也许这正是我们文学创作突围的一种出路。

酉阳曾是一个具有上千年历史的古州，一度引领武陵山区文化走向，成为武陵山的经济文化中心，长期的民族文化积淀成为酉阳文学创作的内在动力。土家族的文化根脉——民风、民俗、民间故事以及世代先民战胜大自然的历史成为文学创作的因子。雄厚的大山里滋养的土家古歌、土家创世史诗成为这里早期文学的祖母，繁衍并延续这块土地上生生不息的文学成长。悠久的历史文化在文学创作领域不断发酵，为酉阳的文学创作提供丰富的创作源泉，长期重视文学创作的传统为酉阳文学的发展提供了闪耀着人文光芒的标杆，成为周边相同地域无与伦比的文学创作态势。酉阳大多数作家创作的作品中总是有一种民族力量的内推力，无论是生长在本土还是离开本土的酉阳作者，他们的创作都始终流露出地域的、民族的情怀。

百年新诗背景下的土家族诗歌创作

　　新诗是新文化发展的产物，是外来文化与中国20世纪初文化碰撞产生的新文体，距今已有百年的历史。土家族是一个善于吸取外来文化的民族，不少土家族诗人开始融入新诗创作。新诗成为现当代土家族诗人创作的主要文体。清末民初，中国知名的中国文化团体南社里有不少的湘西土家族诗人，如田星六（兴奎）、向乃祺、田名瑜等；新中国成立后，黄永玉、汪承栋、孙因、冉庄、颜家文等土家族诗人活跃于中国诗坛，成为一个时期土家族新诗的创作高峰。改革开放之后，大批土家族诗人陆续在中国诗坛崭露头角，成为中国诗坛一道亮丽的风景线。因此，梳理土家族新诗创作在中国百年新诗的创作状态与土家族诗人在这个时期对中国诗歌创作的贡献，具有一定的文化意义。

　　黄永玉的诗集《曾经有过那种时候》曾获1979—1982年全国第一届优秀新诗（诗集）一等奖；在第一届全国少数民族文学奖诗歌奖中，汪承栋的长诗《雪山风暴》获一等奖，颜家文的短诗《长在屋檐上的瓜秧》获一等奖。在第二届全国少数民族文学奖中，颜家文的《悲歌一曲》、汪承栋的《月夜》等作品双双获奖。喻子涵的散文诗集《孤独的太阳》获第五届全国少数民族文学创作骏马奖；《冉庄诗选》获第六届全国少数民族文学创作骏马奖；冉冉的诗集《从秋天到冬天》获第七届全国少数民族文学创作骏马奖。这些土家族新诗创作成就表明，土家族新诗在中国新诗百年发展史上占有一席之地。

进入21世纪，土家族诗人更是以自己的民族自信心与自豪感，不断传承民族文化传统与吸取外来文化精华，开拓自己的创作领域，从题材到创作表现手法进行了一定的探索。特别是在一些土家族的聚居地，相继出现不少地域性的诗歌群落，形成新时期土家族诗歌创作的一种文化现象，使土家族诗歌创作呈现百花齐放的局面。

一、南社时期土家族诗人的新诗创作萌芽

土家族是一个古老而又年轻的民族，属于氐羌族群。早在远古时代就居住在长江流域的崇山峻岭，自称"毕兹卡"，即"山里人"。历史上的清江流域、酉水流域、乌江流域被称为土家族的三大发祥地。土家族土家语，属汉藏语系之藏缅语族中的一种独立语言。在长期的历史语境里，土家族形成了自己独特的民族文化特征。土家族是一个开放与善于吸纳外来文化的民族，与汉文化相互碰撞融合，又因仅有自己的语言而无民族文字，通用汉文为书写载体，曾被历史文化学者纳入汉文化的体系。直到1957年，土家族才得到国务院的确定，成为一个单独的民族，民族身份得到了完全的认同，成为构成中华56个民族中的一员。

一个民族以其独特的文化行为方式而独立存在。在中华民族的长期发展史上，土家族创造了本民族的文明。在里耶出土的秦汉竹简就是有力的见证，让土家族的文明从历史的遮蔽中散发出光芒。文化是一个民族的基本特征，是一个民族的内在动因与历史的痕迹。诗歌是一个地域或者民族文明的标志，其产生表明了一个民族早期文明的程度。

在现代文学史上，加入南社的土家族诗人田星六（兴奎）、向乃祺、田名瑜等都为中国的近代诗坛留下了不少优秀的作品，

他们在新诗方面进行了一定的尝试，其创作具有新诗创作的特质。

南社诗人田星六（1874—1958）的《晚秋堂诗集》《晚秋秋词》《黄叶秋灯词》《蓉江词》《新绿山庄题词》《龟壶词》等作品，文字气宏言宜，纵横开阖，千回百转，豪壮沉厚，土家族诗人所特具的侠肠霸气于字里行间隐隐可见。

田名瑜（1890—1981），字个石，湖南省凤凰县沱江镇人，出生于凤凰县城一个油漆工人家庭。清宣统二年加入同盟会。南社社员，任《沅湘日报》编辑兼总经理，新中国成立后任中央文史研究馆馆员。其间创作的部分诗歌明显受到了新诗影响，体式是传统的，但是语体却是新诗。

南社土家族诗人在继承中国传统诗学的同时，也多有现代诗歌（新诗）的创作。研究土家族新诗百年的历程，首先要对南社的土家族人作品进行考察。因为南社时期土家族人的创作开创了土家族新诗百年的先河。

这一时期，土家族革命家赵世炎等人，书写了一些关于理想、革命的诗歌，尽管运用了格律体的创作体式，语言却是现代新诗语体，所以也具有新诗的性质。

二、新中国时期土家族新诗创作发展

新中国成立后，土家族诗人主要有黄永玉、汪承栋、孙因、冉庄、萧国松、颜家文等人，他们在诗歌创作方面取得了不菲的成就，一同融入中国诗坛进行曲。

黄永玉（1924—2023），祖籍湖南凤凰。在20世纪的四五十年代，黄永玉就开始学习诗歌创作，1950年创作的长诗《无名街报告书》发表在《文汇报》。李鸿然先生认为："黄永玉的诗歌，是中国当代多民族诗坛的奇葩。他以独一无二的方式，为当代多民族诗坛提供了不可多得的艺术珍品。"黄永玉是当代土家族诗人的代表之一，诗集《曾经有过那种时候》获1979—1981年全国优秀新诗奖一等奖，在当时的中国诗坛引起了反响。他是第一位获得全国诗歌大奖的土家族诗人。黄永玉出版的诗集不多，而是以诗歌的质量见长。从早期的诗集《曾经有过那种时候》到耄耋之年出版的《一路唱回故乡》，表达出一个土家族诗人独立的人格立场与怀乡意识。

汪承栋（1930—2018），湖南永顺人。1955年创作第一本反映边疆少数民族地区各族人民新生活的诗集《从五指山到天山》。1956年主动要求到西藏工作，从此游历西藏各地，并参加了西藏民主改革等一系列重大政治斗争，从而获得丰富的创作素材，先后出版了短诗集《雅鲁藏布江》（1959）、《边疆颂》（1960）、《高原牧歌》（1961）、《拉萨河的性格》（1978），叙事长诗《昆仑垦荒队》（1960）、《黑痣英雄》（1964）、《雪莲花》（1964）、《雪山风暴》（1978），散文特写集《昆仑山下的明珠》（1960）、《汪承栋诗选》（1985）等，其中，长诗《雪山风暴》、诗歌《月夜》、儿童文学集《雪域小云雀》分获第一届、第二届、第四届全国少数民族文学创作奖。他的作品还荣获西藏自治区第一、第二、第三、第四届文学创作奖，被称为雪域高原诗人的常青树。汪承栋长期生活在西藏，书写了不少有关西藏雪山、高原的诗篇，成为中国诗歌发展史上的佳话，为中华民族大团结、为西藏民族文学的繁荣呕心沥血，成为少数民族诗人的楷模。

孙因（1930—　）与冉庄（1938—2010）被称为当代重庆少数民族文学的缔造者。他们都是以诗歌走上文坛的，孙因的长诗《带个信儿上北京》，是重庆土家族作家中发表最早的长诗，同时也是时代的产物，政治色彩比较浓厚。冉庄对诗歌始终不渝，在半个世纪的创作过程中，把诗歌当成自己生命中的永恒，把毕生都献给诗歌事业。《冉庄诗选》获第六届全国少数民族文学创作骏马奖（诗歌奖），使他的诗歌创作达到高峰。他长期恪守现实主义的创作原则，成为重庆少数民族诗歌创作的领头羊。

萧国松（1938— ）创作长诗《格桑花》，引起《人民日报》《诗刊》等媒体的关注。《格桑花》一共三千多行，分为二十一部，取材于20世纪50年代后期西藏的现实生活，描写西藏民主改革时期广大农奴翻身解放而协助解放军平定叛乱的过程，同时刻画了女奴仁贞志玛与农奴朱扎的坚贞不屈的爱情，熔历史进程与爱情为一炉，凸显新中国历史语境下的西藏人民的壮阔历史。作者在《格桑花》全诗的前面引用了两首西藏民歌，歌颂康藏高原藏汉两个民族的友谊，赞美了民族的团结和谐。进入21世纪，萧国松宝刀未老，创作上万行的长诗《老巴子》，表现土家族的起源与民族风俗的形成。

颜家文（1946— ），先后在《人民日报》《诗歌》《人民文学》等报刊发表诗歌、散文三百余篇。《长在屋檐上的瓜秧》获首届全国少数民族文学创作诗歌一等奖，《悲歌一曲》获第二届全国少数民族文学创作短诗一等奖。《歌声好似坝中水》《赞歌颂党情满怀》民歌味极浓，曾在全国流行和转载。其成名作《歌声好似坝中水》，采用"竹枝词"的格调，以土家族民歌形态写成，被称为当代诗歌"民歌体"的运用典范，成为一个地域乡土诗歌创作的代表。

三、改革开放时期土家族新诗创作繁荣

改革开放以来，土家族诗歌创作日新月异，诗人辈出。土家族诗人创作的作品在各种刊物上频频发表，在全国各级评奖中陆续获奖，成为土家族新诗创作最繁荣的时期，其创作无论

是题材还是表现手法都出现了多元化。同时，在土家族聚居的地区，出现了一些诗歌创作的群落，形成一些地域性的诗歌创作现象。

这一时期土家族诗歌创作大体形成几个"地域诗歌群体"：湖北的清江诗人群、重庆酉阳土家族诗人群、贵州黔东沿河散文诗群、湖北红土诗人群、湘西土家诗人群等，表现一个地域土家族诗歌创作的繁荣。

清江诗人群，即湖北鄂西清江流域的土家族诗人群体。以刘小平为代表，包括陈航、朱惠民、牟廉玖等人，他们把清江流域土家族人的民族风俗、民族精神在现代文化语境下的生存状态表现得淋漓尽致，形成了一定的地域创作特色。刘小平被称为"清江流域的歌者"！如《鄂西倒影》以地域民族文化为书写元素。陈航的《乡恋》、朱惠民的《关于巴人》等组诗或诗歌也是其中的代表。牟廉玖描写土家生活的大量歌词无不在对鄂西美丽风情的歌咏中表达对巴楚文化的礼赞。

酉阳土家族诗人群，即重庆酉阳土家族苗族自治县的土家族诗人群体，以冉冉、冉云飞、冉仲景为代表，在当代中国诗坛占有一席之地。冉冉，在《诗刊》《民族文学》《星星》等诗刊发表大量的诗歌。出版诗集《暗处梨花》《从秋天到冬天》《空隙之地》等，其中诗集《从秋天到冬天》获第七届全国少数民族文学创作骏马奖，《空隙之地》获首届"艾青诗歌奖"。成为重庆市具有创作特色的土家族诗人。冉云飞，曾出版有诗集《冉云飞诗歌集》，被称为具有个性与血性的少数民族诗人之一。冉仲景，在《诗刊》《民族文学》《星星》等报刊发表大量诗歌，曾参加《诗刊》主办的第十五届青春诗会。出版有诗集《从朗诵到吹奏》《众神的情妇》《致命情诗》《米》等，曾获第三届重庆文学奖与第五届重庆少数民族文学奖。他被诗歌界称为"抒情王子"，其诗歌语言清新、明快，给读者构筑起属于他的一方独特的诗歌世界。何建明评价冉仲景的《致命情诗》：既是写给土家阿妹的情歌，更是作者对人生价值的凝重思考，字里行间，理想与现实的落差、传统与现代的错位、时间与空间的背离跃然纸上，让人深深体验到一种刻骨铭心的爱的艰辛和生活的美好。酉阳土家族诗人群的代表诗人还有二毛、蔡利华、张昌、王世清等人。

贵州沿河散文诗群，即贵州沿河土家族自治县的沿河散文诗人群，包括土家族的喻子涵、冉茂福、陈顺等人，他们创作的诗歌以散文诗为主。据统计，沿河散文诗人群有20多人，在省级报刊发表过作品的有10多人。喻子涵以他的散文诗集《孤独的太阳》在1997年荣获第五届全国少数民族文学创作骏马奖，2007年被评为"中国当代（十大）优秀散文诗作家"，一度成为贵州散文诗领域的领军人物。创作系列散文诗"走进南长城"，由个人心灵的浅唱到对地域文化的关注。冉茂福在《散文诗》《散文诗世界》等报刊发表大量散文诗，出版散文诗集《守望乡村》，表达他的家园意识与故乡情怀。陈顺在《当代文学》《散文诗》等报刊发表不少散文诗，散文诗集《指尖上的庄园》是对乡土与生命的书写，对生命的遥望。沿河散文诗群目前已形成一定阵势，成为黔东少数民族诗歌创作的一支"轻骑兵"，驰骋在贵州乃至全国文学的百花园。

红土诗人群产生于湖北恩施红土乡，其中有不少土家族诗人，以胡礼忠、杜李等人为代表。据荆楚文坛作家文库第二辑的序言介绍："恩施州获全国少数民族文学创作骏马奖的两人都是红土乡人，在恩施州共有的4名中国作家会员中，红土就占了2名。"胡礼忠，湖北恩施红土乡人，2003年开始文学创作，即四十三岁才开始文学写作，在诗歌与文学评论方面取得了不凡的创作成绩。他在《诗刊》《民族文学》发表大量诗歌，出版诗集《清江流歌》《巴地荡千觞》。杜李也是红土诗人的代表。

杜李，出生于恩施的红土乡，在《民族文学》《文艺报》《小说评论》《民族文学研究》等报刊，出版散文诗集《乡歌，梦里的老家》等作品，曾获湖北省文艺奖、宝石文学奖等，成为湖北省"80后"的代表作家之一。

湘西土家族诗人群，即这一时期的湘西、怀化土家族诗人群体，他们多以地域文化与民族文化为创作基调，在土家族诗人中占有很大的比重。改革开放之后，湘西的土家族诗歌创作风生水起，代表诗人有胡文江、刘年、仲彦、陆群、向远、黎爱明、彭世贵、永江、黄光耀、汪祖雅、陈颉、彭建国、胡小燕等，其中陈颉、刘年、仲彦、陆群等人的创作影响较大。

除以上提到的土家族诗人之外，贵州的谯达摩、安斯寿、徐必常等土家族诗人形成自己的创作特色，在诗歌创作的道路上不断探索，力图开拓自己的诗歌创作领域。谯达摩倡导的诗歌创作"第三条道路"理论，为中国诗坛的百花园增添了一枝鲜花。安斯寿提倡"生活写作"，主张诗歌重在表现生活、反映生活，而且他在这方面作出了有益的创作尝试，取得了不凡的创作成就。徐必常的"新乡土诗歌"具有真情实感，出版了《朴素的吟唱》《毕兹卡长歌》等诗集，《朴素的吟唱》获首届贵州少数民族文学"金贵奖"。

这一时期土家族诗人中，相当一部分诗人长期漂泊他乡，坚守诗歌的净土，创作出各具特色的作品，成为所在地诗歌创作的领头羊或者代表性诗人。如湖北的黄光曙漂泊广东中山；重庆的任明友写了大量的打工诗歌；湖南的刘年漂泊云南、北京等地；贵州的何三坡漂泊北京、芦苇岸漂泊浙江嘉兴等地。尽管他们远离故土，但是他们的创作中常常流露出故土情怀，为土家族诗歌创作添光增彩，成为当代少数民族诗坛的一颗颗耀眼的明珠。

土家族新诗创作后继有人，如"70后"的萧筱、任敬伟；

"80后"的向迅、蒲秀彪、非飞马、朵孩；"90后"的鬼啸寒、朱雀等都表现出不凡的创作势头与个性，延续着土家族诗歌创作的不灭香火。我相信，在下一个百年，土家族新诗创作将会融入时代进程，会有更多的书写内容与创作成果。

地域书写的多元化
——读《乌江文学》"乌江流域小说特辑"

一、引言

  《乌江文学》编发"乌江流域小说特辑",这是一个很有创见的文学举动,作为一个乌江流域的县级文学刊物,将乌江地域文学作品进行集中展示,理所当然具有开放的视野,无疑对"乌江文学"会产生一定的促进作用与建设意义。

  乌江是一条流经黔渝两省市的大河,也是一条具有深厚文化底蕴的河流。"河流文化是中国文化的基本内容。乌江文化,是以乌江为基本地理依托的,两岸山地,则只是它的附庸。山地文化肯定对文学有一种制约关系。"[1] 可见,乌江作家群是以乌江而存在的,具有明显的地理文化特征或地缘文化因素。不管外界承不承认,乌江流域确实形成了一个阵容强大的文学创作群体,客观存在着各种文体的创作生力军。小说创作也不例外,与其他的文体创作一同构成了乌江文学的作品体系。乌江作家群是一个宽泛的文学群体概念,指乌江流域(涵盖两省市)的各民族作家(土家族、苗族、汉族、侗族、仡佬族等)群体。在贵州少数民族文学创作领域,乌江作家群的少数民族作家的成就不可小觑,贵州获全国少数民族文学创作骏马奖的作家中,乌江作家群占半壁河山。而在重庆当代文学创作中,乌江作家群的少数民族作家举足轻重,连重庆作家协会掌门人也是乌江作家群的一员。

事实上，乌江作家群已经逐渐形成气候，而整体小说展示还是第一次。

显然，乌江作家群的建构与发展还需要各方面的努力。

二、本辑小说文本浅析

本期"乌江流域小说特辑"有14位乌江作家的作品集中亮相。黔地作家展示了田永红、晏子非、林盛青、赵朝龙、黄方能、梁国赋、林照文、张贤春、田夫9人的作品；渝地作家推出了苦金、张远伦、冉丽冰、任明友、王世清5人的作品。读罢这些作品，总的感觉是乌江作家已经走出了单一的地域小说书写，作品呈现多元化的创作趋势，现实的关注、生命的关怀使这些作品闪耀人性的光芒。

黔地作家之中的田永红、赵朝龙、林照文、田夫等人长期以乌江地缘为创作背景，乌江成了他们创作灵感源源不断的精神元素。田永红的长篇小说《盐号》[2]就是以乌江特有的经济文化符号——盐号为楔子书写的一部地域全景式的小说（我以"乌江场域的历史展示"为题专门评论过，这里不再重复[3]）。赵朝龙的小说大多以乌江汉子为书写的对象，常常在作品中展示乌江汉子不屈的人文精神，而他这次发表的《怪人不醉》写乌江赵安奎的近乎传奇的故事，把一个地域的酒文化写得淋漓尽致，仿佛书写路径出现一种转型，乡村生存的现实在他的作品有了某种诠释。林照文的《第七个成员》写的是一个绞滩站的六个男女与小猴子毛毛的故事，离奇而有一定的生命关怀，超出了一般的生存书写。田夫的《野生的一代》（节选）则是对乌江流域底层人生存状态的文化描摹，一些地域的文化风俗被巧妙地融入作品中，使之具有一种深厚的文化底蕴。

黄方能是一个具有深厚生活底子的作家，他的作品总是从小处着眼，把生活的本来面目通过生活场景、生存状态表达出来，充满一种与生俱来的悲悯意识。《卖血的小邵》就是这样的作品，小邵这个普通的底层人物在人们的眼里司空见惯，而作家则是通过这个普通小人物透视现实生活及表达生命关怀。林盛青的《天眼》写的是一种人性的震颤，李建华刚刚参加工作就被安排"特殊任务"，之后他的心里充满不安，最后还是把他们找了回来。官场与民间两种截然不同的对待残疾人及流浪乞讨者的方式，引人思考。林盛青的眼光非常敏锐，关注现实，凸显人性。晏子非的《初嫁》则表现一个乡村初嫁女性柳叶，在丈夫晏登山外出打工之后平凡而琐碎的生活。乡村留守女性的问题成为作家关注的一个典型案例。其实这是一个乡村的社会问题，往往被人忽视。作家的创作从某种意义上说应该是一种发现。张贤春的小说《斑马线》其实是一篇具有现实主义的政治生态小说，"斑马线"在作品中具有一定的象征意义。同时具有戏剧性，读后让人思考。梁国赋的小说《牧羊山》写的是牧羊山一系列人物的生存状态；《追山》表达了山里人"靠山吃山""靠水吃水"的传统生活方式，仿佛是一幅地域风情画；《船娘》写的是一个老太婆船娘的生存故事；《碾房》写了朴实的山里人，牟大叔、老三等人物构成了一组纯朴的乡村歌谣。

　　苦金是这一时期渝地涌现出的一位土家族作家。他的作品多以关注民族与生活为写作蓝本。他的小说《第四条要求》是一篇表现社会现实问题的小说，涉及社会的招标、环境等人们关心的问题。其中塑造了水利人黄德浦的形象，同时表达了官场的某些不良症候，凸显出一种干预意识。张远伦首先是一个诗人，近些年才开始写小说，他的《那些细碎如荞花的爱情》，单是标题就具有一种诗意和象征意义。小说写了五十多岁的鳏夫张老钩不幸而坎坷的人生，其中对他与肖梅花的生活细节的描写，表现出一种朦朦胧胧的爱情，像山地的荞花那样的普通与清香。小说里充满诗情画意，读后让人产生一种会心的微笑。冉丽冰是本专辑里唯一的女性，冉丽冰长期从事散文创作，近几年才开始小说创作。她的小说《刹馆子》对现实生活有一种反讽。小说场景在"活得乐"大酒店，缘由是李筱萌当上了文化局局长，李昌友为她祝贺而请了饭局，小说通过饭局反映各种人生，其人物性格也可窥见一斑。王世清的《细沙河》却写了长期处于文学创作的禁区——艾滋病，同时也书写人性的复苏。任明友是一个打工作家，在南方发表了不少的作品，同时也是打工诗人的创始人之一，他的《留不住爱情的城市》延续了他长期创作中的打工题材。书写"我"与古香的爱情，最后在充斥着金钱味的城市夭折，这无疑是一种悲剧。

三、地域符号

地域性是一个作家不可避免的创作特征，每一个作家，都绕不开地缘的色彩。乌江作家也不例外，大批乌江作家的作品，总是与自己所处的地域文化有着千丝万缕的联系。特别是乌江作家创作的小说文本文化标识——地域文化的符号尤为明显。地域文化符号包括风俗、话语、地名等诸多元素，这些成为一个地域文化内在表现的载体。乌江作为一条河流，滋养着该河流域的文明，在历史的进程之中，无论在农耕文化时代，还是当下的工业化时代，独特的文化符号仍然在影响着流域的经济与文化。不少的乌江作家自觉或不自觉地受到了乌江地域文化的熏陶，地域文化的某些符号总是构成他们创作中的一种文化格调，常常给人耳目一新的感觉。其作品又呈现了与其他地域文化符号完全不同的表现形态，同与之相邻的湘西地域文化、鄂西地域文化语境有本质的区别。如：

田永红作品之"盐号""歪屁股船""船帮""棒老二"等；

林照文作品之"绞滩""绞滩工""滩脚"等；

彭国梁作品之"雪米子""煽猪""烧火棍"等；

张远伦作品之"狗刨骚""苞谷面饭""大水函""神戳戳"等；

王世清作品之"细沙河""拦马石""吊脚楼""婆娘"等；

晏子非作品之"淇滩场""打夜工"……

在这些作品中，地域符号不仅仅是一种语言的书写，而是对一个地域生存方式的文化解读，让人产生一种文化的亲近感，同时也增强乌江地域作家写作的自信。从乌江作家的创作中可以看到他们对于地域文化符号的有效把握，呈现一道地域语言的亮色，展示了一个群体的地域文化阵容和他们的精神风采。

四、语言多元化

文学是语言的艺术。语言是文学作品表达的载体，是衡量一篇小说成功的重要标志。在本辑大多数小说作品中，不难发现，乌江作家的小说语言基本趋于成熟，而且克服了单一的叙述模式，综合运用了多种语体。

运用方言塑造人物形象："雪米子是夜饭时开始下的。之前有风。风很硬，直往袖筒和裤裆里钻。大公穿得单薄，冻得瑟瑟的，还是站直了身子，拉了一泡热尿，之后看了看天，说，天要变脸。"——牧羊山之《追山》

描写与心理融合："暮霭从河面上袅袅升起，向岸边漫开，不远处的下码头渐渐地模糊起来，那片树林在这暮色中更是浓得如泼墨一般。柳叶看着这片浓密的树林，心头掠过一丝亮光，心顿时狂跳起来。"——晏子非《初嫁》

语言的现场感浓烈："半个月后，他又带我上月亮崖，看日出，看奔腾的乌江，看乌江上的朝霞。他让我在一块大石板上盘腿而坐，先闭目养神，而后用双掌在脸上抹两把，深呼吸，凝神敛气，再慢慢地睁开眼睛，看乌江，和乌江对岸的景色。"——赵朝龙《怪人不醉杯》

虚实相间的知感："傍晚，荞地湾的太阳照得老钩有些晃荡，大水凼的涟漪扩展过来，在老钩的脚后跟边旋了一个圈，又慢慢漾回去了。"——张远伦《那些细碎如荞花的爱情》

诗意描写与写意："夏夜的河谷，凉风习习。岸边的水草上，几只萤火虫一闪一闪的。细沙河水依旧不知疲倦地静静地流淌……"——王世清《细沙河》

诘问中的叙述，表现作者对人类生存的关注："板夹溪这一条小河，是供给小南海水源的主要河流之一，它流域面积广阔，过去有个乡政府就设立在上游的后坝，因为前些年村民生活用柴和洪水泛滥，植被遭大面积破坏，水土流失极为严重。长此以往，将是如何？"——苦金《第四条要求》

感性与意识流动："他抚摸着那些开得正灿的黄色花朵，心里有说不出的欢喜。那种柔柔的感觉，跟游走在妻子郭梅身上的感觉差不多。想着郭梅，郭梅就在油菜花地里的那一端出现了。郭梅用幽怨的眼神看着他。他想躲，可是没地方。只得硬着头皮迎上去。郭梅说，大好的春光被你浪费了。"——林盛青《天眼》

其实，乌江作家的语言，一方面具有自己的地域文化特征，另一方面也有一种开放的意识，接纳外来文化的浸润，让自己的小说创作充满着语言的活力。既有生活的元素，又有时代的文化语境，让他们的小说带着浓浓的生命底色，比如黄方能的小说语言在朴素之中具有一种生活底色的味道，一种生活的现场感自然而然浮现在读者的眼前："火烧起了，小邵的同伴们便围了拢去，小邵也围了拢去，坐在女子身边。女子则左手搂着小男孩一起烤火，右手不时用火钳拨那些柴块，使柴火燃得很旺。火光之中有火花四处溅开，烤火的人便扭动身子躲着那些火花，火光同时映红了烤火人的脸膛。火光之中那女子的脸显得越发妩媚。"我想这与作者长期的观察生活是分不开的，生活的厚度丰富了他小说创作语言的厚度。同时也给乌江作家的小说提出了一个语言的命题，就是从本土生活中发掘语言、提炼语言、深化语言，使自己作品的语言具有地域性，也具有个性化特征——小说的叙述语言既充满本土意识又有现代意识，作品才会走得更远。

五、结语

乌江文化滋养了乌江作家群。可以这样认为，这是他们在长期的创作过程中主动接受地域文化的结果，这也为他们的创作提供了广阔的文化途径。一条河流成就一个地域的文化，一个地域的文化又成就了一个作家群体。乌江上千年的历史文化，引领乌江作家的创作走向，长期的地域民族文化积淀，成为乌江文学创作的生生不息的内在动力。

乌江作家在自觉与不自觉中形成了一个强大的群体，他们的创作存在地域的共性，乌江流域各族文化根脉——民风、民俗、民间故事以及世代先民战胜大自然的历史成为文学创作的因子。悠久的历史文化在文学创作领域不断发酵，为乌江文学创作提供了丰富的创作源泉，为乌江文学创作的发展提供了周边地域无与伦比的文学创作资源。乌江作家的小说作品中总是有一种地域的、民族的力量，无论是生长在本土或离开本土的乌江流域的作家，他们的创作始终流露出地域的、民族的情怀。

当然，部分乌江作家的小说创作思维意识还受制于农业文明，多写田园山野，习惯于回望人生，而对于都市生态、科技文明等很少涉及，使小说创作缺少现代气息。这是值得我们乌江作家在小说创作中思考的一个问题。

参考文献：

[1]冉易光.固守与叛离[M].中国文联出版社,1997.2.

[2]田永红.盐号[M].中国戏剧出版社,2012.4.

[3]向笔群.乌江场域的历史展示:读土家族作家田永红的长篇小说《盐号》[J].铜仁学院学报,2013(2):34—37.

后　记

　　写作是一项很艰巨和枯燥的工作，三十年前我根本没有想到我要从事文学评论。按照自己青年时期天真而浪漫的设想，我应该做一个让人景仰的作家或者诗人，写出自己想写的伟大作品。人生就是这样，不以自己的意志为转移，不惑之年后我在高校当教师，特别是在中文系当教师，写文学评论就成了自己的主业。

　　2008年7月，我从西南大学中国新诗研究所研究生毕业，2009年9月，我到贵州的一所地方高校任教，就开始写一些文学评论。陆续在《文艺报》《民族文学》《边疆文学》《山花》《中外文艺》等报刊发表作品，而且有的刊物编发我多篇习作，比如《民族文学》曾发表我七篇评论，《文艺报》发表我十三篇评论。还有《星星》诗刊理论版曾经发表我三篇评论，其中一篇还专门刊登了我的照片及简历。这对我这个在地方院校担任教师的底层作者算是一种莫大的鼓舞。

　　我在高校的工作比较顺利，地域文学批评受到校长侯长林教授两次批示表扬和多次大会表扬，这就让我对地域与民族文学研究产生较大的兴趣，曾出版过《山地诗情：土家族新诗创作评论》《土家族作家孙因评论》《地域的光芒：武陵山区少数民族作家评论》《让灵魂回到故乡》等地域性评论作品集，其中部分作品还获得地方政府的文艺奖（理论）与哲学社会科学优秀成果奖等。这些成果的取得得益于铜仁学院宽松的教学与工作环境及各位领导的大力支持。

　　《站在时间的边缘打望》是我近年文学批评的选本，从一百篇文学评论中选择三十三篇习作，这些评论大多发表在《文艺报》《民族文学》《中外文艺》等刊物。说实在的，到目前为止，我与发表这些评论的报刊编辑一个都不认识。大多数为自然投稿，误打误撞，侥幸得以发表，就像我家乡某诗人讲的那样"让我幸福得问心有愧！"特别应该提到的是《民族文学》编辑陈冲先生，他多次向我约稿，编发了我七篇习作。还有《文艺报》编辑黄尚恩先生向我多次约稿，让我在国家级的报刊上发表了不少文学评论。我一直固执地认为，只要你的作品（成果）具有思想厚度或者创意，就可能会受到编辑的青睐。所以我要说的是，在我的人生中遇到很多热情帮助我的"贵人"，让我的文学评论脱颖而出，让我这半路出道的文学评论者从人们认为的"不可能"变成了"可能"。在此，我要感谢曾经编发我文学评论的每一个编辑老师，是他们让我在文学评论的路上迈出步子，尽管比起那些汗牛充栋的大家来说微不足道。

　　岁月催人老。年近六旬，给自己的文学批评做一个阶段性的小结。这也是当下很多文学批评者梦寐以求的事情。感谢铜仁学院研究生院为我提供出版经费，这源于文学与传媒学院院长孙向阳教授的牵线搭桥，让我梦想成真。在此，一并表达自己的诚挚谢意！

　　学习无止境，写作也没有止境。未来文学批评创作的道路任重道远，我没有理由停下自己的艰辛而蹒跚的脚步，只有继续走着。

2023年5月30日于铜仁